夕暮れ時

MATSUMURA Jun

松村　順

文芸社

「まさか，あの立派なお屋敷ではないですよね？」

「もちろんです。あんな豪邸がこの値段では売りに出たりしないですよ」

と答えるのは不動産屋のおじいさん。かく言うわたしも，十分に「おばあさん」と呼ばれる資格のある年齢なのだけど。

「こっちですよ」

　彼は，その豪邸のブロック塀と隣家の壁の間にはめ込まれるように作られた幅1メートル足らずの頑丈そうな木戸を押し開ける。その先に続く狭い通路を指さしながら，

「物件はこの奥です」

　お屋敷の庭を仕切るフェンスと，2階建ての隣家の壁の間，人が一人通れるほどの狭い道を30メートルほど歩いた奥に，小さな家が建っている。家の周りの庭とも言えない狭い空き地には，越冬性の雑草がいくつか地面に張り付き，春に芽吹くであろう草の芽もあちこちに目に付く。あと1〜2ヶ月すれば，いろんな草たちがのびのびと茂るのでしょう。家の外壁や屋根は「築60年」という数字にふさわしく古びていたけど，ドア

を開けて入った室内は，思いのほか小ぎれいでした。

「内法で，幅がおよそ4.5メートル，奥行きがおよそ4メートルの18平米，壁の厚さを入れれば建築面積は20平米くらい。8畳間にユニットバス・トイレとミニキッチンとクローゼットが付いていると思ってくれればいいでしょう」

「ヒヤシンス・ハウスにバス，トイレ，キッチンが付いたくらいの広さかな」

　わたしは独り言のようにつぶやいた。中学生の頃から親しんできた詩人・建築家の立原道造が晩年自分のために設計した極小住宅に似た家がわたしの終の棲家になるとしたら，うれしいことです。ドアから見て左側の壁に接して木製のベッドが作り付けてある。

「クルミ材だと思います。良い材料で作ってあるので，そのままお使いになってもいいです。邪魔なら，当社の費用で撤去しますよ」

「いや，それには及びません。使わせてもらいます」

　簡素な味わいの，だけど良い材料を使っているらしい，シングルベッド。その手前に，幅1メートルほどのクローゼットが作り付けてある。ベッドの向こう側のスペースには一人用の食卓にも読書机にも使えそうな厚めの一枚板がはめ込まれ，木の椅子が1つ。その椅子に座ってちょうど外が見えるくらいの位置に窓がある。ドアから見て右手にはミニキッチン，洗濯機置き場，ユニットバス。一人暮らしに最低限必要なものは揃っており，必要以上のものは置いてない，そんな部屋。着るものだ

け持ってくれば，今日からでも暮らせそうです。入り口に立って，わたしはその小さな部屋の床，壁，天井などをゆっくり眺め渡しました。

「小さいながらも，良い材料を使って頑丈に造ってあるから，まだまだあと20〜30年は安心して住めます。だけど，何かリフォームのご希望があれば，応じますよ」

「いや，特に何も，このままで十分です。……それにしても，いくら古くて狭いと言っても，一人で質素に暮らすには不自由しないくらいの広さで，土地付きで，この値段は破格ではないですか？」

「南側と東側に建物があるので日当たりが悪いです。夕方，西日が差しますが」

「……」

それくらいで，こんなに安い価格になるのは，不審でした。

「それと，何と言っても，再建築不可の物件ですから」

「再建築不可？」

「そう。読んで字のごとく，今ある建物を取り壊して跡地に新たに家を建てることはできないんです」

「なんでまた？」

「都市計画法とか建築基準法とかいろいろややこしい法律があって，救急車とか消防車とかいう『緊急車両』が通れる幅のある道に面していない敷地には，新しい建物は建てられなくなったんです」

「なるほど」

表の道路とこの家をつなぐ狭い道は人一人通るのがやっと。消防車などはどう見ても入って来れそうにない。

「もちろん，屋根が雨漏りするとか，壁が剥がれたとかいうのを修理することはできます。全部取り壊して建て直すことができないというだけですから，その点はご心配なく」

「住み続ける分には問題ないんですね」

「そうです。ただ，更地にして売ろうにも，その後に何も建てられない土地だから，土地の資産価値はゼロと思っておいてください」

　まあ，転売して儲けようというつもりはないから，それはまったく問題ないことです。わたしは床に上がり，西日が差すという窓を開けた。窓の下，幅2メートルくらいの空き地に雑草が芽吹いており，その先は落差2メートルくらいの笹藪が生い茂った急斜面で，その向こうに立ち並ぶ幾棟かの木造平屋建て家屋の屋根が見える。

「昔は，そこいらの賃貸アパートもこのうちのものだったんですが，先代の頃に人手に渡ったんです。その頃から，少しずつ家運が傾いていたんでしょう」

　没落する名家の話に興味を引かれながら，わたしは窓の左手の食卓兼読書机，ベッド，クローゼット，そして右手のミニキッチン，洗濯機置き場，ユニットバス，その中の浴槽，洗面台，トイレなどを見て回る。

「そうそう，大事なことを言い忘れていました。ガスが通ってませんから，ガスレンジやガス湯沸かし器は使えません。電気

は来ているから，電子レンジや電気コンロは使えますが」

「ああ，それは別に問題ありませんよ」

　わたしも，火事を出さないように，ここにはお湯を沸かすための電気ポットとパンを焼くためのトースターしか持ち込まないつもりだから。調理を要するような食べ物は出来合いのお総菜を買ってくるか，外食すればよいこと。そもそも，一人分の自炊は不経済だし。

「それにしても，誰がどんなつもりで，こんな敷地にこんな家を建てたんでしょうね」

「ああ，それについては……」

不動産屋さんは，昔の思い出話を語る時のような，ちょっと懐かしげな表情になった。

「この家は，もともとは，去年お亡くなりになった最後の当主が子供の頃，高校生の頃でしょうか，自分一人で時を過ごすために母屋から離れて建ててもらった離れなんです。その後，成人なさってからも，あまり母屋の自室には寄りつかず，ここで過ごされることが多かったとのことです。やがて，お母様が亡くなり，その後を追うようにお父様が亡くなって，社長の座を引き継いだのですが，

『自分には経営の才はない。そんな自分が経営に当たったら，いずれ会社を潰して，社員たちを路頭に迷わせることは目に見えている』

と言って，会社を手放されました。その時点では帳簿上は債務超過ではなかったので，負債と抱き合わせで会社の資産をすべ

7

て，人に譲られたのです」

　わたしは，『ブデンブローク家の人々』のストーリーを思い浮かべる。4代目のハノー・ブデンブロークが夭折せず，成人してブデンブローク家の家督を継いだら，そんなことをしたかもしれない。

「ともあれ，そうやって会社を整理なさった後，今度は家屋敷を整理なさいました。この小さな家と，表の道路からここまでの通路になる細長い土地を自分用に残しておいて，立派な屋敷と庭のある広い土地を売り払われました。世はまさにバブルの頃でしたから，かなりの値段で売れたでしょう。売値の半分以上は会社の運営資金の補充に使われたようですが，ご自身の手元に残った分だけでも，お一人がその後の人生を質素に送るのに十分な金額だったはずです。それから30年あまり，ほとんど世間と交わらず，この家に引きこもって暮らされました。

　去年，お亡くなりになった時，法定相続人が誰もいないので遺産は国庫に入りました。残っていた預貯金はそのまま国庫に組み入れられ，この狭い土地と家は競売にかけられ，わたしが落札したのです。まあ，ほかに応札した人はいないと思いますが」

　わたしは，その最後の当主という人に思いを馳せる。一面識もない人。今となっては面識を得るあてもない人。実際に付き合っていれば，偏屈で困るような相手だったかもしれないけど，話に聞く限りでは，そこはかとない親近感が湧きます。わたしにしても，あと1ヶ月か2ヶ月で，今の仕事の後始末が終わったら，この家に越してきて，それからは，ほとんど世間と交わ

らず，この家に引きこもって暮らすことになる。もっとも，30年ということはない。臨床医学のデータに基づけば7年くらい，たぶんもっと短いでしょう。

いつものように，学校から戻って，宿題を手早く済ませて，裏の秘密の抜け道を上って，あの家の前に出ようとしたら，人の声が聞こえてきた。向こうのお屋敷からじゃない，確かにこの家の中から聞こえてくる。
〈幽霊屋敷に人がいる〉
もちろん，幽霊なはずはない。この家の持ち主かな。もう1年くらい，誰も住んでいなかったのに。
わたしは笹藪に隠れて，家の様子を窺った。耳を澄ましていると，声は二人いる。よく通る声と，もう一人，静かな話し方の声。そして，窓が開いた。窓際に誰か立っている。女の人かな？　細い体つきの，優しそうな顔立ちの，かなり年を取った人。その向こうに，もう一人いて，そっちの人の話し声の方がよく聞こえる。
10分か20分くらいかな。やがて窓が閉まり，ドアを開けて二人が外に出る音が聞こえた。それでもわたしはすぐに笹藪から出ないで，しばらく様子を窺っていて，〈もう大丈夫〉と思ってから立ち上がった。家の窓の前に立つと，いつものようにカーテンが閉めてあって，中は見えなかった。反対側に回っ

てドアのところに行っても，ふだんと違うところはなかった。〈あの二人，またやって来るのかな。ここに住むようになるのかな。いやだな。わたしだけの秘密の場所なのに。わたしだけが知っている「幽霊屋敷」……〉

～～～～～～～～～～～～～～～～～～～～～～～～

　わたしが自分の異変に気付いたのは半年ほど前でした。新しいことを覚えられない，聞いたばかりのことを忘れる，そんなことが度重なった。そして，初診から1週間ほどして再診に来た患者さんの名前はおろか，顔もまったく記憶にない，その人が1週間前に自分のクリニックを受診したという事実そのものの記憶がすっかり抜け落ちているということが2回たて続いた時，診療所を閉める決心をした。おそらく，アルツハイマー病の初期症状。患者の命に係わるような失敗をしでかさないうちに，身を引こう。そう決めたのが1ヶ月ほど前。

　それから，患者さんたちに説明を始めた。必要であれば紹介状も書いた。ほとんどの患者さんは引き留めてくれたけど，それはできない相談。名医と呼ばれた人が，痴呆になり，本人はそれと気付かず，周りもそれを言い出せないまま，医者の仕事を続け，何人もの患者の命を危うくした例は，いくらでもある。その轍を踏んではいけない。

　廃業の準備を進めながら，わたしは終の棲家を探しました。診療所を兼ねたこの賃貸マンションに住み続けようとは思わな

10

い。ここは，多くの人に知られている。なじみの患者たちや，数少ないとはいえ知人・友人たちは，痴呆に向かっていくわたしの姿を見て悲しむでしょう。わたしが死ねば，もっと悲しむ。死別は，死んでいく者よりも残された者にとってこそ，悲しい。医者として，そういう場面を何度も見てきた。

　わたしは，わたしを知る人が一人もいない場所で，ひっそりと一人で死んでいこう。誰の心にも死別の悲しみを引き起こさないように。孤独死こそがわたしにとって一番望ましい死に方。

　そうはいっても，賃貸住宅で孤独死してはオーナーに迷惑でしょうし，集合住宅で孤独死されては同じ建物の住人にとって不気味でしょうから，古い小さな一軒家を購入したい。新しい環境への適応力が残っているうちに引っ越そう。そう思って不動産物件情報を検索していると，この家が見つかった。横浜郊外の駅から歩いて10分くらい。今住んでいる所からはちょっと離れているけど，横浜はなじみのある土地でした。立地条件からすると格安の値段なので，逆に不安もあったけど，とりあえず現地を見ることにして，今日，仲介している不動産業者に案内してもらうことになった。

　再建築不可物件，そんなものがあるとは，初めて知りました。わざわざ今ある建物を取り壊して，更地にして転売しようなどという気はないのだから，土地の資産価値などゼロでかまわない。最寄りの駅の周りはわりと賑やかな商店街で，家のそばにもいくつか食べ物屋さんやコンビニエンスストアがある。そし

て何よりありがたいのは，歩いて3分くらいのところに図書館があること。まるで，わたしのために取っておいてくれたような物件。すぐに手付金を入れました。

　あのような一軒家で，世間との交渉を絶って一人で暮らしていては，痴呆の進行が早まるのは分かっている。だけど，仮に7年の余命が5年にあるいは3年に縮まったとして，それが今さらどれほどの意味があるでしょう。

第1章

I

　わずかばかりの荷物を表の道路から家まで運んでくれた後，軽便運送屋は帰って行った。

　木のベッドの上に布団を敷いて，夏用掛け布団をベッドの下の引き出しにしまって，ハンガーに吊るす衣服はクローゼットのハンガーラックに掛け，畳んでしまっておく服はその下の引き出しにしまって，図書館から借りるのでなく自分の手元に置いておきたい何冊かの本，堀辰雄と立原道造の本，そして地図帳と理科年表はテーブルの隅に立てて，パソコンをつないで，さて，「尊厳死の宣言書」はどこに置きましょうか。誰かがこの家に入ってきた時，すぐに目に付く場所……窓の上がいいかな。あとでピンかテープを買ってきて貼っておこう。電気ポットとトースターをミニキッチンにおいて，わずかばかりの食器を棚に並べて，ほかにいくつかこまごましたものを片付けて，引っ越しは済んだ。これまで何度か引っ越したことがあるけど，

こんな簡単な引っ越しは初めて。

　それから，図書館に出かけて借出し登録を済ませて，さっそく本を借りてきた。これからは，読書と音楽の日々。散歩もできるかな。今すぐ失認症状で迷子になることはないでしょう。……いや，あまり生活の幅を広げない方がいい。狭い範囲の決まり切った生活を習慣付けよう。一人で痴呆を生きるためには，その方がいい。

　週1回か2回，駅前のスーパーマーケットに買い物に行く。週1回か2回，図書館で本を借り，返却する。日に1回か2回，そばのコンビニで食べ物を買う。その繰り返し。このパターンを習慣にしてしまう方がいい。パンとミルクと紅茶とわずかばかりのお総菜，そして本と音楽，これだけあれば生きていける。

　そろそろ西日が差してきた。日本人はなぜか西日の差す部屋を嫌う。どうしてかな。西日が差すということは，夕焼け空が眺められるということなのに。せっかくだから，カーテンを開けましょう。窓も開けようかな。まだちょっと寒いかもしれないけど。

　……こうやって窓を開けて本を読んでいると，笹藪がざわつく音がする。風が吹いているのかな。

　秘密の抜け道を出て，立ち上がって歩こうとして家の方を見

たら，窓が開いている。誰かがいるんだ。この前，来ていた人かな。あれから1ヶ月くらい，また元の無人の幽霊屋敷に戻っていたから，ちょっと安心してたのに。

引き返そうか。

　わたしはそっと窓の中を窺った。中の人は向こう向きに座っているらしい。頭の後ろが見える。これなら，こっそり歩けば気付かれないかもしれない。そう思って，わたしはなるべく音を立てないように歩いて窓に近づいた。その人は白い髪の毛が耳を隠すくらい長くて，細い体つきだった。あの時，窓際に立っていた人かな。座って本を読んでいるみたいだ。そんなことを考えながら，部屋の中を覗こうとした時，その人がこちらを振り返った。

⦿⦿⦿⦿⦿⦿⦿⦿⦿⦿⦿⦿⦿⦿⦿⦿⦿⦿⦿

　虫の知らせというのか，ふと振り返って窓の外を見たら，女の子が立っていた。中学生くらい？　……わたしも驚いたけど，彼女もびっくりしたようにその場に立ちすくんでいる様子。わたしはとっさに声をかけました。

「怒らないから……大丈夫だよ……怒らないから，逃げなくてもいい」

　彼女はちょっと緊張を解いたようだけど，まだこちらを警戒している様子。こんな時，どんな言葉をかければいいのでしょう。この場にふさわしく，彼女の気持ちを落ち着けるような話

題……結局，何も思いつかず，この場面で一番ありふれたこと
を尋ねた。
「怒らないから，話してちょうだい。どうやって入ったの？
表の木戸の閂(かんぬき)は閉めていたはずだけど」
　彼女は，笹藪の片隅を指さした。
「秘密の抜け道があるの」
　ああ，そういうこと。崖下の賃貸アパートはもともとこの家
の所有だったから，崖を降りる道があっても不思議ではない。
それが，人手に渡って何十年も経つうちに笹藪に蔽われて，
ちょっと目には見えなくなっていた。
「ああ，そういうことなんだ。じゃあ，ここは子供たちの遊び
場になっているのね」
彼女は首を横に振った。
「わたししか知らないの。わたしだけが知ってる秘密の抜け道
だよ。誰にも教えないんだ。わたしだけの秘密の場所だから」
「なるほど……つまり，ここはキミの『秘密の花園』なんだね
……いや，花は咲いていないから，『秘密の草園(くさぞの)』と言うべき
かな」
彼女は，ちょっと笑った。
「おかしい？　まあ，『草園』という言葉はないよね」
彼女の警戒心が少し緩んだよう。何か，話を続けたいのだけど，
どんな話題がいいでしょう。
「……ところで，その秘密の抜け道を見つけたのは，いつ頃？」
「去年」

16

「去年……去年のいつ頃？」

「5月頃だよ」

「ああ，それなら……ここに以前住んでいた人が亡くなったのが去年の4月だから，キミが抜け道を見つけた時には，ここはもう空き家になっていたんだね」

彼女はうなずいた。

「引っ越してきて，すぐに見つけたんだよ」

「引っ越してきて？　……ひょっとして，下のアパートに住んでいるの？」

彼女はもう一度うなずいた。

「じゃあ，隣人というわけね。他生の縁があるのかな」

この言い方が，われながらちょっとおかしかった。

「それじゃあ，約束して。ほかの人には絶対に教えないって。キミが見つけた秘密の抜け道，ほかの誰にも教えないって。わたしは，騒々しいのは苦手だから」

「もちろんだよ。わたしだけの秘密の抜け道なんだから」

「ああ，それはよかった」

　ここで，またちょっと会話が途切れた。彼女は，何かためらっているよう。それから，ふんぎりをつけたように話しかけてきた。

「わたしはいいの？　わたしはこれからも，ここに来ていいの？」

「もちろんだよ。キミは，いつでも好きな時にここに来ていいよ」

　彼女の表情がぱっと明るくなった。

　なぜ，わたしはこう答えたのでしょう。もともとわたしは子

供は苦手。そもそも，子供とこんなに会話が弾むのも珍しい。
「ウマが合う」そんな直感があったのかな。そしてまた，学校
の友達とつるむことなく，『秘密の草園』に一人で入り浸る彼
女に，子供の頃の自分の姿を重ね合わせたのかも。こんなこと
を考えている間も，彼女は黙って立ってわたしを見ている。
「立ち話もなんでしょう。うちに入ってくれば？」
彼女は首を振った。
「いいの。わたしはいつもここに座っているから」

　そう言って，彼女は窓の下の草の生えているあたりに座り，
壁に背をもたせかけた。黒髪に蔽われた頭の上半分が，窓枠の
上にはみ出している。座って本を読んでいるわたしが，ちょっ
と体をねじって手を伸ばしたら，指先が触れるあたりに。

　悪い人じゃないみたいだ……もちろん，悪い人じゃないよ。
わたしに「好きな時に来ていい」って言ってくれたんだから。
　目が合った時はびっくりしたけど，話してるうちに気持ちが
なごんできた。友達みたいな優しいおばあちゃん。わたしは，
安心していつものように，壁に背をもたせて，下の景色をぼん
やり眺めていた。こうやって，なんにもしないでぼんやりして
いるのが好き。
　何分くらいそうしていたかな，頭の上から声がした。
「キミも夕焼けを眺めているの？」

「うん」

　特に，夕焼けを眺めていたわけじゃないけど，いろいろ説明するのもめんどうだから「うん」と答えておいた。

「そうだねえ。夕焼けは，いつ見てもきれいよねえ。毎日見ていても見飽きない」

　わたしは後ろを振り返った。その人は，椅子の向きを変え，窓の正面に座って，窓枠に肘をついて外を眺めている。それを見ていると，わたしもなんだか夕焼けを見るためにここに座っているような気がしてきた。

「夕焼けはどうして赤いんだろう」

ふと，つぶやいた。質問するつもりではなかったけど，その人はちょっと間を置いて答えてくれた。

「『どうして夕焼けは赤いの？』と問われて『空がはにかんでいるのさ』と答えた人がいた。うまい答えだなあと思うし，夢のあるいい答えだとも思うけど，残念ながら科学的には正しくないの。空は，はにかんだりしないからね。

　科学的に正しいのは，というか，現代物理学の理論に基づいて正しいと考えられているのは，

『昼間に比べて日が沈む頃は，太陽の光線が大気中を長い距離通ることになる。大気中を通り抜ける間に，目に見えない細かな塵で太陽の光が反射されるけど，波長の短い青い光が反射されやすく，赤い光はあまり反射されないから，赤い光だけが地上に届いて夕方の空は赤く見える』

という答えなんだけど，分かってもらえるかな」

わたしは，ちょっと首をかしげた。よく分からない。だけど，おもしろい話をする人だと思った。

「まあ，これだけじゃあ，分からないでしょうねえ。

『日が沈む頃は，太陽の光線が大気中を長い距離通る』

ということは，こういうことなの」

と話しながら，その人は指で横線を2本引いた。

「これが地面で，これが空で，この幅が大気圏……」

下の線が地面で，上の線が空で，その間が大気圏ということらしい。

「真昼の頃は，太陽は真上にあるから，太陽光線が大気圏を通過するのはこの2本の線の間の幅だね。だけど，日が沈む頃は，太陽光線はほとんど真横から届くから，大気圏を斜めにずっと長い距離，2本の線の間の幅よりもずっと長い距離を通ることになる。これは，分かる？」

　それは分かる。わたしはうなずいた。

「じゃあ，次は，『青い光，赤い光』のことだけど，日の光は，無色だけど，ほんとうは，青や赤や黄色や緑やオレンジ色など，いろんな色の光が混じり合ったものなの。これは実験で証明できる。プリズムでの実験が一番有名だけど，雨上がりの空にできる虹も，空中に浮いている雨粒に日の光が反射する時に，色によって屈折率が違うから，ああいう色の帯ができる……いや，あまりあれこれ話し出すと，聞いてる方は混乱するね。ともあれ，大気圏を長く通過しているうちに青い光は反射されて，赤い光だけが届く。こんなわけで夕焼けは赤いんだけど……少し

は分かった？」

　なんだか，とても楽しそうに話すから，わたしはつられてうなずいた。

「そう。少し分かってくれたんだ。それはよかった」

「理科が好きなんだね」

「うん，好きよ」

　その人は，うれしそうな表情で答えた。それから，ちょっと落ち着いた口調に戻って話を続けた。

「だけど，この説明は，今の時点での説明なの。科学が進歩して，何十年か後には，もっと別の説明が『正しい』とされるようになっているかもしれない。まあ，今の科学はかなり確かな根拠に基づいているから，めったに別の理論に置き換わることはないけど，その可能性もゼロではないよ。理論は，科学の進歩によって変わることがある。だけど，事実は変わらないね。『なぜ夕焼けは赤いのか』という説明は何十年か後に変わっているかもしれないけど，夕焼けが赤いという事実そのものは変わらない。少なくとも，1億年や2億年くらいは変わらないでしょう」

　急に途方もないことを言い出した。1億年とか2億年とか……。

「じゃあ，2億年後には，夕焼けは赤くなくなっているの？」

「ひょっとしたら，そうかもしれない。大気の状態が今とまったく違ってしまったら，夕焼けも今とは違っているかもしれない」

「ふーん，それじゃあ2億年後には黄色い夕焼けや青い夕焼けが見えるんだ」

「かもしれない，だよ。あくまで推測。1億年後，2億年後に大気の組成がどう変化しているか予想もできないし，そういう大気のもとで夕焼けがどうなっているかも確実には予想できないから。ひょっとしたら，そうなるかもしれないというお話。ただ，逆に過去の話をすれば，46億年前に地球ができたばかりの頃には，夕焼けは赤くなかったのは確かでしょう。そもそも夕焼けが存在しなかった。大気が存在しなかったから」

　またまた途方もないことを言い出した。こんどは46億年だって。

「46億年も前のことが分かるの？」

「うーん，それは，もちろん絶対に確実ではないよ。タイムマシンに乗って見てきたわけじゃないものね。地層とか化石とか放射性同位元素とか，いろんな証拠を集めて，たぶんそうだろうと推測しているの。推測といっても，かなり手堅い方法での推測だから，五分五分ってわけではないよ。95％か98％か99％くらいは正しい」

「100％じゃないんだ」

「それはね，人間のやること，人間の考えることに100％，絶対確実というのは，ないんだよ。たとえば……これが良い『たとえ』かどうか分からないけど……たとえば，これまで見たことのある猫がみな2つの目を持っているなら，『すべての猫は2つの目を持っている』とかなり確実に推測できるけど，絶対にそうだと断言はできないでしょう。ひょっとしたら，明日，3つの目がある猫に出会うかもしれない」

「そんな猫，いないよ。いたら，化け猫だよ」

「そうね。いないと思うけど，『絶対に』『100％確実に』いないという証拠はないでしょう。人間は，この世界のすべてを知り尽くしているわけではないから」

「まあ，そりゃあそうかもしれないけど」

　わたしは，ちょっとふくれっ面をして答えた。そんなわたしを見て，その人は笑った。

「まあ，科学的な説明や科学的な推測の話はこれくらいにしておきましょう。科学のことは，それはそれとして，『空がはにかんでいる』というのは，味のあるいい言葉だね」

　そう言って，その人はまた穏やかな表情で夕焼け空に目を向けた。たまに変なことを言い出すけど，なんだかおもしろい人。

　空が暗くなりかけている。そろそろおうちに帰らないと。わたしは立ち上がった。

「じゃあね。今日はなんだか楽しかった。また来るよ。さようなら……おばあちゃん」

その人は，ちょっと苦笑いをしてうつむいた。

「まあ，『おばあちゃん』と呼ばれてもしかたないけど，一応『ジュン』という名前がある。できれば，名前で呼んでほしい」

「あっ，うん分かった。ジュンさんと呼べばいいんだね」

「ああ，そう呼んでくれるとうれしい。ところで，キミはなんという名前？」

「わたしはチヒロ」

「チヒロさん……『ヒロちゃん』と呼ばれることもあるのかな？

23

……いや，もうキミの年頃にちゃん付けは失礼よね……チヒロ
さん，年はいくつ？」
「今度，中学生になった」
「中学1年生なんだ。じゃあ，あまり遅くならないうちにお帰り。
さようなら，チヒロさん」
「さようなら，ジュンさん」

◟◠◞◟◠◞◟◠◞◟◠◞◟◠◞◟◠◞◟◠◞◟◠◞◟◠◞◟◠◞◟◠◞

「さようなら，ジュンさん」
　そう言って，彼女は1〜2歩帰りかけてから，またこちらに
向き直った。
「ねえ，絶対怒らないって約束して」
「……？　……？」
　わたしは，何のことだか見当が付かない。それで黙っている
と，彼女はもう一度繰り返した。
「ねえ，絶対怒らないって約束して」
　わたしは，何が何だか分からないまま返事した。
「うん，いいよ。怒らないよ。約束する」
「あのね，わたし，この家のこと『幽霊屋敷』って呼んでたの」
　そう言うなり，彼女は駆けだして，笹藪の中に消えた。わた
しは，彼女が駆け去ったあとをしばらくあっけにとられたよう
に眺めていた。それから，ふとおかしくなった。
　幽霊屋敷……確かに，屋根も壁も古びて，誰も住んでいなく

て，周りに雑草の生い茂った家には，ぴったりの名前ね。大丈夫。怒ったりしない。それに，あと何年かすれば，また幽霊屋敷に戻るよ。あと何年かすれば……。

II

　翌日，彼女はまたやってきた。笹藪がざわつく音がする。カーテンを開けておいた窓の向こう，秘密の抜け道の出口から顔を出し，わたしと目が合うと，にっこりほほえんだ。わたしもほほえんだ。窓の前に来て，軽く会釈すると，昨日と同じように草の上にしゃがみ込み，黙って北北西の空を眺めている。わたしは窓を開ける。この時季の夕暮れ時，窓を開け放つのはちょっと寒いけど，まあいい。カーディガンでも羽織ればいい。

　彼女は景色を眺めているのでしょう。急勾配の崖の下に何棟かの平屋の木造家屋があり，その先もゆるい下りの勾配になった土地にあまり高い建物は建っていないので，この窓からは街中にしては見晴らしがきく。わたしも，そのまま読みかけの本を読み続けた。

　15分くらい，そうしていたのかな。わたしは彼女に声をかけた。

「いつも，そうして景色を眺めているの？」

「うん」

「そうだね。ここは，思いのほか眺めが良いよね」

　それには，彼女は何も答えなかった。しばらくして，唐突に

25

話しかけてきた。

「変でしょう」

「……?　……何が?」

「こんなふうに，何もしないで，黙って座っているなんて，変でしょう。時間の無駄だと思わない?」

「そんなことはない。時間の無駄なんてことはないよ。……わたしも子供の頃，一人で外をぼんやり歩き回っていたの」

「歩き回っていたの?」

「うん。わたしが生まれ育ったのは田舎だったから，外には野原や田んぼや畑や，小さな林や竹藪があって，そんなところを，何のあてもなく歩き回っていたの。まあ，歩き回るのも，座っているのも，たいした違いじゃない。

　変じゃないよ，時間の無駄なんかじゃないよ」

「ジュンさんだけだよ。そんなふうに言ってくれるの。みんな『変だ』とか『時間の無駄』とか言うんだ」

「それは，浅はかな考えね。ひとりで過ごす静かな時間は，魂を養うために必要なものなんだから」

「たましいをやしなう?」

「あっ，いやいや，難しい言葉を使って，ごめん。わたしは，子供と話す機会が少なかったし，どうも苦手なの。子供に向かって易しい言い方で話をするのが」

「いいんだよ。謝ったりしなくても」

ジュンさんは，また机に向かって本を読み始めた。何を読んでいるんだろう。きっと，難しい本なんだろうなあ。何を読んでいるのか，訊きたいけど，邪魔しちゃいけないだろう。そう思ったけど，我慢できなくて，訊いてしまった。

「何を読んでるの？」

「詩を読んでるの。立原道造という人の詩」

「たちはらみちぞう……」

「うん，わたしが一番好きな詩人で，ちょうど今のチヒロさんくらいの年頃に出会って，それからずっと折にふれて読んでいる」

「何か，読んで聞かせて」

「いいよ……わたしは音読は苦手だから，ひっかかったり，つっかかったりするかもしれないけど，我慢して聞いてね」

　そう前置きして，咳払いして，ジュンさんは読み始めた。確かに，ちょっとたどたどしい読み方だった。

「夢はいつもかえって行った　山の麓のさびしい村に
水引草に風が立ち
草ひばりのうたいやまない
しずまりかえった午さがりの林道を

うららかに青い空には陽がてり　火山は眠っていた
── そして私は
見て来たものを　島々を　波を　岬を　日光月光を

27

だれもきいていないと知りながら　語りつづけた……

夢は　そのさきには　もうゆかない
なにもかも　忘れ果てようとおもい
忘れつくしたことさえ　忘れてしまったときには

夢は　真冬の追憶のうちに凍るであろう
そして　それは戸をあけて　寂寥のなかに
星くずにてらされた道を過ぎ去るであろう」

　ジュンさんは，読み終えて，本を机の上に戻した。向こうを
向いているのでよく分からないけど，なんだかぼーっとしてい
るようだった。
「それって，ジュンさんのふるさとの景色なの？」
「あっ，いや……」
　ジュンさんは我に返ったように答えた。
「この『山の麓のさびしい村』というのは，長野県の追分とい
う村のことだよ。そう書いてはいないけど，たぶんそうだと思
う」
「ふーん……何か，もう一つ，読んで」
「ああ，いいよ。どれにしようかな」
　そう言って，ページをパラパラめくってから，ジュンさんは
また読み始めた。

「やがて　林を蔽う　よわよわしい
うすやみのなかに　孤独をささえようとするように
一本の白樺が　さびしく
ふるえて　立っている

一日の　のこりの風が
あちらこちらの梢をさわって
かすかなかすかな音を立てる
あたりから　乏しいかげを消してゆくように

（光のあぶたちはなにをきづこうとした？）
―― 　日々のなかの目立たない言葉がわすれられ
夕映えにきいた　ひとつは　心によみがえる

風よ　おまえだ　そのようなときに
僕に　徒労の名を告げるのは
しかし　告げるな！　草や木がほろびたとは……」

　読み終えて，ジュンさんはゆっくり静かに本を閉じた。そし
て，繰り返した。
「しかし　告げるな！　草や木がほろびたとは」
わたしも，つられたように繰り返した。
「しかし　つげるな！　くさやきがほろびたとは」
　そんなわたしの声に応じるように，ジュンさんはこっちを向

き，窓の向こうの景色を眺めていた。そして，ふとつぶやいた。

「月だね」

　暗くなりかけた夕空に，細い細い三日月が輝き始めていた。

III

　横浜の病院の夢を見た。「おおせんせい」の回診の夢。

　わたしがあの精神病院で働いていたのは，もう30年くらい前のこと。わたしが辞めてしばらくして，「おおせんせい」と呼ばれていた院長が亡くなり，大手の病院グループに譲渡された。「乗っ取られた」と言う人もいるけど，そんなひどいことではないらしい。

　わたしが勤務していた頃，院長はすでに痴呆が進み，診療には携わっていなかった。だけど，毎日，午後の2時か3時頃，300床の病院の端から端まで回診した。痴呆となった夫に代わって病院の実務を取りしきり「会長」と呼ばれている夫人と，院長を今も「おおせんせい」と呼んで慕う古参の看護師に付き添われて。それと，患者の話を聞いて実際の指示を出す医師も一人付き添った。わたしも付き添ったことがある。

　病院に隣接する自宅の病室にいる時にはぼんやりと時を過ごし，歩き方もおぼつかないくらいの院長は，病棟に入ると不思議に歩き方に力が戻り，表情も明るくなり，ニコニコしている。病棟にいるのが一番の元気の素になるらしい。

　古参の患者たちも（この種の精神病院には，家族にも忘れら

れて病院に10年，20年，30年と暮らしている患者たちがいる），「おおせんせい」，「おおせんせい」と寄ってくる。彼らの診療は別の現役の医師が担当し，定期的な問診も処方も済んでいるのだけど，昔からなじんだ「おおせんせい」に何かと質問する患者もいる。その質問に答えるのは，ただニコニコしているだけの院長ではなくて，付き添っている看護師か医師なのだけど，答えをもらった患者が「ありがとうございます」と頭を下げるのは，「おおせんせい」に向かってなのだ。それで，院長の回診に付き添うのを嫌がる医師もいたけど，わたしは嫌ではなかった。むしろ楽しんでいた。

　何の指示を出すわけでもなく，何の処方を書くわけでもなく，ほとんど言葉を発することさえなく，ただニコニコして病棟を歩いているだけの院長の周りには，何とも言えない，くつろいだ，穏やかな空気が流れていて，それが患者たち，そして職員たちにも安心感を広げているようでした。わたしの心にも。

　そんな30年も前の「おおせんせい」の回診の夢。目が覚めてもしばらくは，ほんのりとした余韻が残っていた。「おおせんせい」の姿は，臨床医として望み得る最も幸せな老後でしょう。痴呆が進行し，実際の仕事ができなくなっても，ニコニコと笑みを浮かべて病棟を回れば，患者や職員が周りに集まってくる。そして，具体的な治療を指示する能力が失われてしまっても，自分の周りに癒しの雰囲気をかもしだし，精神安定作用を振りまく。

だけど，その幸せな老後に至るまでの年月，300床の規模の精神病院の院長，経営者として担い続けた重責と気苦労はどれほどのものだったか。わたしに担いきれるものではない。

　わたしは，大病院の経営どころか，医者どうしの付き合いさえ避けて，個人医院を開業した。看護師や事務員などのスタッフを育て導く手間さえ惜しんで，ただ一人で仕事してきた。家族の縁さえ煩わしくて，一人暮らしを通してきた。そのようなわたしに，「おおせんせい」の至福の老後は望むべくもない。

　わたしは，一人で働き一人で暮らす自由と気楽さを満喫したのだから，一人でひっそり朽ちていく。それは，ずっと前から分かっていること。

　だけど，ひょんなことから，女の子と知り合ってしまった。ちょっと変わったところがある，昔のわたしに似ているかもしれない。そのせいか，一緒に時を過ごすのが楽しく感じられる。思ってもいなかった幸運なのかな。

　今日は夕方から雨が降ると天気予報で言っていた。雨だと，笹藪を通り抜ける時にずぶ濡れになるから，今日はたぶん来ないでしょう。ちょっと残念だけど，しかたない。

<hr/>

　ああ，雨が降り出してしまった。どうしようかな。まだ，地面はあまり濡れてないから，大丈夫かな。傘さして，レインコート着れば大丈夫だろう。

思ったとおり，笹藪の中の抜け道はまだ濡れてなかった。笹の葉っぱから水が撥ねたけど，傘を斜め前にして進むとそんなに濡れなかった。家の前の地面は濡れ始めていた。窓のカーテンが閉まっていた。ジュンさんはいないのかな，それとも雨だから閉め切ってるだけなのかな。

　窓をトントンと叩いてみた。すぐに，カーテンが開き，ジュンさんの顔が見えた。急いで窓を開けてくれた。

「やあ，今日も来てくれたの。ありがとう。濡れたでしょう」

「大丈夫だよ。傘さして，レインコート着てたから」

「そう？　だけど，さすがにこの雨降りに外に座るのもなんでしょう。今日は，中にお入り。この窓の反対側にドアがある。……なんてことは，とっくに知ってるかな」

　もちろん，そんなことはとっくに知ってる。裏手に回って，ドアを開けて，初めてこの家の中に入った。入って，中を見回した。

「外見はおんぼろだけど，中は意外にきれいなんだね」

　ジュンさんは，笑った。

「素直ないい子。まさにそのとおり。外見はおんぼろ。でも，中はきれいでしょう。住み心地はいいのよ。こっちにかけなさい」

　ジュンさんは，それまで自分が座っていた椅子を空けてくれて，自分は隣のベッドに座った。わたしは木の椅子に座る。机の上のパソコンから音楽が流れていて，本は置いてなかった。

「今日は本を読んでいないの？」

「ああ，さっきまで読んでたけど，ちょっと目が疲れたので，音楽を聴いていた。モーツァルトのピアノコンチェルト27番。最初から一緒に聞き直しましょうか」

ジュンさんはマウスをクリックして，曲を頭出しした。

「せっかくだから，紅茶くらいはごちそうするね」

　そう言って，ジュンさんはキッチンで紅茶を二人分淹れて持ってきた。1杯は紅茶カップ，もう1杯は小さめのどんぶりと言うのか，ちょっと大きめのご飯茶碗くらいの大きさの容器に入れて。紅茶カップをわたしの前に置いた。何の絵柄もない，白いシンプルなカップ。

「まさか，ここでお客人をもてなすことになるとは，想定していなかったから，全部一人分しか用意していないの。今度，紅茶カップをもう一つ買っておこうね」

「わたし，こっちでいいよ」

と，お椀を指さしたら，

「何を言うの。お客様にお椀でお茶を飲ませて，自分が紅茶カップなんて，そんな失礼なこと，できるわけないでしょう」

　そう言いながら，お椀を両手で持って紅茶を飲み始めた。わたしも紅茶カップに口を付けたけど，渋みがあるだけでぜんぜん甘くない。

「甘くないんだね」

「ああ，チヒロさんは砂糖の入っていない紅茶は飲み慣れていないのね。それは気が回らなかった。今度，お砂糖も買っておきましょう」

優しい口調でそう言いながら，うなずいていた。そして，音楽に耳をかたむけていた。わたしは，邪魔しちゃいけないと思って，何も話しかけないでいた。ピアノの音と，ほかのいろんな楽器の音が聞こえる。10分くらいして音楽が終わった。

「おしまい？」

「いや，第1楽章が終わったの。3楽章形式だから，あと2つの楽章がある」

　ジュンさんがそう話し終わる間もなく，第2楽章が始まった。静かなピアノの音，それからほかの楽器の音も聞こえてきた。音楽が静かだから，外の雨の音も一緒に聞こえる。その第2楽章が終わって，第3楽章。こんどはピアノがちょっと楽しげな明るいメロディーを演奏し，それにほかの楽器が加わった。わたしはメロディーに合わせて軽く首を揺らせた。ジュンさんは，

「うん，この第3楽章のメロディーは親しみやすい。何度も聴いていると，第1楽章の澄み切った美しさも好きになるけど，初めて聞く時は，やはりこの第3楽章の方に心惹かれるね……このメロディーに歌詞を付けて『春への憧れ』という歌曲も作られている」

　こう話してから，また音楽に聞き入っていた。わたしも，この楽章はなんとなく聞いていて楽しかった。その第3楽章も終わった。

「これで，ほんとうにおしまい？」

「そう，これでほんとうにおしまい……そうだ，『春への憧れ』も聞かせてあげよう。すぐに見つかるよ」

そう言って，インターネットを検索して，

「うん，これ」

と言ってマウスをクリックした。

　パソコンから女の人のきれいな声が聞こえてきた。メロディーは，さっき聞いたあの楽しいメロディー。この歌は2分くらいで終わった。

「英語？」

「いや，この歌はドイツ語よ」

「ふーん，ドイツ語って，きれいな言葉だね」

「ドイツやオーストリアの人たちが聞いたら，きっと喜ぶよ。じゃあ，もう1曲，ドイツ語の歌を聴きましょう」

　そう言いながら，ジュンさんは上機嫌にインターネットを検索した。

「ウェルナーの『野ばら』がいいかな」

　こちらは，少年合唱団が歌っていた。これもきれいな歌だった。

「ジュンさんのパソコンは音楽を聴く用なの？」

「最近はそれが多いわね。昔はほかにも，いろんなことに使ったけど。音楽にしたって，昔はCDを100枚くらい持っていたけど，それをすべてパソコンに取り込んで，処分したの。オーディオ・マニアに言わせると，CDからパソコンに移すと，使っている記憶容量が10分の1くらいになるから，音質も格段に落ちるらしいけど，そしてもっと格上のマニアに言わせれば，そもそもCDそのものが，昔のアナログのレコードに比べ

れば音質が劣るらしいけど，わたしはそんなマニアじゃないから，違いは分からない。パソコンの音で十分。ああ，それと，画像もいくつかあるよ。チヒロさんは，猫は好き？」

「うん」

「それはよかった。わたしも猫は大好きで，猫の画像を集めている」

　そう言って，またマウスをクリックして，画像を出してくれた。いろんな猫がいる。

「わー……ジュンさん，ほんとうに猫が好きなんだね」

「うん，好きよ」

「猫，飼ってたの？」

「いや，今までずっと賃貸マンション住まいだったから，猫は飼えなかった」

「このおうちは，ジュンさんのでしょう？」

「そうよ」

「じゃあ，ここで飼えばいいじゃない」

「いや，それは……猫がかわいそう」

「そんなこと，ないよ。猫は狭い部屋でも平気なんだよ」

「あっ，いや……そういうことではない。そうではないの……つまり……猫は15年くらい生きるでしょう。わたしはこれから15年も生きていない。飼い主が先に死んだら，猫がかわいそうじゃないの」

「そんな……ジュンさんが15年のうちに死ぬと決まったわけじゃないでしょう」

「それは，まあ……決まってはいないけど，その可能性は高い。もし，そうなったら，猫がかわいそうでしょう」
「それはそうかもしれないけど……うちが持ち家なら，ジュンさんが死んでもうちで引き取ってあげられるんだけど，うちもアパートだからねえ……」

　彼女の口調は深刻ではない。彼女にとって，わたしの死など，いや誰の死であれ，死というものは真剣に考えられるものではないのでしょう。わたしの病気のことを話すべきか……いつかは話さないといけない。だけど，今この場では，決心がつかない。
　わたしは，話題を切り替えた。
「チヒロさん，そろそろおうちに帰る時間じゃないの？」
「ああ，そうだね。そろそろだね」
「もう，笹藪はすっかり濡れている。今日は表の木戸から帰るといい。木戸まで送っていくよ。木戸の側からでも，おうちに帰れるよね？」
「もちろんだよ。すぐそこだもん」
　わたしたちは傘をさして外に出た。通路は，二人並ぶ幅はないので，わたしが先に歩き，木戸の閂を開け，彼女を送り出す。
「これからは，明るいうちはこの木戸も閂をかけないでおくから，気が向いたらこっちから入って来てもいいよ」

「うん，ありがとう。それじゃあね。さようなら，ジュンさん。明日もまた来ていい？」
「もちろん」
「じゃあ，明日また来るよ」
　そう言って歩き出そうとして，彼女は立ち止まった。
「それと，ジュンさん，歩く姿勢がきれいだね」
「それは，どうもありがとう」
「じゃあね」
　彼女は手を振って帰って行った。

　わたしは，木戸の門を閉めて，通路を戻る。……いつかは，話さないといけない。それも，ずっと先のことではなく，近いうちに話しておくべき。わたしが壊れていくのを見て，驚かないように。だけど，今日，あの楽しげな雰囲気の中では，無理だった。近いうちに，話そう。……それよりも，まず紅茶カップと砂糖を買っておかないと。今日，これからでも，買いに行きましょうか。

IV

　ラジオ・フランスのニュースサイトに，イランで湖が次々に干上がっているという記事があった。ほど近いアラル海はとっくに干上がっている。次は，バルハシ湖？　……まさかカスピ海が干上がることはないと思うけど。中央アジアに限ったこと

ではない。インドでも中国でも。そして，世界のパン篭を自負するアメリカ中西部にしても，何十万年，何百万年かけて蓄えられたオガララ帯水層の地下水をくみ上げて農業を維持している。来年，再来年に枯渇することはないはず。5年，10年は大丈夫かもしれない。20年後，30年後はどうだろう……。やがて，1杯の水をめぐって兄弟が争い，1個のパンをめぐって親子が争うような時代が来るのか。

　まあ，その頃には，わたしは生きていない。そんな浅ましい光景を目にしなくて済む。死ぬには良い時かもしれない。……だけど，あの子が，チヒロさんが大人になる頃は……チヒロさんだけじゃない。今の子供たちには，そんな未来しか待ち受けていないのか。

　どうか，わたしの暗い予想が外れますように。わたしの小賢しい知性が裏切られますように……こんなことを考えているうちに，涙がこぼれてきた。そして，すすり泣き始めた。やがて，声を上げて泣き出していた。

　ひとしきり泣いた後，我に返った。こんなに，我を忘れて，箍が外れたように，大泣きしなくてもいい。確かに，悲しいことだけど，辛いことだけど，こんなに抑制が外れたように泣きじゃくらなくてもよかった。感情失禁？　短期記憶障害の次は，感情失禁？　だけど，感情失禁はアルツハイマー病ではなくて脳血管性痴呆の症状ではなかったかしら。わたしは，アルツハイマー病ではなくて脳血管性痴呆なの？　……いや，そもそも

40

たいていの痴呆は両方の特徴が混じり合った混合型。クリアカットにどちらか一方と診断できる例の方が少ない。それに、治療する気がないのだから、正確な診断も必要ない。ただ、脳血管性痴呆なら、想定よりも早く運動障害や意識障害が起きるかもしれない。

～～～～～～～～～～～～～～～～～～～～～～～～

　昨日の夕方から降り始めた雨はお昼頃にやんだけど、まだ地面はぬかるんでいるから、今日は裏の木戸を通ってジュンさんのうちに行った。いや、ほんとうはこっちが表なんだろうね。昨日は夕方、暗くなりかけていたからあまり気がつかなかったけど、両側に壁とフェンスがある細い通路なんだ。この奥に小さな家があるなんて、誰も思いつかないだろうなあ。

　ドアをノックすると、すぐに開けてくれた。
「やあ、今日も来たのね。雨は上がっているけど、地面はまだ濡れているから、今日もうちの中に入りなさい。ちゃんと紅茶カップと砂糖を買っておいたよ」
　そう言って、昨日と同じようにわたしを木の椅子に座らせ、キッチンで二人分の紅茶を入れて持ってきてくれた。白い無地のカップ。お揃いではなくて、ちょっと形と大きさが違う。
「こっちの新しい方をチヒロさんが使うといい。お砂糖もちゃんと入ってるわ」

そう言いながら，ちょっと大きめの方のカップをわたしの前に置いた。

「せっかくだから，窓は開けておきましょう」

そう言って，窓を開けてから，ジュンさんは昨日と同じようにベッドに座った。

「熱いから，あわてて飲まないように」

「うん」

わたしは，ふーっと息を吹きかけて一口ゆっくり飲んだ。

「甘くて，おいしい」

　それを聞いて，ジュンさんは優しく笑った。ジュンさんは，わたしが何を言っても優しく受け入れてくれる。

「甘い物をおいしいと感じるのは，本能だね。ヒトに限らず，たいていの生き物は，甘味をおいしいと感じる。そういう本能がある。進化論的に言えば，甘味をおいしいと感じて，積極的に甘い物を摂取しようとする生き物が生き残ったということになる。それに比べると，苦味や酸味をおいしいと感じるのは，文化よね。ある程度の訓練が必要なの。生まれたばかりの時からコーヒーを好む赤ん坊なんて，まずお目にかからない」

「なんで，生き物は甘い物が好きなの？」

「それが，大切なエネルギー源だからよ。哺乳動物の赤ん坊の主食といえる乳糖は甘い。それから，ブドウ糖，果糖，麦芽糖，蔗糖，これはお砂糖のことだけど，みな甘い。デンプンそのものは甘くないけど，よく噛んでいると唾液で分解されて麦芽糖になるから，甘くなる。生きていくのに一番大切なエネルギー

源をおいしいと感じるように，動物は進化したの」

「じゃあ，苦いものや酸っぱいものを生まれつきおいしいと思う生き物はいないの？」

「うーん……苦いものや酸っぱいものを主なエネルギー源にしている生き物なら，それらを生まれつきおいしいと思うかもしれないけど……苦いもの，アルカロイドをエネルギー源にする生き物がいるかなあ……それに比べると，酸っぱいもの，有機酸をエネルギー源にする生き物はいるかもしれない。ブドウ糖でなくて，ピルビン酸やクエン酸を摂取して代謝経路を始めてもいいはずだものね」

　相変わらず，ジュンさんの話は，半分くらいは分からないけど，残り半分はなんだかおもしろい。クエン酸なんて，おもしろい名前だ。

「クエン酸って，変な名前だね。『食えん』酸，食べれない酸なの？」

　こんどは，ジュンさんは声を出して愉快そうに笑った。

「わたしも，子供の頃，『クエン酸』という言葉を初めて聞いた時，同じことを考えたよ。時代が変わっても，子供が考えることは似ているね。だけどね，クエン酸というのは，『クエン酸回路』というのがあるくらい，生き物にとっては大切なものなのよ。最初は，レモンの成分として発見されたんだけど」

「レモンか……うん，あれはとても酸っぱいから『食えん』ね」

　ジュンさんはまた楽しげに笑った。

「ヒロちゃん，いや，チヒロさん，今日は冴えてるね。まあ，

クエン酸は『食えん』かもしれないけど，たとえば，リンゴ酸なんて，おいしそうでしょう」
「うん，それはおいしそう」
「コハク酸は，宝石みたいで，食べるのがもったいないかな。安息香酸は，匂いをかぐと気持ちがゆったりするのかな。こんな字を書く」

　そう言いながら，紙に「安息香酸」と書いてくれた。
「ほんとうにそうなの？」
「実は，安息香酸の実物の匂いをかいだことはないの」
「なーんだ」

　ジュンさんは，ちょっと苦笑いした。
「だけど，構造式は書けるよ」

　そう言って，メモ用紙に，六角形を描き，その中にマルを描いて，六角形の1つの角にCOOHというアルファベットを書いた。

◦◦◦◦◦◦◦◦◦◦◦◦◦◦◦◦◦◦◦◦◦◦◦◦

　こんな他愛もない会話が，どうしてこんなに楽しく，心にしみるのでしょう。午前中，わたしの心を浸していた悲しみが，みるみる薄れていく。そして，彼女はわたしの話をほんとうに楽しそうに聞いてくれる。わたしの話すことが全部分かっているはずはない。わたしは，子供に分かるように易しくかみ砕いて，子供の視線で語ることができないから。

「ジュンさん，何を考えているの？」

「あっ，いや，特に何も……つまり，チヒロさんはとても楽しそうにわたしの話を聞いてくれるなあ，と」

「だって，楽しいもん。半分くらいは分からないけどね」

「まあ，そうでしょうねえ」

「でも，聞いてておもしろいよ。ジュンさんはほんとうに理科が大好きなんだね」

「うん，好きよ。理科，それから，歴史や文学も好き」

「それで，いつも本を読んでるんだね。そうやって，いろんなことをいっぱい覚えて，それをわたしに話してくれるんだ」

　いや，別に，キミのためにそうしているのではない。わたしは，自分がそうしたいから，そうしているだけ。でも，キミがそんなふうに思ってくれるのは，うれしいよ。わたしは，ふと窓の外を見た。

「夕焼けがきれいね。今日も，空がはにかんでいる」

「違うよ。太陽の光が，空気の中を長いこと通り抜けるから，赤くなるんだよ」

V

　それから，しばらく晴れの日が続いた。彼女は毎日やってきた。たいていは，表の木戸からではなくて，笹藪の抜け道を通って。その方が近いということもあるけど，自分だけが知っている抜け道への愛着もあるのでしょう。

初めて顔を合わせた日のように，窓の下の草の上に座っている。黒い頭髪の上半分が，窓枠からのぞいている。たまに，わたしに話しかける。そのままの姿勢で，あるいはわたしの方に身をよじって。わたしは部屋の中で本を読み，たまに彼女に話しかける。

　雑草がだいぶ伸びてきた。

「よく見ると，小さな花が咲いてるんだよね。白や青や黄色。なんという花なんだろう」

「さあ，なんという花でしょうね」

「ジュンさんも知らないの？」

「うん，知らない」

「ふーん，ジュンさんが知らないこともあるんだ」

「そりゃあ，わたしだって知らないことはたくさんあるわ」

「そうか……でも，ちゃんと名前はあるんだよね」

「もちろんよ。『名もない花』と言うけど，そんなことはない。ちゃんと名前はある。ただ，わたしもそうだけど，たいていの人が知らないだけ」

　しばらく，沈黙が続いた。ふと思いついて，わたしは彼女に話しかけた，

「そうだ，チヒロさん，これから一緒に図書館に行きましょう。図書館には『植物図鑑』という本があって，あらゆる草木の名前が，花や葉や枝ぶりの写真と一緒に載っているのよ」

「へー，そんな本があるの？　行く！」

天気の良い日に，一緒に並んで外を歩くのが，なんだか楽しかった。ジュンさんはお年寄りだけど，背筋がすっと伸びて，歩く姿勢がきれいだから，一緒に歩いているわたしはちょっと自慢したい気持ちになる。

「街の図書館に行くの，初めてなんだ。学校の図書館にもめったに行かない」

「そうなんだ。チヒロさんは一人でいるのが好きみたいだから，きっと一人で本を読むのも好きなんだろうと思っていた」

「一人で，ボーッとしてるのが好きなんだ」

「ふーん，そうなの」

　ジュンさんは，わたしがこんなことを言っても，ばかにしたりしないし，怒りもしない。穏やかに笑うだけ。こうやって，ずっと一緒に歩いていたかったけど，3分くらいで図書館に着いた。

　図書館の参考図書の棚に，何種類かの植物図鑑がある。牧野の植物大図鑑では，分厚すぎる。『野草・雑草の事典』とか『野草の名前』といった手頃な厚さの図鑑があったので，それを取り出した。二人並んで閲覧机に座って，ページをめくる。いろんな植物のカラー写真を見て，彼女は歓声を上げる。

「チヒロさん，うれしがる気持ちは分かるけど，あまり大きな声を出してはいけない」
「あっ，ごめんなさい」
　それからは，彼女は静かにページをめくりながら，小声でわたしに話しかけた。
「いろんな花があるんだね。でも，いっぱいありすぎて，ジュンさんの家の前に咲いているのがどれだか，分からないね」
「そうね。この図鑑の写真と実物の花をその場で照らし合わせると分かるかもしれないけど，この種の図鑑は図書館の中で見るだけで，借出しはできないの」
「そうか。残念だね」
　買ってもいい。これくらいの図鑑の1冊くらい，あっても邪魔にはならない。駅前の書店には置いていないかもしれないけど，横浜の大きな書店ならあるでしょう……電車に乗る？……まだ大丈夫なはず。まだ，横浜に出かけるくらいで迷子にはならないはず。明日にでも，出かけよう。
　わたしがこんなことを考えている間も，彼女は熱心に図鑑を眺めている。でも，今日のところは，もうそろそろ帰る方がいいかも。
「チヒロさん，もうそろそろ帰りましょう。だいぶ時間も過ぎたから」
「あっ，そうだね」

外に出て，また並んで歩いた。夕焼け空だ。

「ジュンさん，夕焼けだよ」

「そうだね……空がはに……」

「空がはに……」

　二人，ほとんど同時に声を出した。二人，顔を見合わせて笑った。ジュンさんが，「せーの」というように手を振る。そして，二人声を合わせて言った，

「空がはにかんでる」

言って，また顔を見合わせて笑った。

「今日は，二人の意見が一致したね」

「うん」

　わたしは，なんだかうれしくて，しかたなかった。

「……ねえ，ジュンさん，手をつないでもいい？」

ジュンさんは，ちょっとびっくりしたみたいだった。

「もちろん，いいわよ。こんな年寄りと手をつないでくれるの？」

　わたしはジュンさんの手を握った。

「チヒロにも，おばあちゃんかおじいちゃんがいればいいのにって，いつも思ってたんだ。ジュンさんみたいなおばあちゃんがいると楽しいだろうなあ」

　ジュンさんは笑った。でも，ちょっと寂しげな笑いだった。

「ジュンさん，チヒロみたいな孫がいるのは，いや？」

「とんでもない，そんなことはないよ。なんで，そんなことを言うの？」

「だって，今，ちょっと寂しそうな顔をしたから」

「ああ，それは……それはね，おばあちゃんやおじいちゃんは，どう考えても孫より先に死ぬ。孫に悲しい思いをさせてしまう，そんなことをふと思っただけよ」
「そんなこと，今から考えなくてもいいのに」
　こんなことを話しているうちに，木戸の前に着いた。
「ねえ，ここの通路を通って，抜け道を通って帰ってもいい？その方が早いんだ」
「確かに，それが最短コースね」
　そう言いながら，ジュンさんは木戸を開けて先に入った。通路は狭いから，二人が横に並んでは歩けない。ジュンさんが先に歩く。わたしは，ふと気になって話しかけた。
「ジュンさん，ひょっとして，ガン？」
　ジュンさんは笑いながら振り返った。
「ガンなんかじゃないよ」
「ああ，よかった」
「ガンではないけど，この年になれば持病の1つや2つはあるわ」
「うーん，まあ，そうかもしれないね」
　ジュンさんは，家のドアに手をかけていた。
「じゃあ，今日はこれでお別れしよう」
「うん，さようなら。また明日来るよ」
「ああ，待ってるわ」

翌日の夕方，いつものように笹藪をざわつかせて彼女がやってきた。いつものように窓の下に座ろうとする彼女に，声をかけた。
「これ，買ってきたの。ここで，好きなだけ見てていいよ。わたしもさっきまで，ページをめくって楽しんでいたの」
　わたしは，窓越しに植物図鑑を手渡した。
「わーっ」
　彼女は座り込んで，すぐにページをめくり始めた。自分の周りに咲いている花と本の中の写真を熱心に見比べている。
「これはきっとキュウリグサだよ。花の真ん中が黄色で周りが青い……ねえ，ジュンさんもこっちにおいでよ」
　珍しいこと。ふだん，彼女はわたしの読書を邪魔しないよう，気を配っている。そんな配慮を忘れたかのようにわたしを呼ぶとは，よほどうれしいのでしょう。わたしは立ち上がり，ドアを出て，反対側，彼女が座っている側に歩いた。
「ほら，見てごらん。本に書いてあるとおりだよ。花の真ん中が黄色で，周りが青いんだ」
「ほんとうね」
　直径5ミリにも満たない小さな花。それをよく見ると，確かに真ん中は黄色で周りは青い。そのミニチュアのような配色にわたしはしばし見入った。
　突然，彼女の笑い声がした。
「ジュンさん，よだれを垂らしてる。おかしいよ」
「あっ，これはみっともないところをお見せした」

51

わたしは，あわてて手の甲で口をぬぐう。どうしたのだろう，これくらいのことで情動の抑制が外れてしまったの？　……そんなわたしの心の動きに気付くこともなく，彼女は相変わらず屈託のない口調で語りかける。

「こっちはきっとノヂシャっていうんだよ。『名前の由来：チシャはレタスのこと。葉っぱがレタスのように食べられるので，この名が付いた』んだって。つぼみがいっぱいあるから，これからまだたくさん咲くね」

VI

　5〜6日に1回くらい，駅前のスーパーに買い物に出かける。スキムミルクと食パン，千切りキャベツなどすぐに食べられるように処理してある野菜やパック入りのサラダ，そしてついでに，ちょっとしたお菓子などを買うこともある。買い物用にしている布製の袋を提げて歩いていると，呼び止められた。

「ジュンさん！」

　その声は，チヒロさんだ。ほかに，この街でわたしに声をかける人はいない。

「おや，チヒロさん，この時間に……学校はどうしたの？」

「今日は日曜日だよ」

「あっそうね」

　わたしはすっかり曜日の感覚を失っている。これは別に痴呆の現象ではなくて，もう仕事をしなくなったため。

「ちゃんと，買い物袋持参でお買い物なんだ。えらいね」

「まあ，エコロジーのためにわたしがやれる範囲のことはやろうと思っているよ」

　彼女は，わたしの布袋の中をのぞき込んだ。

「わっ，メロンパン。ジュンさん，好きなの？」

「うん，好き。子供の頃からの好物」

「ふーん……あっ，ポンポン菓子もある」

「ああ，今の子供たちも，それをポンポン菓子と呼ぶんだね。正式の名前は『膨化米』というらしいけど」

「これもジュンさんの好物？」

「うん，わりと好きよ。それに，子供の頃の懐かしい思い出がこもっているお菓子なの」

「どんな思い出？」

「それはね……」

　わたしは，ふと遠くを見るような眼差しになった。もう70年，それ以上も前の思い出。

「今では，このお菓子は，こうやって出来合いのものが袋に詰めて売られているけど，昔は……昔というのは，わたしが小学校に上がるか上がらないかくらいのことなんだけど，昔は，ポンポン菓子を作るおじさんが道具をリヤカーに積んで，行商して回っていたの。うちの近くにもやってきた。適当な空き地でたき火をおこして，道具を組み立てて，お客が来るのを待っている。道具というのは，大きな金網を巻いて作ったような円筒で，直径が30センチくらい，長さが1メートルくらいだった

かなあ。

　わたしが生まれ育ったのは田舎だけど，近くに炭鉱があったから，炭鉱で働く人たちが住む社宅がたくさん建っていた。ポンポン菓子のおじさんが来たのを聞きつけて，社宅の子供たちが鍋に米を入れて集まってくるのよ。

　夕方，年長の子供たちも学校から戻っている頃。暗くなりかけた空き地にたき火が赤く燃えている。その周りを子供たちが取り巻いている。お米を持ってこないで，見物だけの子供もいる。わたしはそっちだったの。お米をもってきた子は，順番にそのお米をおじさんに渡す。お米はほんの少し。コップ1杯分もあったかしら。もちろん，お駄賃というか，お米をポンポン菓子に加工する手間賃も持ってくる。おじさんは，手間賃を受け取り，お米を円筒に入れて，たき火であぶりながら回し続ける。何分くらい，そうやって回していたのかなあ。ほんの4〜5分かもしれないけど，その頃の子供のわたしには，とても長く感じられたよ。

　もう良い頃合いになると，おじさんは回すのをやめ，ハンマーのようなもので円筒のどこかを叩く。すると，バーンと大きな音がする。それが目当てなの。それが目当てで子供たちが集まってくるの。わたしもそう。何度も見物してよく知っていることだけど，それでもこの瞬間を待ちわびていて，おじさんがハンマーを持ち上げると息を詰め，バーンと音がすると，どっと歓声をあげる。楽しかったよ。あの，息を詰めて待っている時間，ほんの数秒のはずだけど，長く感じた。そして，

バーンという音。

　それから，おじさんが円筒の蓋を開けると，中にポンポン菓子ができあがっている。それを，米を入れてきた鍋に入れてくれる。最初はコップ1杯くらいだったお米が，膨れて，鍋いっぱいくらいになっている。砂糖を振りかけてくれたかもしれない。その辺はよく覚えていない。その鍋を持って自分の家に帰るんだけど，その場で食べる子もいたわ」

　懐かしさがこみ上げる。この思い出そのものの懐かしさ，そしてまた，この思い出を語ることの懐かしさ。こういう思い出を語ることさえ，もう何十年来，絶えてなかったことだから。最後にこの思い出を誰かと語り合ったのは，いつのことだろう。そもそも，誰かと語り合ったことがあったかしら？

「ジュンさんがお米を持ってこないで見物だけだったのは，『そんな不衛生なものを食べてはいけない』って言われてたから？」

「いや」

　わたしは，我に返った。

「わたしは，そんなこと言われるようないいとこの育ちじゃないよ。理由は至って単純。うちは貧しかったから，お米もお駄賃も，持たせてもらえなかったということ。わたしの父親は，炭坑夫ではなくて，郵便配達をしていた。炭鉱に比べると安月給だったの。それは，しかたない。何と言っても，炭鉱の仕事は命がけだから。落盤とかガス爆発とか出水とかの事故があると，一度に何十人，何百人という人が死ぬ。わたしのふるさとの炭鉱では，わたしが記憶している限りでは，幸いそんな事故

はなかったけど，最盛期には400くらいの炭鉱があった筑豊地方では，毎日とは言わないまでも毎月のようにどこかで炭鉱の事故があって，「何人が生き埋めになっている」とか「何人の遺体が引き揚げられた」とか，そんなニュースがラジオから流れるの。地の底に降りて石炭を掘るのは，命がけの仕事なの。だから，そういう仕事をしている人たちがたくさんお給料をもらうのは，当たり前。と，まあ，今となっては納得できるけど，子供の頃は，やっぱりちょっと悲しかったわ」

　あの頃の，ポンポン菓子を作ってもらえず，見ているだけの悲しさが，淡くよみがえるような。

「まあ，こんな思い出のあるお菓子。それで今でも，たまにスーパーで見かけると，買うことがあるの」

　こんな話をしているうちに，木戸の前に着いた。

⟡⟡⟡⟡⟡⟡⟡⟡⟡⟡⟡⟡⟡⟡⟡⟡⟡

　ジュンさんのおうちに着いてしまった。でも，もっとお話を聞きたかった。ジュンさんが子供の頃のことを話してくれるのは初めてだ。そもそも，自分のことをめったに話さない人なんだ。理科のことや音楽のことや，いろんなことは話すのに。

「ねえ，ジュンさんの家に行ってもいい？　昔の話をいっぱい聞きたいんだ」

「うん，かまわないよ」

　通路を抜けて，家に入ると，ジュンさんは買ってきたものを

キッチンの棚にしまった。

「昔の話というなら，このスキムミルクだって，昔の思い出と係わっているのよ」

「どんな昔話？」

「というか，そもそもスキムミルクって，どんなものだか知ってるのかな」

「知らない」

「じゃあ，そこから説明を始めないといけないね」

　そう言いながら，ジュンさんはポンポン菓子の袋を持って，キッチンから椅子に戻り，机の上に袋を置いた。

「一緒に食べながら，話しましょう」

「うん」

　わたしは，ベッドに背をもたせて座っている。そのわたしの手の届くところに，ポンポン菓子の袋を置いてくれた。

「スキムミルクというのは，脱脂粉乳，と言ってもまだ分からないでしょうね。バターは牛乳から作るのは知ってる？　牛乳の脂肪分，乳脂肪の塊がバターだね。バターを作るために脂肪分を抜き取った残り物を脱脂乳と言う。脂肪を取り除いた牛乳という意味。その脱脂乳を乾燥させて作った粉ミルクが脱脂粉乳，スキムミルク。言うなれば，バターを作った余り物。これを水やお湯に溶いて，牛乳のようにして飲むの」

「おいしいの？」

「まずいと言う人が多いけど，わたしは好きよ。子供の頃から飲み慣れているというのもあるけど，それだけじゃあない。わ

たしの好み，偏愛だね。わたしの世代の人間なら，小学生の頃は学校給食で脱脂乳を飲んでいたはずだけど，たいていの人はまずいと言ってた」

「なんで，みんながまずいというものを学校給食で出していたの？」

「その方が安いからよ。バターを作った残り物だから……この話の前提として，チヒロさんの世代の人たちには想像できないことだろうけど，60～70年前の日本は貧しかった。そのさらに10年か20年前，戦争が終わったばかりの頃は，子供がたくさん餓死するんじゃないかと心配されたくらいなの。それで，ユニセフとかいろんな国際団体から支援を受けていた。もともとスキムミルクはその支援物資の一つだったのよ。

　安いけど栄養は豊富。牛乳に含まれている栄養は，脂肪以外はちゃんと含まれているからね。貧しい国の子供たちを栄養失調から救うには最適というわけで，日本にたくさん支援物資として送られていた。わたしの子供の頃は，もう外国からの支援ではなくて，自国の予算でまかなっていたとは思うけど。

　牛乳は，ぜいたく品だったの。子供の頃，1本の牛乳を姉と分け合って半分ずつ飲んでいた記憶があるよ。そんなぜいたく品の牛乳を学校給食ですべての子供に与えるほど日本は豊かでなかったから，脱脂乳だったの。学校給食が脱脂乳から牛乳に切り替わるのは，わたしが小学校5年生か6年生の頃。その頃になってやっと日本も，すべての小学生，中学生に1日1本の牛乳を飲ませられるくらいには豊かになったわけ」

「ふーん，大変だったんだね」

「大変とは思わなかった。その頃は，それが当たり前だったから」

　確かに，ジュンさんの表情は，苦労話をしている様子ではない。懐かしさはにじみ出ているけど。

「メロンパンにも思い出があるの？」

「メロンパンには，特別な思い出はないなあ。でも，子供の頃から好きよ。まあ，メロンパンを嫌いって人はあまりいないんじゃない？」

「そうだね。チヒロも好きだよ」

「うん，ほどよく甘くて，おいしいね。だけど，メロンパンとスキムミルク1杯と，それに野菜サラダか温野菜でも加えれば，わりと栄養のバランスの良い食事になるんだよ」

　そう言いながら，ジュンさんはメロンパンの包装紙に印刷されている栄養成分を読んだ。

「1個あたり，410キロカロリー，タンパク質9.5グラム。これにスキムミルク1杯分，25グラムくらいの栄養を足すと，だいたい500キロカロリー，タンパク質18グラムくらい。あと，野菜を付け加えれば，1日の栄養所要量の3分の1くらいは摂取できる」

「それだけ?!」

「わたしくらいの年になれば，これで十分。チヒロさんは，絶対足りないね。育ち盛りだから。基礎代謝も高いし。これに，肉か魚，少なくとも卵くらいは足さないと」

「うん，それくらいは食べたい」

「そうね……」

　ジュンさんは優しい眼差しをわたしに向ける。

　メロンパンの話が終わる頃，ポンポン菓子もなくなってしまった。そして，ジュンさんは，ふと真顔になった。

「チヒロさん，こんな大昔の，チヒロさんが生まれるずっと前の話を聞かされて，退屈じゃない？」

「そんなことないよ。チヒロはね，そういう昔のお話を聞かせてくれるおばあちゃんやおじいちゃんがいてくれればいいのにって，いつも思ってたんだ」

「そう……」

「そうなんだよ。だから，これからもいろんな昔のお話を聞かせてね」

「ああ，昔話くらい，お安いご用ですよ」

　わたしは続きを待っていたけど，ジュンさんは，話をやめてボーッとした表情で座っている。今日のお話はこれでおしまいなのかな。まあ，それならそれでいいや。また，機嫌の良い時にいろいろ話してくれるだろう。ただ……わたしは，何日か前から気になっていることを尋ねた。

「ジュンさん，いつか『持病の1つや2つはある』って言ってたね。どんな持病なの？」

～～～～～～～～～～～～～～～～～～～～～～～～～

　あっ，この場でその質問を出すの？　……そうね。もう先延

ばしにはしない方がいい。きちんと話しておかないといけない
わね。
「今すぐ死ぬような病気じゃない」
「今すぐじゃないなら，いつかは死ぬ病気なの？」
「まあ，人はいつかは死ぬ……いや，こんなはぐらかすような
答えをしてはいけないね。チヒロさんはまじめに尋ねているん
だから……そうね，3〜4年か5〜6年か7〜8年か，はっき
りしたことは言えないけど，何年か後には死ぬ病気なの」
「治療法はないの？」
「今の医学では治せない……まあ，もったいつけることもない。
わたしの持病というのは，痴呆だよ」
「ちほう？」
　彼女は，一瞬，わたしの言った内容を理解できないようでし
た。それから，笑い出した。
「まさか，ジュンさんが痴呆だなんて，そんなこと，あり得な
い……こんなに物知りで，なんでも知っているジュンさんが痴
呆だなんて……」
　彼女は笑う。笑うことで，わたしの言ったことを否定できる
かのように。笑うことで，自分の心配を吹き払えるかのように。
そんな彼女に説明を続けるのは辛い。辛いけど，きちんと説明
してあげないと。
「物知りと言ってくれるのはうれしいけど，物知りだって痴呆
になるのよ。痴呆の症状として，物忘れが有名だけど，この物
忘れというのは，昔覚えたことを忘れるんじゃないの。もちろ

ん，痴呆が進行すれば，昔覚えたことも忘れていくけど，最初のうちは，昔覚えたこと，身につけたことは忘れないでいる。新しいことを覚えられなくなるの。今聞いたばかりのことを忘れてしまうようになる。専門用語で短期記憶障害という，これが痴呆の始まりなのよ」

「ジュンさんも，そうなの？」

「うん，1年くらい前から，自覚するようになった」

彼女は，もう笑っていない。黙って，真剣な表情で，じっと前を見ている。そして，ぽつりとつぶやいた。

「それから，どうなるの？」

「それから……それからは……一口に痴呆と言っても，アルツハイマー病と脳血管性痴呆とで違いがあるけど，おおざっぱに言えば，たとえば感情失禁。これは，ささいなことで大げさに泣いたり怒ったりすること。普通なら，ちょっと悲しんだり，ちょっとばかりいらついたりする程度のことで，大泣きしたり，怒鳴り散らす。そんな感情の抑制が外れた状態になる。そのうちに，初めのうちはちゃんと覚えていた昔のことも，だんだんと怪しくなっていく。昔覚えたことも忘れたり，間違えたりするようになる。やがて，自分が誰なのかも忘れる。子供に返るの。性格も変わる。と言うか，大人になって身につけた世間向けの仮の姿が剥げ落ちて，地の性格が出てくると言うべきかもしれないね。体も弱ってくる。手足の動きが鈍くなる。特に，歩行障害，歩くのがおぼつかなくなる。だんだん，引きこもり，そして寝たきりになるよ。意識障害もあるから，ぼんやりした

状態になって，いつもうとうとするようになって，やがてほとんど一日中眠っているようになる。この頃になると，自分でものを食べることができなくなるから，余計なことをしなければ，たとえば，眠っているのを無理やり起こしてご飯を食べさせるとか，胃に穴を開けて無理に栄養を補給するようなことをしなければ，少しずつ衰弱していって，やがて自然に消え入るように死んでいく」

　彼女は，黙って，前を見つめながら，わたしの話を聞いている。わたしが話し終えても，じっと前を見ている。そして，わたしの方に向き直った。

「絶対にそうなるの？」

「うん，何年かかるかは，人によってさまざまだけど，いつかは，何年か後には，そうなる」

「そんなのウソだ」

「ウソじゃないよ」

「ウソだよ。だって，ジュンさん，自分で言ったじゃない。初めて会った日だよ，『人間のすること考えることに絶対はない，100％というのはない』って，自分で言ったじゃないか」

　わたしは，ちょっと虚を衝かれる思いでした。

「確かに，それはそうだね。だけどね，これまで生まれてきた人で，死ななかった人はいない。人はみな，いつかは死んでいった。だとすれば，わたしもきっと死ぬよ」

　彼女は，ちょっと間を置いて反論した。

「ジュンさんは，こうも言ったよ『これまで見た猫がみな2つ

の目を持っているからと言って，すべての猫は2つの目を持っているている と絶対に断言はできない』って。だとしたら，これまでの人間がみんな死んだからといって，ジュンさんも絶対に死ぬとは，断言できないじゃない」

　わたしは，この思いも寄らない反論を聞いて，まず驚き，それから，奇妙なうれしさを感じた。彼女がこんなふうに論理的に反論すること，わたしの言ったことを武器にして理詰めでわたしに逆襲する知恵を身につけたことが，奇妙にうれしかった。わたしは，にこやかな表情になった。
「チヒロさん，賢くなったね。確かに，キミの言うとおりね。じゃあ，こう言い換えましょう。もし，わたしが，これまでの人と同じように死んでいくのなら，自然に死んでいくに任せてね。無理に生き永らえさせようとしないでね。もし，わたしが，これまでの人の例に反して，死なないなら，その時は，無理に死なせないでちょうだい。どっちにしても，無理なことはしないで，自然の流れに任せてほしいの。これなら，分かってくれる？」

　彼女は，しかたなさそうにうなずいた。

◟◞◟◞◟◞◟◞◟◞◟◞◟◞◟◞◟◞◟◞◟◞◟◞◟◞

　ジュンさん，どうしてそんな穏やかな顔をしているの？　どうしてそんなに静かな口調で話せるの？　自分が死ぬんだよ。どうして，わたしのこじつけの理屈に怒らないの？「賢くなっ

た」って褒めてくれても，チヒロは少しもうれしくないよ。う
れしくないよ。チヒロは悲しいんだ。悲しいんだよ。

～～～～～～～～～～～～～～～～～～～～～～～～～

　彼女は，目に涙をにじませている。悲しませてしまった……
こんなことにならないよう，わたしの死が誰の悲しみも引き起
こさないよう，一人でひっそりと死ぬために，わたしはこの世
間から忘れられたような家に引っ越したはずなのに……。
「ごめんね。チヒロさん。ごめんね。キミを死別の悲しみに引
き入れてしまった。だけど，わたしのために悲しまないで。

　わたしは，一応覚悟ができている。そりゃあ，死ぬのが怖く
ないと言えば，それはウソだわ。死ぬのは怖いよ。だけどね，
この年になれば，もう先が短いことは分かっている。人はいつ
かは死ぬものなの。確かに，20代や30代の若さで，病気や事
故や戦争で死ぬのは，不幸なこと，悲しいことよ。だけど，わ
たしの年になれば，死ぬのが当たり前なの。それに，これまで
の人生，楽しいこともいろいろあったし，少しは世のため人の
ためにもなれた。幸せな人生だったと思っているよ。これ以上
のことを望むのは，過ぎたることだと思っているの。

　それにね，良いこともあるのよ。痴呆が進行すれば，自分が
死ぬことさえ理解できなくなる。死の不安や恐怖から解放され
るの。そう考えれば，痴呆は神様の贈り物とも言える。だから，
チヒロさん，悲しまないで。わたしのために悲しまないで。

わたしがぼけてしまったら，『ああ，ジュンさんは，死の恐怖から解放された』と喜んでほしい。わたしが死んだら，『ああ，ジュンさんは幸せな人生を終えたんだ』と祝福してほしい。お願いだから，悲しまないで」

　そんなこと言ったって，チヒロは悲しいよ。ジュンさんがいなくなってしまうのが，悲しいんだよ。そりゃあ，ジュンさんはお年寄りだから，チヒロより先に死ぬことは分かっているよ。分かっているよ。でも，分かっていても，悲しいんだ。わたしは首を振った。
「そんなこと言ったって，悲しいよ」
　ジュンさんは，そう言うわたしを，遠くを見るような眼差しで見つめた。それから，こんなことを口にした。
「チヒロさん，人の体が，いや人の体に限らず，この世界のありとあらゆるものが，原子という小さな小さな粒でできているという話は聞いたことがある？」
　突然，何を言い出すんだろう。わけも分からないまま，わたしはうなずいた。
「うん，それは一応知っているんだね。じゃあ，わたしの体は何個くらいの原子でできていると思う？」
　わたしは首を振った。
「まあ，分からないよね……おおざっぱに言えば，わたしの体

は3000兆の1兆倍くらいの数の原子でできている」

「そんなこと，計算できるの？」

「うん，おおざっぱな計算はできるよ。そんなに難しいことではない。以前，ふと興味が湧いて計算したことがあるわ。だいたい3000兆の1兆倍くらいになる。大まかな数字だけど，大はずれってことはないはず。たぶん，この上下2倍の範囲，つまり1500兆の1兆倍から6000兆の1兆倍の間くらいには収まると思うよ。チヒロさんの体にも，これくらいの数の原子がある」

　ここでジュンさんは一息ついて，また話を続けた。

「わたしが死ねば，日本の習慣に従って火葬されるでしょう。燃えて発生する水蒸気と二酸化炭素は大気に戻り，残った灰もいずれ大地に戻る。わたしの体はなくなるけど，わたしの体を作っていた原子は，水や二酸化炭素やその他いろんな物質に姿を変えて，自然の，地球の物質循環の流れに還っていく。

　わたしの体の水素と酸素から発生した水蒸気は，やがて雲となり雨となって大地を潤すでしょう。その雨水の一部は水源地に降り注ぎ，上水道に流れ込み，飲料水となってどこかの誰かの体に取り込まれる。また一部は動物たちの飲み水となり，それを食べた人の体に入り込む。また一部は植物に取り込まれ，米やリンゴやキャベツなどになって，人の体に取り込まれる。

　二酸化炭素は，植物の光合成に使われ，それを食べた人の体に入り込む。あるいは，いったんはそれを食べた動物の体になり，その肉を食べた人の体に入り込む。

　その他のいろんな物質も，いろんな経路をたどってその一部

はどこかの誰かの体に入り込むでしょう。『どこかの誰か』の
うちには，チヒロさん，キミも含まれているのよ。わたしが死
んだ後，わたしの体を作っていた原子の何個かは，チヒロさん
の体にも取り込まれるの。なにせ，3000兆の1兆倍もあるんだ，
そのうちの1個や2個は，きっとチヒロさんの体の一部になる。

　チヒロさんだけじゃない。たとえば……たとえば……，何と
言ったかしら，あの花，窓の下に咲いている，真ん中が黄色く
て周りが青い……」

「キュウリグサだよ」

「ああ，そうそう，キュウリグサだね。あのキュウリグサの花び
らにも，わたしの体を作っていた原子が取り込まれるかもしれ
ない。……わたしは死ぬ。だけど，わたしを作っていた原子は，
滅びはしない。永遠に存在して，チヒロさんや，ほかの人や，
花や，草や，動物や，虫や，大地や，空気に配分されるのよ」

　わたしは，いつの間にかジュンさんの話に引き込まれていた。
ジュンさんの顔を見つめていた。不思議なことを話す人。初め
て会った時，1億年とか2億年とかいう話をした。今日は3000
兆の1兆倍なんてことを話す。でも，でたらめじゃないんだ。
ちゃんと計算したんだ。どんな計算をしたんだろう。いつか尋
ねてみよう。

「ねえ，チヒロさん，こんなふうに考えると，少しは悲しみが
紛れない？」

「うん」

　ジュンさんの口調に引きずられて，答えてしまった。確かに，

悲しいという気持ちをどこかに置き忘れたような，そんな感じ，悲しくないわけじゃないけど。

「ああ，よかった。話したかいがあったというものね。ついでに，もう一つ，慰めになりそうなこと……これが慰めになるかな……まあ，きっとなるでしょう。

　わたしは，新しいことを覚えられなくなる。だけどしばらくは，昔覚えたことはちゃんと覚えている。だから，たとえば，今日した約束を忘れてしまうことはあるかもしれないけど，昔わたしが学んだことを話してあげる分には，間違いは話さないはず。そう，あと1年くらいはね。わたしの年になれば，1年なんてつかの間のことだけど，チヒロさんの年頃にとって1年は十分に長い時間だと思うよ」

「あと1年は大丈夫なんだね」

「うん，絶対確実とは言い切れないけど」

　わたしは首を振った。

「これだけは，絶対確実，100％だよ」

　ジュンさんは，穏やかに笑った。

　今日はずいぶん長いこと話し込んだ。そろそろ引き上げないと。ジュンさんが本を読む時間が減ってしまう。あと1年か2年くらいしか残っていないんだから，ジュンさんが好きな本を読んでいられる時間は。

「じゃあ，今日はこれで帰るね。また，いろんなお話，原子のことや花のことや地球や太陽のこと，それとジュンさんの昔話も，聞かせてね」

「もちろん。わたしの話でよければ」

「それじゃあ……」

と言って帰りかけて，わたしはもう一言，言い足した。

「ねえ，明日から，ここで宿題をやってもいい？」

「いいよ。もちろん，いいに決まってるじゃないの。この机を使うといいわ」

「ありがとう。じゃあ，明日から，そうする」

　明日から，ジュンさんのそばで宿題をする。その分だけ長く，ジュンさんのそばにいられる。

第2章

I

　それから，わたしは毎日，学校からまっすぐジュンさんのう
ちに行って，宿題をすることにした。わたしが机を使って宿題
をしている間，ジュンさんはベッドに横になっている。
「ちょうどいい。チヒロさんが宿題をしている間，わたしはの
んびり音楽を聴いてましょう。宿題の邪魔にならないよう，な
るべく小さな音で聴くから」
　そう言って，パソコンをベッドの枕元に寄せた。
「大丈夫だよ。ジュンさんの好きな音楽は静かだから，普通の
音でかけていても，宿題の邪魔にならないよ」
「ああ，そう言ってもらえると，うれしい」
　そう言いながら，ふだんより小さな音で音楽をかけていた。
わたしは，宿題をしながら，時おり，
「今かけてるのは，なんていう曲？」
と尋ねる。

その日，その日でいろんな曲をかけていた。モーツァルトの
ピアノコンチェルト，27番のほかに23番とか20番とか，いっ
ぱいある。27番が最後だということだった。クラリネットコ
ンチェルトというのもある。ほかにバイオリンコンチェルト，
ホルンコンチェルト，フルートとハープのためのコンチェルト。
コンチェルトという曲の形式についても簡単に説明してくれた。
それから，ソナタ。ピアノソナタやバイオリンソナタ。ほかに
もクラリネット五重奏とかフルート四重奏とか，ジュンさんは
モーツァルトが好きなようだった。モーツァルトのほかに，
バッハ，ヘンデル，クープラン，アルビノーニ，ヴィヴァル
ディ，ボッケリーニといった名前もあった。

　いつだったか，宿題が終わったのを見計らって，
「チヒロさん，ちょっとこれを聴いてごらん」
と言って，ある曲をかけてくれた。最初に，ジャン！　とオー
ケストラの音がして，すぐにピアノの激しい演奏が始まった。
わたしはちょっとびっくりした。
「これまで聞き慣れているモーツァルトとは，ずいぶん違うね」
「うん」
「ロマン派だよ。いかにもロマン派という感じね」
「ロマン派？」
「うん，ロマン派というのはモーツァルトの1世代，いや2世代
くらい若い世代の音楽なんだよ。その時代には，こんな感じの
音楽がはやった。これは，シューマンのピアノコンチェルト」

「これもピアノコンチェルトなの？」

「そうよ。ちゃんと，オーケストラの音とピアノの音が聞こえるでしょう」

「ああ，そうだね」

「たまには，こういうドラマティックな音楽もいい。毎日聴くのは疲れるけど」

　たまに，こんなふうに宿題が終わってからも部屋の中でお話しすることもあるけど，たいていは宿題が済むと外に出た。これまでのパターーンは，ジュンさんは椅子に座って本を読み，わたしは窓の下の草の上に座ってぼんやりしている。たまに，おしゃべりする。たまに見慣れない花が咲いているのを見つけると，ジュンさんに植物図鑑を出してもらって，なんという花だか調べたりする。

　こうやって，毎日が同じように過ぎていくうちに，あの日曜日にジュンさんの病気のことを聞いて受けたショックがだんだん薄れていった。忘れたわけじゃない。たまに，何かのきっかけで，あの時のこと，あの時のショックがよみがえって，胸がキュンとなることもあるけど……。

・‿・‿・‿・‿・‿・‿・‿・‿・‿・‿・‿・‿・‿・‿・‿・‿・‿・‿・

　また，以前の時間が戻ってきたようでした。彼女は，わたしの病気のことを忘れたわけではないのだろうけど，悲しいそぶ

73

りは見せない。そして，毎日，わたしの机で宿題をして，それから窓の下に座って外を眺めている。以前と同じように，彼女の黒髪の上半分が，窓枠からはみ出している。たまに，目新しい花の名前を調べるために，植物図鑑を調べている。そういう時は，前屈みになって本をのぞき込むせいか，黒髪が窓枠の下に隠れることもあります。

　宿題を手伝うことも考えるけど，やめておきましょう。余計な手出し，口出しはしない方がいい。そんなある日，彼女がわたしに尋ねた。

「ねえ，ジュンさんは英語ができるの？」

「まあ，一応はできるけど」

「ふーん……」

　彼女は，ちょっと考え込んでから，言葉を続けた。

「わたし，英語ができるようなりたい。以前，ドイツ語の歌を聴かせてくれたでしょう。それで，ドイツ語ができるようになりたいなあと思ったけど，その前に，まず英語ができるようになりたいんだ。どんなふうに勉強したらいいと思う？」

「今は，どんなふうに勉強しているの？」

「特に……授業はちゃんと聞いているつもりだけど……」

「そう……」

　わたしが英語を，そしてフランス語を身につけた方法を教えようか。この方法なら，ほぼ確実に外国語をものにできるのだけど，彼女の根気が続くかどうか。

「わたしが自分でやった方法を教えるわ。要は，教科書に載っ

ている英語の文章を声に出して読んで，手を使って書き写すという，単純な方法なんだけどね。今，英語の教科書はある？」
「ううん，今日は英語の授業がなかったから，持ってきてない」
「そう……じゃあ明日持っておいで」
「うん」

～～～～～～～～～～～～～～～～～～～～～～～～～～～

　次の日，ちょうど英語の授業のある日だったし，わたしは英語の教科書を持ってきた。ジュンさんは，教科書をパラパラめくった。
「じゃあ，最初のページから始めましょう。もう，1ヶ月半くらい進んでいるけど，今日から毎日1ページずつやっていけば，1学期が終わる頃には追いつくでしょう。この最初のページの英語の文を声に出して読んでみて」
　わたしは，読んだ。ジュンさんは，ほほえんだ。
「まあ，初心者だからしかたない」
　そう言って，わたしが読んだ英語の文を読んでくれた。
「じょうずだね。本物の外人みたい」
「いや，ネイティヴスピーカーそっくりなわけではないよ。そもそも，ネイティヴスピーカーと同じように発音する必要はないの。いくつかのポイントを押さえておけば，英語らしく聞こえるし，相手にも通じる。一番のポイントは，母音を伴わない単独子音を子音として発音すること。［su］，［ku］，［tu］じゃ

75

なくて，［s］，［k］，［t］と発音すること。ちょっと注意すれば
すぐにできるようになるわ。これができるだけで，かなり英
語っぽく聞こえるよ。

それから，［f］と［v］を発音する時はちゃんと，上の歯と下
唇をくっつけること。［th］の発音の時には舌を上下の前歯の
間に挟むこと。最初のうちは意識しないと忘れてしまうけど，
何度も繰り返しているうちに，意識しなくても自然にそうして
いるようになる。

　これができるだけでも，ほぼちゃんと通じる英語になるのだ
けど，もう一つ欲張れば，母音の［ɑ］と［æ］を区別できれ
ば十分でしょう。どちらもカタカナだと「ア」と表記されるけ
ど，実際に聞いてみれば，かなり違う音なのよ。

　1つ1つの音については，これだけできればいい。あとは，
単語のアクセントと，センテンス全体のイントネーション。
じゃあ，わたしの読み方を注意して聞いててごらん」

　そう言って，ジュンさんは教科書の最初の文章を読んだ。わ
たしは，できるだけ注意して聞いた。

「じゃあ，もう一度，自分で読んで」

　わたしは，最初の文章を聞こえたとおりに読んだ。ジュンさ
んは，わたしの発音を注意して聞いていた。

「まあ，いいでしょう。では次の文章を読むよ」

　ジュンさんが読み，わたしがそれをまねして読んだ。

「うん，そこの stay が sutay になっている。stay だよ。違いが
分かる？」

そういうふうにていねいに発音し分けられると，わたしの読み方とジュンさんの読み方の違いが分かる。わたしはうなずいた。

「じゃあ，もう一度，まねしてごらん」

　こんな感じで，最初のページの4つの文章を音読した。

「じゃあ，今度は，声に出して読みながら，書き写すの。5回」

II

　こうして，新しい習慣が加わった。英語の音読筆記。彼女がやってくると，まずわたしが英語の教科書の1ページ分の文章を，1センテンスずつ音読して聞かせ，彼女が1センテンスずつまねをして音読する。それから彼女が5回音読しながらノートに書き写す。まだ中学1年生の1学期，英語は始まったばかりで，教科書の1ページに短いセンテンスが4つか5つあるくらいだから，5回といっても10分か15分ほどで終わる。

　それから，ほかの教科の宿題をして，それも終わると，天気が良ければ外に座っている。雨の日は部屋の中にいる。床に腹ばいになったり，仰向けに寝たり，窓から外を眺めたり，ベッドに背をもたせて座ったり，姿勢はさまざま。今どきの子供のように，ゲームをしたり，スマホをいじったりするわけではなく，ただ，ボーッとしている。変わった子。まあ，自分の子供時代を振り返れば，人のことは言えないけど。

梅雨に入り，雨の日が多くなった。あまり暑くなければ，紅茶を淹れてあげる。ティースプーン山盛り1杯の砂糖を入れて。

　今日も，ベッドに背をもたせて座り，おいしそうに紅茶を飲んでから，仰向けに寝転がって天井を見ている。わたしも，首を曲げて顔を上に向け，天井を見た。今どきの安っぽい合板ではない，杉？　それとも檜？　木材の板を張った天井。自然の木目は微妙な変化に富んでいて，見飽きない。ふと，子供の頃，風邪か何かの病気で一日じゅう寝かされていた時のことを思い出す。その時も，こうやってずっと天井板の木目を眺めていた。それで，わたしの子供の頃の思い出を話す気になったのかしら……。

「チヒロさん，毎日，英語の教科書の文章を5回ずつ読んで書いてるけど，『こんなんでほんとうに英語ができるようになるのかな』と心配にならない？」

「心配なんか，してないよ。ジュンさんがお勧めの勉強法なんだから。きっと英語ができるようになると思っているよ」

「そうなの？　信用してくれてありがとうね。……わたしが中学1年生の2学期のこと。英語の先生が，『これから，英語の授業のある日は，その日やった英語の教科書の文章を5回読んで書くように』という宿題を出したの。そして時おり，2週に1回くらいかな，ノートを提出させて，宿題をやっているかどうかチェックした。わたしはまじめに宿題をこなしたわ。基本的に，教師の言うことには従う生徒だったし，英語ができるようになりたいという希望もあったからね。

2ヶ月くらいして，その先生は，『この宿題は今日で終わり』と宣言した。わたしは，たぶんほかのすべての生徒たちも同じだったと思うけど，英語の教科書の文章を読んで書くのをやめた。それから1ヶ月くらいした頃かな，英語の単語の小テストがあったけど，その結果はいささかショックだったわ。教科書を読んで書いていた頃に習った単語は全部覚えているのに，その後，小テストの直前1ヶ月くらいに習った単語は，かなり忘れていたの。

　それからわたしは，誰に命じられたわけでもないけど，英語の授業のあった日に習った教科書の文章を5回声に出して読んで書くようにしたの。中学を卒業するまで続けた。わたしの英語力の基礎は，これで作られたんだと今も信じているよ」
「ふーん，そんな由緒ある勉強法なんだ」

　わたしは，ちょっとおかしかった。「由緒ある」という言葉は，こんな使い方をするものかな。まあ，いいでしょう。
「ただ，自分の経験を振り返って，もう少し能率的な方法をチヒロさんには指導できると思う……チヒロさん，夏休みには何か予定があるの？」
「特に，何もないよ」
「じゃあ，夏休みになったら，英語の特訓をする？　毎日2時間くらい」
「うん，いいよ。どんなことするの？」
「まず，最初の1週間で文法をさっと勉強しよう」
「文法って，『さっと』勉強できるものなの？」

79

「うん，大丈夫」

　わたしの返事は，彼女を喜ばせたようだ。

「そういうのを『たいこばん』って言うんだよね」

「おや，ずいぶん難しい言葉を知ってるね。そう，太鼓判よ」

「たいこばん！　……で，文法を1週間でさっと勉強したら，その次は何をするの？」

「その次は，英語で何か物語を読んで，それを1ページずつくらい5回読んで書きましょう。『ラダーシリーズ』といって，英語を勉強している人たち向けに英米文学の名作を易しい英語に書き直した本のシリーズがあるの。その中から，おもしろそうなもの，チヒロさんが興味を持ちそうなものを選んで，それを，声に出して読んで書くの。1ページの英文だと，5回読んで書くだけで1時間くらいかかる。その前に文章の構造を理解したりする時間を入れると全部で2時間くらいかかるけど，夏休みの1ヶ月くらい，がんばってこの勉強をすると，ほんとうに英語の力が付くよ」

「うん，チヒロ，がんばるよ」

「ああ，頼もしい返事……じゃあ，さっそく，本を探してみよう」

　わたしは，パソコンを立ち上げ，「ラダーシリーズ」で検索をかけた。サイトはすぐに見つかりました。ただ，わたしが期待していたシェイクスピアの『テンペスト』は収録されていなかった。プロスペロが仇の過去の罪を赦す場面，そして自分の運命を観客に委ねる最後の場面，数あるシェイクスピアの名場面の中でもわたしが一番好きな場面をチヒロさんに英語で読ま

せたかったのだけど……まあ，それはしかたない。その代わり，日本の昔話や名作を易しい英語に訳したものが初級レベルに収録されている。芥川龍之介の『鼻』，『杜子春』。新美南吉の『ごんぎつね』，『手袋を買いに』。宮沢賢治の『セロ弾きのゴーシュ』，『よだかの星』。彼女に尋ねると，どれも読んだことはないという。最近の国語の教科書にはこれらの作品は収録されていないのか，それとも彼女が忘れてしまったのか。

「ジュンさんが選んでくれていいよ。わたしは，どれがいいか，分からないよ」

　そう言われて，わたしは『杜子春』と『手袋を買いに』の間で迷ったけど，結局『手袋を買いに』に決めた。小学生の時に読んだこのほのぼのとしたお話を，彼女と一緒に英語で読むのは，楽しい時間になるでしょう。

「じゃあ，この『手袋を買いに』にしよう。わたしが小学生の時，国語の教科書に載っていて読んだお話なの」

「どんなお話？」

「ほのぼのとしたお話。きっと，チヒロさんの学校の図書館にもあるよ。もちろん，英語訳じゃなくて原作の日本語だけど。読んでおくといいわ」

「日本語で読んでおいてもいいの？」

「いいよ」

「じゃあ，明日，学校の図書館に行ってみる」

「ああ，そうするといい。わたしは，夏休みになるまでに，英訳の本を買って用意しておくね」

わたしは，ふと不安になった。

「そうだ，忘れないようにメモしておこう」

わたしは，メモ用紙に書き付けた。

　　　　　チヒロさんに

　　　　　ラダーシリーズの『手袋を買いに』

　　　　　を買っておく

「このメモをどこか目に付きやすいところに貼っておきましょう。そうだ，この窓がいい」

❧❧❧❧❧❧❧❧❧❧❧❧❧❧❧❧❧❧❧❧

　ほんとうは，『ごんぎつね』は読んだことがあるんだ。国語の教科書に載ってたから。でも，ジュンさんのお勧めの本を読みたいから，ウソをついちゃった。大丈夫だよね。これくらいのウソは……明日，図書館で『手袋を買いに』を借りてこよう。

　それにしても，ジュンさん，こんなことをわざわざメモに書いて，窓に貼り付けていた。そうしないと，忘れてしまうのかな……。

Ⅲ

　今日は，久しぶりに良い天気だ。授業が終わって，すぐに図書館に行って『手袋を買いに』が入っている『新美南吉作品集』を借りてきた。それから，いつものようにジュンさんのお

82

うちに行って，英語の勉強と宿題が済んだら，図書館で借りて
きた本をカバンから取り出して見せた。
「おや，さっそく借りてきたのね」
「うん。今日は天気がいいから，外で読む」
「ああ，そう。でも，まだ地面が湿っているかもしれないよ」
「大丈夫だよ。草の上に座るから」
　わたしは，いつもの窓の下の草の生えているところに座って
読み始めた。本を読むのは慣れていないけど，短いお話だから
すぐに読み終えられた。
「このお話は，ハッピーエンドだね。『ごんぎつね』は悲しいラ
ストだけど」
「そうね……チヒロさん，『ごんぎつね』を読んだことあるの？」
　しまった，余計なことを言ってしまった。それにしても，
ジュンさんは鋭い。ぜんぜんボケてなんかいないよ。
「うん。ほんとうは，読んだことあるの。でも，読んだことが
あると言ったら，『じゃあ，それにしよう』ということになる
だろうと思って……ジュンさんのお勧めのお話を読みたかった
の。ごめんなさい。ウソついて」
　ジュンさんは，ちょっと驚いて，それからいつもの優しい笑
顔になった。
「いいの。そんなに謝らなくて。まあ，ウソと言えばウソだけ
ど，罪のないウソだから。気にしなくていいよ」
　よかった。許してくれて。

そんな，かわいいウソをついていたの？　怒る気にはならないよ。むしろ，いとおしいくらい。わたしにしても，彼女と一緒に読むのなら，『ごんぎつね』の悲しいストーリーより，『手袋を買いに』の心温まるストーリーの方が好ましい。
「チヒロさんは準備完了のようだから，わたしも忘れずに英訳本を買っておかないとね」
　彼女はにっこりほほえんだ。そう，その笑顔，キミには笑顔が似合っているよ。わたしは，ふと窓から空を見た。まだ夕焼けには間がありそう。彼女も一緒に空に目をやった。
「まだ，夕焼けにならないね」
「そうね。一年で一番日が長い，日の入りが遅い季節だから。4月頃は，この時間にもすっかり夕焼けしていたけど」
「うん。残念だね」
「まあ，自然な季節の移りゆきだから，しかたない。秋になれば，またこの時間に夕焼けが見られるようになるから」

　1週間ほどして，スーパーマーケットに買い物に行くついでに，駅前の本屋に立ち寄った。注文していた本がもう届いている頃だから。
　ちゃんと届いていた。ラダーシリーズのレベル1『手袋を買いに』"Buying Some Gloves"が英文タイトルだった。彼女が宿題を終わってから，渡すことにしよう。それまではどこか見え

84

ないところに隠しておかないといけないのだけど，この部屋に
は物を隠せる場所は少ない。キッチンの棚か，ベッドの下か……。

　彼女がいつものように元気にやって来た。いつものように，
英語の教科書を音読して筆記する。最近は，わたしが音読の手
本を示さなくても，ちゃんと英語らしい発音で読めるように
なっているのだけど，1回はわたしが音読する。ただし，1セ
ンテンスずつ区切ってではなく，1ページ分まとめて。それか
ら5回，彼女が声に出して読んで書く。それが終わると，ほか
の教科の宿題をする。その間，わたしは音楽を聴く。宿題が終
わって，わたしはベッドの下から本を取り出した。
「ほら，ちゃんと買っておいた。駅前の本屋さんに注文してい
たの」
「わー……」
　彼女は，ページをパラパラめくっている。
「挿絵もついている」
「うん。手元に置いて，たまに眺めているといいよ。意味は分か
らなくても，アルファベットのスペルや挿絵を眺めているだけで
も，なんとなく楽しい気分になるかもしれない。気が向いたら，
本の最後に，この英訳本に出てくるすべての単語の意味を書い
た辞書が付録で付いているから，それも読んでみるといいね」
「うん。ありがとう」
　彼女は，本をカバンにしまった。
「さて，これはもう剥がしていいでしょう」

わたしは，窓に貼っておいたメモを剥がした。
「ねえ，本って，注文できるものなの？」
　おもしろいことを訊く子だ。
「うん，注文できるよ。駅前の本屋さんは，そんなに大きくないから，ふだんこんな英語の本は置いてないでしょう。でも，注文すればちゃんと取り寄せてくれるの」
「ふーん，そうなんだ」
「まあ，今のご時世，インターネットで注文して宅配便で届けてもらうこともできるけど，そうすると，宅配便の人がこの家にやって来る。あまり余計な人をここに入れたくないの。わたしがここに住んでいることを，余計な人に知られたくない，と言う方がより正確かな」
「そんなことを思っているのなら，ここは最適だね。表の道から狭い通路をずっと入ったところに，こんな小さな家が建ってる。まさか，あの木戸の奥にこんな家があるなんて，誰も思いつかないよ。この家は，ほんとうに変わった家だね」
「うん，なかなか興趣をそそるいわれのある家なの」
　わたしは，この家を建てた「最後の当主」のことを話して聞かせた。もちろん，一面識があるわけでもないから，不動産屋さんの話の受け売りなのだけど。

　世の中には，おもしろい人がいるんだなあ。まあ，わたしも

人のことは言えないけど。それにしても，そんな家をわざわざ買って引っ越してきたジュンさんも，おもしろい人だよなあ。「わたしがここに住んでいることを，余計な人に知られたくない」なんて，どうしてそんなこと考えるんだろう。何か，とてつもなく悪いことをして隠れているのかな？　……まさか，それはないよ。

　昔はどんな仕事をしてたんだろう。家族はいるのかな。親はもういないかもしれないけど，きょうだいとか子供とか……訊いてみたいんだけど，あまり自分のことを話したがらない人だから。でも，これくらいは訊いてもいいかな……。

「ジュンさん，お友達はいないの？」

「何人かはいたよ」

「何人か？　……」

「そう，何人か。何十人も何百人もではないわ。そんなにたくさん要らないでしょう。何人かいれば十分だと思わない？」

「まあ，そうだけど」

　ここで話が途切れたと思ったら，ジュンさんがわたしに尋ねた。

「チヒロさん，小学校を卒業する時，悲しかった？」

「えっ？　……」

　なんで急にそんなこと訊くんだろうと思いながら，わたしは答えた。

「特に悲しくはなかったよ」

　ジュンさんはわたしの返事を聞いてゆっくりうなずく。そし

て，話し始めた。

「もう何十年も昔のこと。小学校の卒業式の前の日か，2〜3日前だったかしら，クラス会で生徒たちが一人ずつ順番に今の気持ちを語るの。みんな口を揃えたように『小学校を離れるのは悲しいです』とか『小学校の先生たちと会えなくなるのは悲しいです』と語る。わたしは不思議だった。小学校を卒業するって，そんなに悲しいことなのかしら？　わたしにとって，小学校6年生の3学期を終えれば卒業する，それは，日が沈めば夜になるというのと同じくらい当たり前のこと。悲しむようなことじゃないと思ったの。だから『早く中学生になりたい』と言った。その瞬間，教室の中がしらけたわ」

　わたしは思わず笑ってしまった。

「そういう時は，周りにあわせてそれらしいことを言うもんだよ」

　ジュンさんも笑う。

「チヒロさんはあの頃のわたしより大人ね」

　それからまじめな表情に戻った。

「わたしも，中学生，高校生となるにつれて学習したわ。自分の思いを素直に言わない方がいい場面もあるということ。周りの人たちとうまく付き合っていくには，『ウソも方便』だということ。でも，わたしはどうしてもなじめなかった。自分の気持ちを偽るのに。だから，周りの人たちと距離を置くようになったの。話しかけられなければ，自分の気持ちと裏腹なことを言う必要もないからね。寂しいとか，悲しいとは思わなかったわ。一人でも楽しいことはいろいろあるでしょう。本を読ん

だり，音楽を聴いたり，夕焼け空や星空を眺めたり……ああ，でも心配しないで。天涯孤独ってわけじゃないから。大人の世界は学校よりは広い。こんなわたしをこんな人だと分かった上で付き合ってくれた友達も何人かいたからね」

「『いた』の？『いる』んじゃなくて？」

　わたしに問い掛けられてジュンさんはちょっとびっくりした。それから，いつもの穏やかな表情に戻る。

「今は，チヒロさんがいるわ」

　そう言われて，わたしはうれしい。そしてジンとくる。

「うん。チヒロはジュンさんの友達だよ」

「ありがとう」

　ジュンさんは優しくほほえんだ。

　やがて，2週間くらいして，夏休みになった。

IV

　夏休みの最初の日。今日から英語の特訓が始まる。「2時間くらいかかる」と言われたから，これまでよりも早めにジュンさんのうちに行った。ほんとうは，学校がないから，一日中でもいたいんだけど，それはきっと迷惑なんだろう。一人で静かに本を読んだり音楽を聴いたりしているのが好きみたいだから。

　ジュンさんのうちに行くと，机のパソコンが立ち上げてあった。

「さあ，こっちに座って」

　そう言って，ジュンさんはわたしを椅子に座らせて，自分は
脇に立って，パソコンを操作して，『英文法レッスン』という
サイトを開いてくれた。
「7日間で英文法の基本が学べるように編集してある。一人で
読んでも分かると思うよ。もちろん，あとでちゃんと説明して
あげるけど，まずは自分で読んでごらん。今日はこの『第1
日』。一通り読むのに30分くらいかかるかな。文法の説明なん
て，読み慣れていないだろうから，今日はちょっと時間がかか
るかもしれないね。あわてなくていいから」

　そう言って，ジュンさんは，いつもわたしが宿題をしている
時のように，ベッドに横になった。わたしはパソコンの画面に
表示されている英文法のテキストを読み始めた。言われたとお
り，文法なんて生まれて初めて勉強するから，ちょっと難しい
けど，先生と生徒の対話形式で書かれていて，けっこう読んで
いておもしろい。

　文法とは文章を組立てる規則ですが，文章には大きく分けて
2つの種類があります。1つは，「誰（あるいは何）は〜する」
という動作を表す文。もう1つは「誰（あるいは何）は〜で
す」という状態を表す文。動作を表す文なら，たとえば「アキ
ラはバスでナオコと学校に行く」というのは，要するに「アキ
ラは行く」という文で，それに「誰と」，「何で」，「どこに」と
いう修飾語が付け加わっています。状態を表す文なら，たとえ

ば「アキラはひょうきんで明るいけれど本当はまじめな生徒です」という文章は，要するに「アキラは生徒です」ということで，それに「本当はまじめな」とか「ひょうきんだ」とか「明るい」という修飾語が付いているわけです。今日は動作を表す文だけを取りあげて英語の文法を説明します。

「アキラはバスでナオコと学校に行く」という内容を英語で言うと，

"Akira goes to school with Naoko by bus."

となります。"goes" は「行く」という意味ですが，辞書に載っている形，いわゆる原形は "go" です。その後に付いているは「三単現のS」といいますが，これについては後に説明します。

《そのまま "goes" で辞書に載せてくれればいいのに》

　それはちょっと無理でしょう。日本語でも，たとえば「行けば」とか「行こう」という単語は辞書に載ってないでしょう。辞書に載っているのは「行く」という形だけです。日本語でも英語でも，動詞つまり動作を表す言葉はいろいろと形を変えるから，その形を全部載せていたら，辞書が何ページあっても足りません。それで，代表的な形を１つ選んでそれだけを載せています。これからも "s" や "es" が付いた動詞が出てきますが，とりあえず気にしないでおいてください。

"to" は「〜に」という意味，"school" は「学校」，"with" はいろいろな意味がありますがこの場合は「〜と」，"by" もいろいろな意味がありますがこの文では「〜で」という意味，

"bus" は日本語でも「バス」。

　さて，

"Akira goes to school with Naoko by bus."

　の１つ１つの単語を，順番を入れ換えないで，そのまま日本
語にしてみるとどうなるでしょうか？　……

《「アキラは行く学校にナオコとバスで」》

　残念でした。もう一度，考えてください。「１つ１つの単語
を，順番を入れ換えない」んですよ。"to school" なら，
"to" の方が "school" の前にありますね。

《ということは，Akira（アキラ）goes（行く）to（に）
school（学校）with（と）Naoko（ナオコ）by（で）bus（バ
ス）なのだから，

「アキラ行くに学校とナオコでバス」》

　そう，それが正解です。

《でも，「アキラ行くに学校とナオコでバス」なんて日本語じゃ
ないよ》……　—

　こんな感じでお話が続く。１日分，なんとか読み終えた。

「終わったよ。ちゃんと理解しているかどうか，分からないけど」

「なかなか正直でよろしい。じゃあ，これからポイントを説明
していくね。わたしがとばしたところでも，質問があったら，
遠慮なく『ここがよく分からない』とか，言っていいからね」

　そう言って，わたしの脇に中腰になって画面を見ながら説明
を始めてくれた。

「ジュンさん，ここに座ってよ。わたしが立って画面を見るから」

「いや，このままでいいわ」

「そんなことないよ。電車でも，元気な子供はお年寄りに席を譲るんだよ」

　ジュンさんはちょっと苦笑いした。

「そうね。ではお言葉に甘えて」

　ジュンさんは椅子に座って説明する。わたしはジュンさんの肩越しにパソコンの画面を見ながら説明を聞く。

　こんなふうにして，6日で英文法の勉強が一通り終わり，7日目は構造分析の練習だった。いろんな英語の文章を，「これが主語，これが動詞，この名詞は前置詞と一緒にこの動詞を修飾している……」という具合に分析して，文章の意味を理解する。日本語の文章を「この文章の主語はこれ，動詞はこれ，この名詞と助詞はこの動詞にかかる……」という具合に分析して英語の文章に作り直す。この練習をしていると，どんな英語の文章でも，単語の意味さえ辞書で調べれば，理解できるような気になるし，どんな日本語の文章でも，ちゃんと英語に訳せそうな気がしてくる。文法って，すごいんだ。わたしは「フーッ」と息をついた。

「チヒロさん，疲れた？」

「えっ？　……うん，まあ，疲れたけど，でもおもしろかったよ」

「それは，よかった」

　ジュンさんは穏やかにほほえみながらわたしに話しかける。

「中身の濃い勉強だったのよ。中学3年間で習う文法のエッセンスを1週間で仕上げたんだから。スポーツにたとえれば100メートルの坂道を駆け上るくらい。チヒロさん、よく頑張ったわ。えらい」

　褒められて、わたしは思わず表情が緩んでしまった。

「文法の勉強が一通り終わったから、次は『手袋を買いに』の音読筆記だけど、明日はお休みしましょうか？」

「休まなくてもいいよ。明日から、読み始めようよ」

「おやおや、熱心ね。じゃあ、明日から始めよう」

　そう言いながらジュンさんは立ち上がり、ベッドの下から何か取り出した。易しい英語で書かれた『手袋を買いに』の本だった。

「駅前の本屋さんに注文したら、意外に届くのに手間取って、心配したけど、今日やっと届いた。間に合ってよかった」

　わたしは、びっくりしてその本を眺めた。

「ジュンさん……この本、もう買ってくれてるよ。夏休みになる前に、渡してくれたよ」

「えっ……」

⟡⟡⟡⟡⟡⟡⟡⟡⟡⟡⟡⟡⟡⟡⟡⟡⟡⟡⟡⟡⟡⟡⟡

　まったく、記憶にない。普通の物忘れなら、指摘されると「ああ、そうだった、この前買っておいた」と思い起こせるものだけど、それさえできない。記憶が完璧に抜け落ちている。彼

女も，事情を理解したみたい。心配そうな顔つきでわたしを見ている。へたに言いつくろうのはやめておこう。その方がいい。
「すっかり忘れていた。これが短期記憶障害なの。前から何度かこういうことはあったんだけど，チヒロさんが目にするのは，初めてだね。びっくりしたでしょう。大丈夫よ。心配しなくていいから。最近のことは忘れても，昔勉強した英語のことは，ちゃんと覚えている。チヒロさんの英語の特訓は，ちゃんと指導できるから。大丈夫よ」

　彼女は，まだ心配そうな表情で，だけど目を見開いてわたしを見つめながら，しっかりとうなずいた。
「この本は，わたしが予習用に使うわ。教える側も，ちゃんと予習しておかないといけないからね」
「ジュンさん，わたしは，自分の英語の勉強のことを心配してるんじゃないんだよ」
「分かっているよ。それは，分かっている。チヒロさんは，わたしのことを心配してくれてるのね。分かっているよ。でもね，わたしのことは，心配しなくていいの。心配しなくてもいいのよ。分かる？」

　彼女は，もう一度，しっかりとうなずいた。

V

　次の日から『手袋を買いに』を読み始めた。わたしが椅子に座る。ジュンさんは，わたしの後ろに立っているけど，疲れた

ら窓枠に座ったり，ベッドに座ったりする。

「じゃあ，最初の文章；

Mother Fox and Little Fox lived in a hole in the forest.」

ジュンさんが声に出して読んでくれた。相変わらず，外人のように発音がじょうずだ。

「単語の意味を調べてくるようにとは言っていないけど，少しは調べた？」

「Motherは『お母さん』，Foxは『きつね』，Littleは『小さい』，liveは『住む』，過去形だから『住んでいた』，holeは『穴』，forestは『森』だよ」

「おや，全部調べてたんだ。えらい。では，この文を構造分析してごらん」

「主語は，Mother Fox and Little Fox；お母さんきつねと小さなきつね。

動詞は，lived；住んでいた。

in a hole，穴の中に，とin the forest，森の中に，はどちらもlivedにかかる。

穴の中に森の中に住んでいた」

「……うん，それも文法的には間違っていない。だけど，意味から考えると，in the forestはlivedじゃなくて，holeにかかると考える方がいいよ。

森の中の穴の中に住んでいた，森の穴に住んでいた。

文全体で，お母さんきつねと子ぎつねが森の穴に住んでいました」

「なるほど」

「実は、のっけから、定冠詞と不定冠詞の使い分けという難しい問題があるのだけど、ここで深入りするのは、やめておきましょう。もっと、英語の勉強が進んだら、少しずつ分かってくるでしょう。

じゃあ、次の文……」

と言ってから、ジュンさんは、ふと遠くを見るような眼差しになった。

「……チヒロさんは、この文章；

Mother Fox and Little Fox lived in a hole in the forest.

を一生忘れないかもしれないね。本格的に英語を勉強し始めた、最初の文章だから。わたしが『最後の授業』"La dernière classe" の書き出しの文章を今でも覚えているように……」

こんなふうに独り言のように話してから、またいつもの口調に戻った。

「では、次の文章；

It was winter in the forest, and it was very, very cold.」

ジュンさんが音読して、わたしが構造分析して、日本語に訳して、それをジュンさんが手直しして、日本語らしい文章にしてくれる。そして、また次の文……こうやって、その日の分、およそ1ページの構造分析が終わった。

「今日はここまでにしておきましょう。じゃあ、今日の分の文章を1つずつ読んでいくからね」

ジュンさんが1つの文章を読み、わたしがまねして読み、ジュ

ンさんが次の文を読み，わたしがまたそれをまねして読み……
その日の分を読み終えた。
「じゃあ，こんどはチヒロさんが一人で通して音読してごらん」
わたしは言われたとおり音読した。
「では，これからが本番。今日やったところを5回音読しなが
ら書くんだけど，その前に休憩しようか。疲れたでしょう」
「うん」
さすがに，疲れた。「特訓」と言われたから，かなり大変だろ
うとは思っていたけど。
「ほんとうにくたびれてしまったのなら，音読筆記は明日にし
てもいいよ」
「ううん，大丈夫。今日やるよ。ちょっと休んだら，やるから」

━━━━━━━━━━━━━━━━━━━━━━━━━━━━━━━━

　彼女は，がんばって5回読んで書いた。1時間以上かけて。
今日1日の勉強では3時間くらいかかったことになる。最初は
それくらいの時間がかかるとは予想していた。彼女の根気が続
くか心配したけど，彼女はやり抜いた。
　翌日は，慣れてきたので，2時間半くらいで終わった。その
翌日はもうちょっと短い時間で。こうして，1週間くらいする
と，だいたい1日の勉強が2時間くらいで終わるようになった。
日に日に英語の力が付いていくのが目に見えるよう。彼女もそ
れを感じるらしい。それを実感できると，勉強がおもしろくな

る。わたしもそうでした。フランス語を独学で勉強し始めた時。

❧❧❧❧❧❧❧❧❧❧❧❧❧❧❧❧

　今日の勉強はきつかった。おうちに帰ってちょっとぐったりしていたら，仕事から戻ってきたお母さんが心配してくれた。
「今日はとても暑かったから」
と答えたら，
「そうだね。もう夏も真っ盛りだね」
と納得したみたいで，それ以上は何も言わなかった。裏の幽霊屋敷のことは話しているけど，ジュンさんのことは何も話していない。ほかの人には話さない方がいいのだろう，ジュンさんは人付き合いが嫌いなようだから。

　次の日，1日目と同じように英語の特訓が始まった。でも，1日目よりは楽だったし，早く終わった。たった1日だけど，慣れてきたのかな。その次の日は，もっと楽になり，もっと早く終わった。1週間くらいすると，ずいぶん楽に英語を読んで書けるようになった。わたしは英語ができるようになっている，そう思えてうれしかった。それに，教科書の文章ではなくて，ちゃんとした物語，易しい英語で書かれているのだけど，それでも『手袋を買いに』というれっきとした小説を英語で読めているのが，信じられないくらいで，うれしかった。

本を読んで書くのが3分の2くらい進んだ頃，8月の中頃かな，この頃になると，5回読んで書くのを終わっても，ぐったりとはならず，余力が残っていた。それで，わたしは以前から訊きたいと思っていたことをジュンさんに質問した。

「ジュンさん，以前，病気の話をしてくれた時，人の体には3000兆の1兆倍の原子があるって話してくれたでしょう。あれは，どうやって計算したの？」

「3000兆の1兆倍くらいね，正確な数字ではない。どうやって計算したのか，知りたい？」

「うん，知りたい。そんな難しい計算じゃないって言ってたじゃない。どうやって計算したの？」

　ジュンさんはちょっと考え込んだ。

「やっぱり，ほんとうは難しい計算なの？」

「計算そのものは，そんなに難しくはない。ただ，その計算の原理というのかな，なぜそういう計算で，体の原子の数を求めることができるのか，それを分かりやすく説明するのが難しい……でも，やってみよう。なんとか説明してみるわ」

　ジュンさんは，ちょっと考えてから，話し始めた。

「たとえば，ピーナッツとお団子があるとしよう」

　なんで，原子のことを聞いてるのに，ピーナッツとお団子なんだろう，たまに突拍子もないことを言い出すんだよね，この人は。

「ピーナッツは1個が1グラム，お団子は1個が20グラムとすると，1個あたりの重さの比率は，1：20になる。この2種類

の粒の重さの比率が大事だからね。では、ピーナッツとお団子をそれぞれ100個ずつ、2つの袋に分けて詰めたら、それらの袋、ピーナッツ100個入りの袋とお団子100個入りの袋の重さはそれぞれどれだけになる？　袋の重さは考えなくていい。中身の重さだけ」

「そりゃあ、ピーナッツの袋は100グラムで、お団子の袋は……2000グラムでしょう。2キログラムと言わないといけないのかな」

「まあ、それはどっちでもいい。正解。ピーナッツとお団子を同じ数、100個ずつなら、その重さは100グラムと2000グラム、その比率は1：20だね。じゃあ、袋にピーナッツとお団子を……1000個ずつ入れたら、その袋の重さはそれぞれどれくらいになる？」

「ピーナッツの袋は1000グラム、1キログラムで、お団子の袋は20000グラム、20キログラムだよ」

「そう、1キログラムと20キログラム、これもまた、その比率は1：20だね。何を言いたいかといえば、1個あたりの重さの比率が1：20なら、それぞれ同じ数だけ集めた時の全体の重さの比率もやはり1：20になるということ。この計算を逆にたどることもできるの。ここが山場だから、よく聞いてね。

　2種類の粒、ピーナッツとお団子でもいいし、米と大豆でもいいし、小豆とインゲン豆でもいい、とにかく2種類の粒があって、それぞれの1個あたりの重さが何グラムかは分かっていないけど、1個あたりの重さの比率は1：20だと分かってい

るとしましょう。それら2種類の粒をいくつか袋に詰めて，その袋の中身の重さの比率が1：20になっているなら，というか，袋の中身の重さの比率が1：20になるように詰めたなら，つまり，たとえば，ピーナッツの袋が30グラムなら，お団子の袋は600グラムになるように詰めたなら，仮にその袋の中に正確に何個ずつ入っているかは分からなくても，2つの袋に同じ数の粒，同じ数のピーナッツとお団子が入っているはずだと推測できる，ということは分かる？」

わたしは，ちょっと考えた。なんとなく分かる気がする。

「うーん，なんとなく分かるよ」

「よろしい。この話は，何も1：20という比率に限ったことではない。1：4でも1：10でも1：14でも，どんな比率でも言えることなの。たとえば……たとえば，大豆とインゲン豆にしようか……インゲン豆が大豆の6倍重いなら，大豆1キログラムとインゲン豆6キログラムには，それぞれ同じ数の粒があることになる。これも分かるよね？」

「うん，そうだろうね」

「そうなのよ。ここが分かれば第1段階，そして一番難しい段階をクリアしたことになる」

ジュンさんは表情が生き生きしている。こういう話をする時のジュンさんはほんとうに生き生きしている。大好きでたまらないことを話しているみたい。英語の勉強を見てくれている時は先生の顔をしているけど，こういう話をする時は，なんと言うのかな，「オタク」の顔と言うのかな。音楽のことを話す時

は，静かな芸術家みたいな顔になる。ジュンさんには，いろんな顔があるな。

「それじゃあ，いよいよ原子の話」

　おっと，余計なことを考えていてはいけない。ジュンさんは，興に乗って話している。

「原子1個あたりの重さも，今ではちゃんと測定されているんだけど，それは分からなくてもいい。それぞれの原子の重さの比率が分かっていればいいの。この比率はずいぶん昔から，200年くらい前から分かっていた。一番軽いのが水素の原子で，これを1とすれば，炭素原子の重さは12，窒素原子は14，酸素原子は16……チヒロさんが高校生になったら化学の授業でこれとは別の説明を受けると思う。だけど，初心者には，水素を1として説明する方が分かりやすいの。だから，水素を1としてその何倍というふうに説明するね。水素を1として，その何倍になるかを表す数字を，その原子の原子量という。炭素は12，窒素は14，酸素は16。この数字を原子量という。もちろんほかの原子の原子量も分かっている。それなら，原子量にグラムを付けた量，水素1グラム，炭素12グラム，窒素14グラム，酸素16グラムを持ってくれば，そこには同じ数の原子があるはずだ，ということは分かる？」

「きっと，そうなるね」

「うん，きっとそうなる。で，実は，その数が分かっている。原子量にグラムを付けた量の水素や炭素や窒素や酸素，同じ数の原子があるはずだけど，その原子の数が分かっているの。ア

103

ヴォガドロ数といって，6×10の23乗。6のあとに0を23個並べた数字」

「……」

「と言われても想像できないでしょうね」

「うん，想像もつかないよ」

「10の12乗が1兆だから，6×10の23乗は6000億の1兆倍なんだけど，それでもピンとこないかな」

「うん，ピンとこない」

「まあ，しかたない。普通の人間の実感を超えた数字だからね。ともかく，6000億の1兆倍の原子がある。ここまでが第2段階」

　ジュンさん，ますます興に乗っている。

「では，いよいよ人の体の話。人の体にはいろんな原子が含まれているけど，原子の数で言えば，一番多いのは水素で，人の体に含まれる原子の半分以上，60％くらいは水素なの。その次が酸素，3番目が炭素，4番目が窒素，その後はずっと数が減るけど，カルシウムとかナトリウムとか鉄とかリンなどの原子もある。水素は原子量が1，酸素は16，炭素は12，窒素は14，ほかのカルシウムとかナトリウムとか鉄とかリンの原子量はもっと大きくて，30とか40とか50くらいになる。原子の数で60％くらいを占める水素の原子量が1で，ほかは10以上，ものによってはもっとずっと大きいから，人の体を作る原子を全部まとめて平均すれば，平均の原子量は10くらいでしょう。おおざっぱな推測だけど，そんなにひどく間違ってはいないはずよ。

それで，人の体の平均の原子量を10としたら，人の体10グラムには，平均していくつの原子が含まれていることになる？」
「えっと，さっきの数だね」
「そう。さっきの数，アヴォガドロ数，6000億の1兆倍の原子がある。さあ，ここまで来れば，あと一息。10グラムで6000億の1兆倍なら，体重50キロ，つまり50000グラムとすれば，その5000倍の原子がある。6000億の1兆倍の5000倍で，3000兆の1兆倍になる」
「……すごい計算だね」
「まあ，大きな数の計算だけど，コンピューターなんか必要ないわ，電卓で十分。慣れていれば，暗算でもできる」
「暗算は無理だよ」
「まあ，そうかな。ともかく，こんなふうにして計算するんだけど，分かった？」
「うーん，なんとなく分かるんだけど……なんとなく，手品を見ているような……」
　ジュンさんは，わたしの答えを聞いて，ほほえんだ。
「そうね。たぶん，こういう発想に慣れていないのでしょうね。でも，『なんとなく』でも分かったのはすごい」
　ジュンさんは楽しそうに，ニコニコしている。

　今日は，久しぶりに理科の話をした。やっぱり，こういう話は楽しいな。お話の中身も楽しいけど，話をしているジュンさんが，ほんとうに楽しそうに話すから，聞いてる方も楽しくな

る。このところずっと英語の勉強をしていて，それはそれで，英語ができるようになってうれしいんだけど，それとはぜんぜん違う楽しさだな。

～～～～～～～～～～～～～～～～～～～～～～～～～～～～

　この子の中には，秀でた知性が眠っているの？　……たいていの子供は，人の体に含まれる原子の総数なんて話を聞いても，「あっそう」で終わる。こういう話に興味を持って，かなり難しい説明に熱心に耳をかたむけて，高校で習うモルの概念を「なんとなく」でも理解した。英語だって，まだ中学1年なのに，3年くらいのレベルの英文をちゃんと理解できている。

　その知性が目覚めて，健やかに伸びていく将来が楽しみ。その将来を見届けることはできないけど。

～～～～～～～～～～～～～～～～～～～～～～～～～～～～

　8月の終わり頃，とうとう『手袋を買いに』を5回読んで書く勉強が全部終わった。夏休みはあと2日残っている。
「とうとう，終わったね」
「そうだね。チヒロさん，よく頑張った。えらい」
「うん」
　わたしは，うれしかった。英語の勉強をやり通せたのが，そして，ジュンさんに「えらい」とほめられたのが。

「夏休みはあと２日残っているのかな。この２日はゆっくりお休みする？」

「うーん……」

「どうしたの？　あまり気が乗らないようだけど」

「あのね，英語の歌を教えてほしいの。英語で何か歌えたらいいなあと思ってるの」

「ああ，それはいいね。歌は楽しいし，発音やアクセントやイントネーションが自然に身につく。うん，明日と明後日，英語の歌を練習しよう。どの歌がいいかな……今夜のうちに考えておくよ」

VI

英語の歌か，どれがいいかな。わたしは，覚えている英語の歌をいくつか口ずさんだ。"Long, long ago" や "Green sleeves" のような英語の古謡，ビートルズやサイモン＆ガーファンクルのいくつかの歌。そして結局，ピーター・ポール＆マリーの "Puff" にした。これはメロディーもシンプルで歌いやすいし，歌詞もわりと単純。明日，一緒に歌おう。その前に，一応練習しておきましょうか。

わたしは，パソコンで "Puff" の歌詞付きの動画を探し出して，それに合わせて小さな声で何度か歌った。これまでも時おり，この歌の出だしの部分をふとつぶやくように口にすることはあったけど，最初から最後まできちんと歌うのは，何十年ぶ

りのことだろう。

Puff, the magic dragon lived by the sea
And frolicked in the autumn mist in a land called Honah Lee,
Little Jackie Paper loved that rascal Puff,
And brought him strings and sealing wax and other fancy stuff. Oh

Puff, the magic dragon lived by the sea
And frolicked in the autumn mist in a land called Honah Lee,
Puff, the magic dragon lived by the sea
And frolicked in the autumn mist in a land called Honah Lee.

Together they would travel on a boat with billowed sail
Jackie kept a lookout perched on Puff's gigantic tail,
Noble kings and princes would bow whenever they came,
Pirate ships would lower their flags when Puff roared out his name.
Oh!

Puff, the magic dragon lived by the sea
And frolicked in the autumn mist in a land called Honah Lee,
Puff, the magic dragon lived by the sea
And frolicked in the autumn mist in a land called Honah Lee.

A dragon lives forever but not so little boys

Painted wings and giants' rings make way for other toys.
One grey night it happened, Jackie Paper came no more
And Puff that mighty dragon, he ceased his fearless roar.

His head was bent in sorrow, green scales fell like rain,
Puff no longer went to play along the cherry lane.
Without his lifelong friend, Puff could not be brave,
So Puff that mighty dragon sadly slipped into his cave. Oh!

Puff, the magic dragon lived by the sea
And frolicked in the autumn mist in a land called Honah Lee,
Puff, the magic dragon lived by the sea
And frolicked in the autumn mist in a land called Honah Lee.

———————————————————————————

　次の日，わたしはちょっと浮き浮きしながらジュンさんのう
ちに出かけた。ジュンさんのうちに行くのはいつでも楽しいけ
ど，今日はとりわけ楽しい。生まれて初めて，英語の歌を歌う
んだ。英語の小説を読んだだけじゃなくて，英語の歌も歌える
ようになるんだ。チヒロ，すごい！　……ドアを開けると，い
つものようにジュンさんが笑顔で迎えてくれた。
「じゃあ，さっそく聞いてみよう」
　ジュンさんは，用意していたパソコンの画面をクリックした。

ギターのイントロに続いて，きれいな男の人と女の人の声が流れてきた。童謡のような歌いやすそうな歌。画面には英語の歌詞も表示されている。2〜3回，繰り返し聴かせてくれた。ジュンさんは，一緒に小さな声で歌っている。

「それでは，1節ずつ，歌って歌詞を覚えよう」

"Puff, the magic dragon"

パソコンから流れてくる歌をまねして歌う。

「うん，その調子。では……」

"lived by the sea"

わりとかんたんに歌える。

「じゃあ，次はちょっと難しいかも」

"And frolicked in the autumn mist"

確かに，ここは難しい。"frolicked"の発音も難しいし，"frolicked in the"と続けて歌うのも難しい。

「まあ，それくらいでいいかな。では……」

"in a land called Honah Lee"

ここは，その前の部分よりずっと易しい。……こんなぐあいで，最後まで進んだ。

「歌なんだから，楽しく歌わないとね。単語1つ1つを正確に発音しようと律儀に考えなくていい。全体のリズムに乗って歌うの。さあ，一緒に」

　そう言って，ジュンさんはもう一度最初から曲を流してくれた。それに合わせて，そしてジュンさんに合わせて，わたしも歌う。ところどころ，ひっかかってしまう。そんな時，ジュン

さんは優しく笑い，次のフレーズの最初で合図してくれるので，そこから入り直す。そうやって，なんとか最後までたどり着いた。

「じゃあ，もう一度」

　こんなふうに3回くらい繰り返し歌った。そうやって何度か繰り返し歌っているうちに，なんだかちゃんと英語で歌えている気がしてくる。

「何度も歌っていると，喉が渇くでしょう。紅茶を冷ましておいたよ」

　そう言って，冷ました紅茶をいつものカップに入れて持ってきてくれた。

「わたしは，冷たい飲み物を飲む習慣がないから，クールドリンク用のグラスがないの」

そんな言い訳をしながら。

　お茶を飲み終わって，また何回か一緒に歌った。

「じゃあ，今日はこれで終わりにしよう。歌詞の意味は明日説明するよ。もっとも，わたしが説明しなくても，半分くらいは意味が分かるかしら」

　うん，多少は分かる。

"Puff, the magic dragon lived by the sea"

は「パフ，魔法の竜は海のそばに住んでいた」だよ。その次は"frolicked"の意味が分からない。発音も難しいけど，意味も難しいのかな。

そんなことを考えながら，外に出て，いつもの草の上に座った。空は夕焼けにはまだ早いけど，日の光がちょっとばかり赤くなりかけている。
「ジュンさん，日の光がちょっと赤くなりかけているね。もうじき，また夕焼けが見れるようになるよ」
「うん，そうね」
　ジュンさんは，椅子の向きを変え，窓枠に肘をついて，外の空を眺めた。
「8月も明日で終わり。夏至から2ヶ月以上が過ぎたこの時季，まだ暑さは続いているけど，日は確実に短くなったね。

　　　　秋来ぬと　目にはさやかに　見えねども

　　　　風の音にぞ　驚かれぬる

という和歌があって，昔の人は風の音に秋の訪れを感じたみたいだけど，わたしは風の音よりも日の短さに秋の訪れを感じるよ」
　こう言いながら，ジュンさんは窓から顔を出して，隣のお屋敷の庭を見た。高い銀杏の木が崖に沿って3本並んで立っている。
「あの銀杏，あと3ヶ月くらいすると，葉が黄色く色づいて，きれいでしょうね。赤く色づく楓もいいけど，わたしは，天に向かって高く高く伸びていく銀杏の木が好きだわ」
　そんなジュンさんの言葉につられるように，わたしも銀杏の木を見る。後ろから，ジュンさんの静かなつぶやくような声が聞こえてきた。

「いつ頃からかしら，ずいぶん幼い頃からのような気がする。天に向かって高く幹や枝を伸ばす木が好きだと自覚するようになったのは。銀杏，ポプラ，欅，樅……。立派なお屋敷の庭にあるような小ぎれいに剪定された松や梅の木よりも，半ばほったらかしにされてのびのびと幹や枝を伸ばした高い木の方が好きだったわ。『孤高』という覚え立ての言葉を連想していたのかもね」

「ここう？」

　わたしは振り返ってジュンさんを見る。ジュンさんは苦笑いしている。

「ああ，ごめんなさい。また難しい言葉を使ってしまった」

　苦笑いしながら，言葉の説明はしてくれないまま，ジュンさんは話題を変えた。

「それだけじゃなくて，実用的なこともあったの。実家のそばのお寺の庭に高い銀杏の木があって，遠くからでもよく見えた。遠くまで散歩に出かけた時も，家に帰る方角を知る目印になったわ」

「じゃあ，あのお隣の銀杏の木も目印になるね」

「そうね」

　そして，ジュンさんとわたし，二人して黙って銀杏の木を眺めていた。夕日がさっきよりも赤くなっていた。

VII

次の日，ジュンさんが"Puff"の歌詞の意味を説明してくれた。

パフは魔法の竜。海のそばに住み
ハナリーという国の秋の霧の中で遊んでいた
幼いジャッキー・ペイパーはそんないたずら者のパフが好きで
紐や蝋やいろんな玩具をもって来た

パフは魔法の竜。海のそばに住み
ハナリーという国の秋の霧の中で遊んでいた

二人は一緒に旅に出る。船に帆をふくらませて
ジャッキーはパフの大きなしっぽに乗って見張り番
偉い王や王子たちも彼らが来ればお辞儀する
海賊船もパフがその名を吼えれば旗を巻く

パフは魔法の竜。海のそばに住み
ハナリーという国の秋の霧の中で遊んでいた

竜は永遠に生きるけど，子供は成長する
色塗りの翼や巨人の指輪から，ほかの玩具に気持ちが移る
それはある灰色の夜のこと。ジャッキー・ペイパーはもう来ない

そしてパフは，あの無敵竜は，吼えるのをやめた

頭はがっくり垂れ下がり，緑の鱗は雨のように落ちてしまう
パフは桜の小道に遊びに行くこともない
生涯の友を失って，パフは元気でいられない
だからパフは，あの無敵の竜は，とぼとぼと自分の洞穴に戻る
だけ

パフは魔法の竜。海のそばに住み
ハナリーという国の秋の霧の中で遊んでいた

「最後は悲しいお話なんだね」
「うん……それはそうだけど，メロディーはいいでしょう。一度
覚えると，自然に口をついて出てくる。親しみやすい曲だよ」
「うん，そうだけど……わたしは，ジャッキー・ペイパーじゃ
ないよ。わたしはジュンさんを見捨てたりしないからね。これ
からも毎日遊びに来る……いや，勉強と遊びに来る」
「ありがとう」
　ジュンさんは，にっこりほほえんだ。
「お礼なんかいいんだよ。お礼は，わたしが言わないと。勉強
も見てくれるし，いろんな楽しいお話をいっぱい聞かせてくれ
るんだから……来年の夏休みも英語の特訓をしてくれるの？
してくれるよね。来年は，どんなことを勉強する？」
「そうねえ……」

ジュンさんは，ふと天井を見上げた。

「来年は，一緒にシェイクスピアを読みましょうか……いや，シェイクスピアはいくらなんでもまだ難しすぎるかな。16世紀の英語だからね。ラム姉弟の『シェイクスピア物語』を読みましょう。シェイクスピアの名作を，その当時の，当時というのは19世紀だけど，若い読者向けに易しく書き直したものよ」

「うん，来年はシェイクスピアを読むんだね」

「ああ，来年は……」

と言いかけて，ジュンさんは言葉を止めた。表情から笑みが消え，ちょっと寂しそうにうつむいた。わたしは，はっと気付いた。来年は，ジュンさんは，ボケが進んで，もうわたしに英語を教えることができなくなっているかもしれない。「そんな心配しなくていいよ。大丈夫だよ」なんて気休めを言っても無駄。病気のことは，ジュンさんの方がずっと詳しいんだ。わたしは，悲しい気持ちになりかけた。

　いや，ここでわたしが悲しい顔をしてはいけない。わたしは，わざと明るい声で話しかけた。

「約束だよ。ねっ，来年は一緒にシェイクスピアを読むんだよ。約束だから。指切りしよう」

　わたしは手を伸ばした。ジュンさんは，ためらうように手を伸ばした。そのジュンさんの小指にわたしの小指をからめて元気よく振った。

　分かっているよ。約束しても，指切りしても，約束を果たせないかもしれないことは。でも，今は約束したいんだ。今日は，

約束したいんだよ。そう思いながら，ずっと指をからませたまま手を振っていた。そうしているうちに，ジュンさんの顔に笑みが浮かんだ。

～～～～～～～～～～～～～～～～～～～～～～～～

わたしは，ためらいがちに手を差し出す。彼女は，小指をからみあわせて元気よく手を振っている。その目，その表情を見て，わたしは理解しました。彼女は分かっている，この約束を果たせないかもしれないことを。来年，わたしがもうこの約束を果たせる状態ではなくなっているかもしれないことを，彼女は分かっている。分かった上で，約束しようと言っている，分かった上で指切りしているんですね。

涙が溢れそうになるのを，一生懸命こらえる。わたしの中に残っている抑制力を全部かき集めて，泣き出さないように努力する。そして，笑みを浮かべました。

〈うん，約束。約束だよ。今，この時の，約束……〉

彼女が自分のうちに帰って行ってから，涙が漏れてきた。大泣きはしなかった。涙が止まって，遺言状を書き残すことを思いつきました。

今まで，そんなこと考えてみもしなかった。わたしが死ねば，法定相続人がいないから，この土地・建物と，わたしの死後に残っているかもしれないわずかばかりの貯金は国庫に収納され

117

る。それでいいと思っていた。この再建築不可物件は1度ならず2度までも国庫を潤すことになると考えて，ちょっと愉快な気がしていました。

　だけど，今，切実に思う。この家を彼女に残そう。できれば，彼女に住んでほしいのだけど，そこまで要求するのは，彼女の意志を縛るのは，やめておきましょう。彼女の気持ちにまかせて，空き家のまま「幽霊屋敷」のままにしておいてもいいし，気に入れば自分が住んでもいいし，誰か親しい人に貸してもいい。使い方は彼女の自由。ただ，この家を彼女に残しておきたい。

　しかし，遺贈された側は，税金がかかるのか……では，税金の分のお金も遺贈するようにしよう。それくらいの貯金は残っているでしょう。どうせ資産価値はほとんどない家だから，贈与税もわずかなはず。その分を遺贈して，まだ貯金が残ったら，それは彼女に遺贈するのはやめよう。彼女は，自分の力で自分の人生を切り開けばいい。まあ，彼女の自立を妨げるほどの金額が残るはずはないのだけど，それでも金銭を遺贈するのは，気が引ける。わたしが彼女に残したいのは，この家。彼女との思い出が詰まった，そしてこれからもいくつかの思い出が生まれるであろう，この古ぼけた小さな家。

　残った貯金は，どこかに遺贈しましょう。ユニセフか，国境なき医師団か，わずかばかりでも縁のある組織に。

　書き上げたら，公証役場で公正証書として作成しよう。万が一にも，彼女が疑われることのないように。彼女が偽造したと

か，わたしの痴呆につけ込んで書かせたとか，そんな恥知らず
な疑いがかけられないように。早い方がいい。明日にでも。

　ここまで考えて，ちょっとおかしくなりました。ずいぶん用
意周到なこと。わたしの知性は，こういうことに関しては，ま
だまだちゃんと仕事をしてくれるらしい。

第3章

I

　9月，2学期が始まった。夏休み前と同じように，授業が終わってジュンさんのうちに行く。英語の教科書を読んで書くのは，もうやめることになった。
「もう，1年生の英語の教科書はチヒロさんには易しすぎるでしょう。『手袋を買いに』よりちょっとだけレベルの高い英語で書かれた物語を読んでいきましょう。夏休みのように1日1ページでなくていい。1日に4〜5行ずつくらいでいいよ。本はわたしの好みで選ばせてくれる？」
「もちろん，それでいいよ」

　1週間くらいして，『星の王子さま』を渡してくれた。
「もともとはフランス語で書かれていて，フランス語を勉強する人の定番でもあるけど，それを易しい英語に訳した本だよ。子供向けのお話だけど，大人が読んでも深い意味があるわ。ま

120

あ，この本に限らず，ほんとうに優れた子供向けのお話はどれも，大人も読むに値するものだけどね」

　その日から，毎日4〜5行ずつ，英語の文章の構造を分析して，声に出して読んでいった。たまに，わたしが話の続きを知りたくて，「もうちょっと先まで読みたい」と言うと，「それでもいいけど，あとで5回読んで書くのが大変になるよ」と言いながら，付き合ってくれる。

　英語の勉強が終わると，ほかの宿題をする。その間，ジュンさんはベッドに横になって音楽を聴いている。それが終わると，わたしは外に出ていつもの草の上に座って外を眺め，ジュンさんは椅子に座って本を読む。たまに，おしゃべりする。

　同じパターンの繰り返し。ずっとこのまま，このパターンが続いていくといいのに。

　もう10月。平穏な日々が過ぎていく。短期記憶障害のエピソードはいろいろあるけど，幸いなことに彼女の前でそれを見せずに済んでいる。このままずっと，この平穏な日々が続けばいいと思う。それが不可能な願いであることは分かっているけど。

　今日も彼女は，宿題が終わると，窓の下に座って外を眺めている。ふと，こちらを向いて語りかけた。

「今日，音楽の時間にモーツァルトのピアノソナタを鑑賞したんだよ」

「ああそう。ひょっとして，ケッヒェル331『トルコ行進曲付き』かな」

「うん，それそれ。よく分かるね」

「まあ，中学の音楽の時間に聞くとしたら，たぶんこれでしょう」

「そうなんだ……モーツァルトはザルツブルクという町で生まれたんだってね」

「うん。ここだよ」

　わたしは，地図帳を取り出して，ヨーロッパ中央部のページを開いて，ザルツブルクの位置を示す。

「25歳くらいまでここで暮らして，そこの大司教とケンカして，というか小さな町が窮屈だったのかもしれないけど，ウィーンに出て，そこでたくさん曲を書いたの。ウィーンはここ」

わたしは，地図の上ではザルツブルクのすぐ隣のように見えるウィーンを指さす。

「ウィーンはオーストリアの首都だし，『音楽の都』と言われて日本でも有名だけど，ザルツブルクはモーツァルトが生まれた町だからこそ名を知られてるんじゃないのかな。毎年夏にザルツブルク音楽祭が開かれて，それを目当てにたくさんの観光客がやって来る。それも，モーツァルトゆかりの町だからこそ。だから口の悪い人は，『ザルツブルクはモーツァルトで食っている』なんてことを言うよ」

　彼女は，これを聞いて笑った。

「でも，それじゃあ，モーツァルトで有名になる前は，何で食ってたの？」

「たぶん，塩で食ってたんでしょう」

「塩？」

「うん。ザルツブルクというのは，もともと『塩の町』という意味なの。"Salzburg"。"Salz"は英語の"salt"とそっくりでしょう。ドイツ語で『塩』という意味の単語。"burg"が『町』……正確には『城』なのだけど，城壁で囲まれた町を意味することも多い。ザルツブルクの近くに岩塩が採れる鉱山があるの」

「がんえん？」

「岩の塩と書く。塩が固まって岩のようになっている。昔は，この辺は海だったんでしょう。海水に含まれる塩が固まって岩になった」

「こんな山の中が，昔は海だったの？」

「ああ，アルプス山脈ができたのは，そんなに昔じゃない。たかだか，数千万年くらい前のこと。1億年にはならないはず」

　彼女は，ちょっと笑った。

「ジュンさんにとって，数千万年前もつい最近のことみたいだね」

　わたしも，つられて笑った。

「まあ，人間にとってはとてつもなく長い時間だけど，地球にとっては，たいして長い時間じゃないよ」

　ここで，会話が途絶えた。それから何分かして，彼女が話しかけてきた。

「ねえ，ウィーンという名前の由来はなんなの？」

「ウィーンという名前の由来？」

「うん。ザルツブルクという名前には塩の町という由来があるんでしょう。じゃあ，ウィーンという名前には，どんな由来があるの?」

「さあ，それは知らない」

「それって，不公平だよ。ザルツブルクの名前の由来だけ知っていて，ウィーンの名前の由来を知らないなんて」

「……こういうのを，『不公平』と言うの?」

「不公平だよ」

「そう……じゃあ，こんど調べておきましょう」

　ちょっと間をおいて，彼女が答えた。

「チヒロが調べる。いつもジュンさんに教えてもらってばかりだから，たまにはチヒロが調べて，ジュンさんに教えてあげるんだ」

「ああ，それは立派な心意気ね。じゃあ，楽しみにして待ってるね」

　次の日，わたしは学校の図書館に行った。司書の先生に「ウィーンの名前の由来を調べたい」と相談したら，『世界歴史事典』というのを出してくれて，

「これで『ウィーン』の項目を引けば載っているかも」

と教えてくれた。

　事典を引くと，「ウィーン」だけで何ページも書かれている。

読むのに骨が折れたけど，名前の由来もちゃんと書いてあったので，その部分を書き写した。

《この地にウィンドボナと呼ばれるローマ帝国の軍隊の宿営地が置かれた。ウィンドボナとはおそらくケルト語源で，ボナ（bona）はケルト語で集落・町という意味。これがウィーンの地名の起源と言われている。》

　その日，英語の勉強と宿題を終えて，待ちかねたようにジュンさんにウィーンの名前の由来を説明した。

「なるほど，ケルト語なんだ。ウィンド・ボナ，ウィンド町というわけね。それで，ウィンドというのは，どんな意味なの？」

「やっぱり，そこを衝いてきたね」

「そりゃあ，ウィーンの名前の元はケルト語のウィンドボナで，ボナは町という意味だという説明を聞けば，『じゃあ，ウィンドはどんな意味だろう』と誰でも疑問に思うでしょう。まさか英語のwind，風という意味ではないでしょうし」

「実は，そこまでは調べなかった。歴史事典に載ってなかった」

「ああ，そう。まあ，ケルト語じゃあ，調べようもないかな」

「ケルト語って，難しいの？」

「難しいかどうかは分からないけど。大昔に滅びてしまった言葉だし，記録も文書もほとんど残っていないから……この『大昔』というのは，何千万年前というのではなくて，何万年ということでもなくて，2千年くらい前のこと。まあ，それでも人間にとってはずいぶん昔の話だけど」

「ふーん」

ほんとうに，ジュンさんはなんでもよく知っている。そうだ，ついでに訊いてみよう。

「ハプ……ハプ……」

　わたしはメモを見ようとしたけど，その前にジュンさんの声がした。

「ハプスブルクのこと？」

「そう，それそれ。ウィーンのことを調べていて，ハプスブルクという名前が出てきたんだけど，このハプスブルクのブルクはザルツブルクのブルクと同じなの？」

「うん，そう。よく気がついたね」

　ジュンさんは，わたしの質問を喜んでくれた。

「ハプスブルクのブルクは『町』ではなくて『城』の方の意味だけど，ハプスブルクで『鷹の城』という意味らしい。ザルツブルク，ハプスブルク，そのほかにも，ハンブルクとかブランデンブルクとかルクセンブルクとか，ドイツ語にはブルクの付く名前，地名や苗字がたくさんあるよ」

「ドイツには，行ったことあるの？」

「いや，ドイツには行ったことがないの。フランスとスペインは若い頃に旅行したことがあるけど」

　ジュンさんは，ふと遠くを見るようなまなざしになった。昔の外国旅行のことを思い出しているのかな。それから，またわたしに話しかけた。

「だいぶ涼しくなって，熱い紅茶がおいしい時季になった。一緒に飲む？」

「うん」

ジュンさんは二人分の紅茶を淹れてくれた。いつものように，わたしのカップに山盛り1杯の砂糖を入れようとした。

「ねえ，今日はお砂糖を入れないで飲んでみる」

　ジュンさんはびっくりしてこっちを向いた。

「大丈夫？　ぜんぜん砂糖を入れなくても大丈夫？」

「うーん，じゃあ，ちょっとだけ」

「それじゃ，山盛りではなくて，すりきり1杯入れましょう。これまでの半分くらい」

　すりきり1杯の砂糖の入った紅茶，一口飲んで味がしなかった。二口目に，ほんのり甘い味がした。

II

　夕方近くになって，パンがないことに気付いた。コンビニに行って戻ってくるのに5〜6分ではあるけど，その間に彼女が来て，わたしがいないと，余計な心配をかけるかもしれない。別に，今すぐでなくてもいいんだから，彼女がここで勉強して，外に座って景色を眺めて，そして自分のうちに帰ってから，買いに行けばいい。……そうだ，一緒にコンビニに行って，何かお菓子でも買ってあげよう。たまにはそういうのもいい。先に勉強を済ませて……いや，たまには楽しいことを先にしてもいいかな。

　そんなことを考えているうちに，彼女がやってきた。いつも

のように，笹藪の抜け道を通って。

   ଓଓଓଓଓଓଓଓଓଓଓଓଓଓଓଓଓ

  ジュンさんのうちのドアを開けたら，ジュンさんが楽しそうな声で話しかけた。
「パンがなくなったのでそこのコンビニに買いに行くんだけど，一緒に来ない？　たまには，お菓子の1つくらい買ってあげるよ」
「えっ，おごってくれるの？　別に，気を遣わなくてもいいのに」
「これくらい，気を遣ううちに入らないよ」
「じゃあ，行く……でも，勉強が先じゃない？」
「たまには，楽しいことを先回しにしてもいいでしょう。いつもでは，困るけど」
「うん，たまにならいいね。じゃあ行こう」

  一緒に外を歩くのは久しぶりだな。駅前のスーパーの近くで会って，一緒に帰ってきた時以来かな。だとしたら，半年ぶりくらい。まあ，コンビニは木戸を出てすぐそこだから，一緒に歩くというほどでもないのだけど。
  ジュンさんはコンビニで食パンと，ついでにスキムミルクも買った。
「チヒロさん，好きなものを選んでいいよ」
「じゃあ……」
わたしはモンブランにした。

レジに並んで会計。ジュンさんが，このコンビニチェーンだけで使えるクレジットカードを出していた。

　おうちに戻って，ジュンさんは紅茶を淹れてくれた。お砂糖は，スプーンすりきり1杯。お茶を飲みながら，お話ししてくれた。
「モンブランというのは，もともとは山の名前なの。フランスとスイスの国境にある，アルプス山脈で一番高い山。Mont Blanc。Montモンはフランス語で『山』という意味。Blancブランは『白い』という意味。だから『白い山』だね。万年雪をかぶって白い山なんでしょう。日本にも白山という山があるけどね」
「お菓子のモンブランと関係があるの？」
「たぶん，その真ん中が盛り上がった形を山に見立てているんでしょう。白いクリームが雪で」
「なるほど」
　ジュンさんはパソコンを開いて，モンブランの画像を検索して見せてくれた。
「ちなみに，アルプスで2番目に高いのはモンテローザ」
　また，画像を検索して見せてくれた。
「モンテローザMonte Rosaはイタリア語。Monteが山，Rosaはバラとかバラ色という意味。英語のRoseに似ているね」
「バラ色の山，なんだね」
「うん。きっと夕日を浴びてバラ色に染まっている姿が印象的なんでしょうね。いや，夕日じゃなくて朝日かな……」
　そんなことを話しているうちに，ジュンさんもわたしも紅茶

を飲み終えた。

「じゃあ，お茶の時間はこれでおしまい。勉強しようか」

「うん」

　英語の『星の王子さま』，そして宿題が終わった頃，もうすっかり夕焼け空になっていた。いつものように，外に座って景色をボーッと眺めていようと思って椅子から立ったら，ベッドに横になって音楽を聴いていたジュンさんが声をかけた。

「そうそう，パンがなくなったからコンビニに買いに行くの。一緒に来ない？　たまには，お菓子の1つくらい買ってあげるよ」

　わたしは，びっくりした。

「ジュンさん……さっき，買って来たよ。今日，おうちに来て，すぐに買いに行ったじゃない。わたしも一緒に行って，モンブランを買ってもらった。それから，ジュンさんが紅茶を淹れて，モンブランの意味を話してくれたじゃない」

　ジュンさんは，はっとしたような顔になった。

「あっそうだったの？　もう，買い物に行ってたの？　……」

◖◗◖◗◖◗◖◗◖◗◖◗◖◗◖◗◖◗◖◗◖◗◖◗◖◗◖◗

　これが2度目。1度目はラダーシリーズの『手袋を買いに』を2冊買ってしまった時。それ以来，彼女のいるところではこの失敗をしていなかったのだけど。

　彼女は，心配そうにわたしを見ている。わたしは，彼女を見て，それからミニキッチンに目をやった。確かに，パンとスキ

ムミルクが置いてある。こんな失敗をしないよう，買ってきた
ものは，目に付く場所に置いているんだけど，それでもたまに
やってしまう。今日はよりによって，彼女のいる時に。
「チヒロさん，心配しなくていいよ。自然な成り行きだから。
たまに，こんな間違いをしてしまう。まあ，仮にパンやミルク
やお惣菜を2回分買い込んでしまうことがあっても，重大事件
ではないわ……それよりも，チヒロさん，外の草の上で空を眺
めるんでしょう？　夕焼けがきれいよ」
　彼女はうなずいて，ドアを開けて外に出て，いつもの草の上
に座る。わたしは窓を開けた。いつものように窓枠から彼女の
頭の上半分がのぞいている。わたしはその上にそっと手を置い
た。彼女は，じっと前を見ている。

III

　次の日，彼女は何事もなかったように『星の王子さま』を読
んで書いて，宿題を済ませて，何事もなかったように，外に
座って夕焼け空を眺めている。
　こうしてまた，いつもの時間の流れが戻ってきた。1日，2
日，3日……1週間，2週間……。隣のお屋敷の庭の銀杏が黄色
く色づいている。もう外は寒いだろうと思うけど，彼女は宿題
が終わると外に出て草の上に座る。その草も，枯れてきている
けど。

隣のお屋敷の庭で銀杏の葉が風に吹かれて散っている。枝から離れても，すぐに地面に落ちないで，風に揺られて枝の周りをゆらゆらしている。それに夕日が当たって，きれいだな。ジュンさんも同じことを考えていたらしい。窓から顔を出して銀杏を眺めながらわたしに話しかける。

「きれいね。銀杏の葉が風に吹かれて枝から離れて，その風に揺られて，夕日を浴びてちらちら輝いて……これくらいの距離から眺めていると，まるで黄色い蝶々の群が夕日を浴びて，翅^{はね}をきらめかせながら銀杏の枝の周りを舞っているみたい」

「そうだね」

　黄色い蝶々……うまい言い方だな。わたしだって，銀杏の葉が散るのを見て「きれいだな」とは思っていたけど，こんなふうに表現されると，もっときれいに思えてくる。きれいだなと思う気持ちがもっと深く，もっと印象的になる。言葉で表現するって，すばらしいことだな。それができるジュンさんは，すごい。

「ねえ，ジュンさんは詩人だったの？」

　わたしの質問に，ジュンさんはちょっと驚いて，それからうれしそうな表情を浮かべた。

「ああ，そう言ってもらえるのは光栄極まりないことだけど，残念ながら詩人ではなかった。子供の頃，夢見たことはあるけど。『詩人になるか，魔術師になるか，でなければ何にもなり

たくない』というヘッセの言葉に心から共感したもの。だけど，結局，詩人にも魔術師にも，なれなかった……」

　わたしは，ちょっとためらって，それから思い切って訊いた。
「ねえ，ジュンさんは昔は何だったの？　……答えたくないなら，無理に答えなくてもいいけど」
「昔は，チヒロさんと同じような子供だった」
と言って，ジュンさんは笑った。
「もちろん，そんなことを訊いてるんじゃないよね。わたしの昔の職業を訊いてるのね。別に，答えたくないわけじゃない……昔は翻訳の仕事をしていた」
「ほんやく？」
「そう。外国語の文書を日本語に直す。あるいは逆に，日本語の文書を外国語にする仕事」
「それで，英語がよくできるんだ」
「……実は，英語は一番得意な外国語ではない」
「じゃあ，何語が一番得意なの？」
「フランス語……だった，と過去形で言うべきかもね。もうすっかり翻訳の仕事はごぶさたしているから」
「ふーん，すごいね」
「いや，フランス語が英語に比べて特別難しいわけではないから，すごいということもないけど」
「でも，一番得意じゃない英語でも，あんなにできるんだから，すごいじゃない」
「ああ，そういう意味」

「そういう意味なんだよ。それに，理科も得意じゃない。いろんなことを知ってる」

「うん，理科は子供の頃から，フランス語を勉強し始める前から，好きだったの。それに，翻訳の仕事とも関係があったの。理科関係の文書を主に翻訳していたから」

「だからなんでも知ってるんだ」

　ジュンさんは，ちょっと恥ずかしそうに笑った。それから，何かためらっているようだったけど，自分の気持ちを確かめるように軽くうなずいて，話を続けた。

「それから，医者になった」

「いしゃって，あのお医者さんのこと？」

「うん，そうよ」

「どうして，翻訳を辞めて医者になったの？」

「まあ，成り行き」

「医者って，『成り行き』でなれるものなの？」

　ジュンさんは苦笑いした。

「まあ，そんな『重大な決意』をして転職したわけではないけど……」

　そう語るジュンさんの眼差しは，遠くを見るような，そしてちょっと寂しそうな。

「……昔，お友達がいたの。わたしよりずっと年上だけど，親しく付き合ってくれた。何年か，5年か6年くらいかな，お付き合いした後，その人が乳ガンで死んだ。

　あの頃の日本では，治る見込みのない進行ガンの患者には，

ガンだと告知しなかった。それは死の宣告と同じだから。そんな告知に患者は耐えられるはずがないと医者も家族も信じていて，『ガンじゃない』とウソをつき通したのよ。そして，さも治療しているかのようなふりをするために，そして寿命を1日でも延ばすために，副作用の強い抗ガン剤を使い続けた。ガンが進行すると激しい痛みが生じるけど，その痛みを和らげるような治療はほとんど行なわれなかった。痛みを放置され，意味もない抗ガン剤の副作用に苦しみながら，ガンと知らされないまま死んでいく。それが昔のガン患者だったの。今から思えばひどい話ね。

　その頃，アメリカでは，治らないガンであっても患者に正直に告知し，残された人生を悔いのないよう生きてもらい，無意味な治療はしない代わりに痛みを和らげるためにできるだけのことをする，たとえばモルヒネを使うこともためらわない，そんな末期ガンの治療……治療と言うかケアが普及し始めていた。

　わたしのお友達はそのことを知っていた。そして，知り合いの医学部教授に相談したの。率直にほんとうのことを話してほしい，治る見込みがないのなら無意味な治療はやめてモルヒネでもなんでも使って痛みを和らげてほしいと。教授はその願いを聞き入れてくれた。それで，お友達は，当時の日本の末期ガン患者としては恵まれた最期を迎えられた。死ぬ直前の1週間くらいは，さすがに痛みがひどくなって，意識を落とす，つまりうとうとするくらいの量のモルヒネを使わざるを得なかったけど，それまでは，ふだんとあまり変わらずに語り合うことが

できたのよ。いろんなことを語り合ったけど，特に心に残ったのは，『わたしは特権階級だから医学部教授のコネを使ってこんなていねいなケアを受けられた。でもほんとうは，これが当たり前にならないといけないの』という彼女の言葉」
「それで，ジュンさんは医者になろうと決心したんだ」
「いや，そんな単純な話ではないわ。テレビドラマなら，これで主人公が『医者になろう』と決心するのかもしれないけど，現実の人生はそれほど単純じゃないの。医学に興味はもったわ。彼女がガンだと知らされてから，わたしもそれなりに勉強したし，それ以前から生物学は好きだったからね。ただ，それで一直線に医者になろうと決意したわけじゃないの」
「じゃあ，ほかにどんなことがあったの？」
　ジュンさんは，またしばらく黙り込んだ。

「チヒロさん，ちょっと格好をつけてもいい？　……」
　わたしに話しかけながら，独り言を言うような口調。また，しばらく間をおいて，椅子に座り直し，その椅子を窓の方に向けて，話し始めた。わたしも体を窓に向けて座り直した。
「チヒロさんは，ゲバラという人の名前は，聞いたことある？」
わたしは首を振った。
「そうだね。チヒロさんの年頃では，まだ知らないでしょう。それとも，もう忘れられてしまったのかな……ゲバラという人は革命家よ。カストロと力を合わせてキューバ革命を成し遂げた人。もともと，南米のアルゼンチンという国の人。わりと恵

まれた家庭に生まれて，子供の頃から自分自身が喘息に苦しめられたこともあって，人々を病気から救いたいという素直な気持ちもあって，医学部に進学し，卒業し，医師免許を得た。中南米でも医者はそれなりのステイタスだから，そのまま医者を続けていれば，自分の親と同じような恵まれた人生を送るはずだったでしょう。

　でも，彼は知ってしまうの。その頃の中南米の社会の現実を。そこでは，金持ちしか医者にかかれないという現実。社会の多数を占める貧しい人々は，医療の恩恵を受けることなく死んでいく。なにも先端医療などと言わなくても，ごくありふれた薬や手術で治せる病気なのに，お金がないために治療を受けられなくて，貧乏人は死んでいくという現実。そんな現実を知って，ゲバラは決心するの；
『本当に人々を救いたいなら，まず社会を変えることが先決だ。貧富の格差をなくすのが一番大事なことだ』
　彼は医者のキャリアを捨てて，革命家になった。……わたしは……わたしは，ゲバラと逆のコースをたどった。わたしも若い頃，10代，20代の頃は，社会変革を夢みていたよ。あの時代にあっては，そんなに珍しいことではないの。
『自由，平等，博愛，人間の解放，連帯，人々の心に平和の砦を築くこと』
　あの時代の10代，20代の若者にとっては，そんなにとっぴなことではなかったの。
　そして，諦めた。30代も半ばを過ぎた頃，ちょうど彼女が

ガンで死んだ頃。大きな，大きすぎる，自分一人の努力ではどうしようもない夢は諦めることにしたの。その代わり，自分一人の努力で実現できることを成し遂げよう，そう思って医学部に入り直した。医者という仕事は，自分だけの努力で，少しは世の中のためになれるだろうと思ったから」

　ジュンさんの目に，涙がにじんでいる。

「こう話すと，ちょっと格好をつけてしまう。ひょっとしたら，とても格好をつけてしまっているのかもしれないね。でも，まったくのデタラメ，嘘八百というわけではないのよ。信じてくれる？」

「うん，もちろん信じるよ。ジュンさんはウソなんかつく人じゃないもん」

「ありがとう」

　ジュンさんは，目に涙をにじませながらほほえんだ。そのほほえみが消えて，悲しそうな表情になった。

「自由，平等，博愛，人間の解放，連帯，人々の心に平和の砦を築くこと。人類の一番美しい夢じゃないの……夢が叶わなかったことが悲しいんじゃない。理想と現実が食い違うことくらい，初めから分かってるよ。理想が現実に裏切られることだって，想定内のことよ。そんなことが悲しいんじゃない。この美しい夢を，もう誰も信じようとしないことが，悲しいの。美しい夢が，わたしの世代で途絶えてしまうことが悲しいの」

　そう言って，泣き始めた。最初は静かに，やがて大きな泣き声を出して，泣きじゃくった。両手を膝につき，頭を垂れ，肩

を震わせて。そんなジュンさんを見るのは初めてだ。

　何分くらいそうやって泣きじゃくっていただろう。やがて泣くのをやめ，顔を上げた。表情はまだちょっとうつろな感じだったけど，机の方に向き直り，片腕を膝から離して本を1冊取り出して，ページをめくって，ゆっくりと声を出して読み上げた。

　　　風よ　おまえだ　そのようなときに

　　　僕に　徒労の名を告げるのは

　　　しかし　告げるな！　草や木がほろびたとは……

　読み終えて顔を上げ，わたしの方に視線を向け，やがて，いつものジュンさんの表情が戻ってきた。

「チヒロさん，ごめんね。見苦しいところをお見せしました。泣くことはないよね。確かに，悲しい。美しい夢が見捨てられるのは，悲しいことだよ。だけど，あんなに大泣きすることはない」

　わたしは，何も言わず，何も言えず，黙っていた。

「感情失禁というの。こんなふうに，感情の箍(たが)が外れたように，泣いたり，笑ったり，怒ったりする。痴呆の症状の1つよ。今日は大泣きした。いつか，ささいなことでチヒロさんに怒鳴り散らすようなことがあるかもしれない」

　わたしは首を振った。

「信じられないかもしれない。いや，信じたくないでしょう。でも，たぶんそうなる。こうやって痴呆が進んでいく。だんだん壊れていく。今は，『晴れ時々曇り』。ふだんは具合が良くて，たまに具合が悪くなる。やがて，『曇り時々晴れ』になる。ふ

だんから具合が悪くて、たまに具合が良いこともある。そんな状態になる。そしていつか、ずっと曇りっぱなしになる。

　これから、もっといろんな見苦しいことを見せてしまうでしょう。たとえば、感情失禁じゃなくて本物の失禁、おしっこやウンコを漏らすようなこともあるでしょう。そんなわたしを見たくないなら、美しい思い出だけを心に残しておきたいのなら、来るのをやめてもいいんだよ」

　ジュンさん、そんなこと、言っちゃだめだよ。言わないでよ、そんなこと。

〰〰〰〰〰〰〰〰〰〰〰〰〰〰〰〰〰〰〰〰〰〰〰〰

　彼女は、激しい口調で言い返す。
「ジュンさん、何を馬鹿なことを言ってるの。約束したじゃない。わたしはジャッキー・ペイパーみたいにジュンさんを見捨てたりしないって。これからもずっと、ここに来るって。約束したじゃない。わたしが、約束を破ると思っているの？」
「いや、そんなこと、思っていないよ」
「じゃあ、なんであんなこと言うの？」
「そうだね。悪かった。謝るよ」

　彼女は、言いたいことを言ってしまって、放心したようにうつむいた。

　チヒロさん、わたしはキミの真心を少しも疑ってはいないよ。ほんとうだよ。キミは、約束を破るような人ではない、それは

分かっているよ。でも，これから変わり果てていくわたしの姿を見て，思わず目をそむけたとしても，わたしは少しも怒らない，恨まない。だって，それはごく自然な心の動きだから。そういうことを伝えたかったの。でも，どうやって伝えればいいんでしょう。言葉が見つからない。

　わたしは，窓の向こうの夕空に目をやった。もう日が没して，夕焼け空も暗くなり始めている。
「チヒロさん，もう日も沈んでしまった。空も暗くなりかけているよ。そろそろおうちに帰る方がいいんじゃない」
「もうちょっとだけ，空を眺めている」
　そうやって，5分くらい空を眺めてから，彼女は帰っていった。

IV

　翌日は風が強かった。木枯らしだろう。閉め切った窓を時おり開けて，銀杏の木を眺めた。葉が風に吹かれて次々に落ちている。今夜のうちに枯れ枝になってしまいそうな勢い。それでも，夕方になると，彼女はやって来た。髪が風で乱れていたけど，元気そうだ。さっそく，『星の王子さま』の続きを勉強して，宿題をやっている。

　ジュンさんは，いつものようにベッドに横になって音楽を聴

141

いている。宿題が終わったので，椅子から立ち上がろうとした。
「そのままそこに座っていてもいいよ。わたしはもうちょっと横
になって音楽を聴いていたい。それに，今日はさすがに外は寒
いよ。北風がビュービュー吹いている。部屋にいる方がいいよ」
「そうだね。じゃあ，ここに座ってるね。本を読みたくなった
ら，遠慮しないで声をかけてね」
「うん。遠慮はしないよ」
　しばらく，ジュンさんは静かに音楽を聴いていた。それから，
わたしに話しかけた。
「この風で，銀杏の葉は落ちてしまうかもしれないね。落ち葉
というのは，悲しみや寂しさを連想させるけど，本来は，悲し
いものでも寂しいものでもないのよ。葉が地面に落ちて，微生
物の働きで少しずつ腐っていく。それは腐葉土となって植物の
栄養になる。その栄養を吸収して，銀杏の木もほかの草木も翌
年の春に元気に育つ。銀杏はまた新しい葉を繁らせる。葉が落
ちなければ，土は栄養を吸収されるばかりで，だんだん痩せた
土地になって，やがて草木も生えなくなる。葉が落ちるのは，
大切なことなの。物質循環の一コマなのよ」
「あの原子の話？　3000兆の1兆倍の原子の話？」
「そう。よく覚えているね。もっとも，銀杏の葉は人の体より
ずっと小さいから，3000兆の1兆倍ほどの原子は含まれていな
いけどね」
　それで，話が途切れた。しばらくして，ジュンさんはまた話
し始めた。

142

「そうは言っても，人の死は悲しいね。死別は，死んでいく本人よりも，残される人にとって悲しい。だから，誰にも死別の悲しみを味わわせたくないから，誰にも知られずに一人で死のうと思って，この幽霊屋敷のような家を買って引っ越してきたんだけど，チヒロさんと友達になってしまったね。チヒロさんに死別の悲しみを味わわせることになってしまった」

「後悔してるの？」

「後悔はしていないよ。ただ，申し訳ない気持ちはある。何の縁もゆかりもない人を死別の悲しみに引っ張り込んでしまって」

「縁はあるんだよ。『お隣どうしとは，たしょうの縁だ』って，初めて会った時に言ったじゃない」

　ジュンさんは，こっちを向いてほほえんだ。

「ああ，そうだったね。他生の縁があるのね……他生の縁はあるけど，他生の縁があればこそ，わたしが死んでも悲しまないでほしい」

　そう言って，ジュンさんはベッドから起き上がり，キッチンに行ってスプーンを手にして戻ってきた。スプーンを持った右手を高く上げ，指を開いた。スプーンは，下に待ち受けている左の手のひらの中に落ちた。

「握っている指を開けば，スプーンは落ちる。当たり前のことだね。重力の法則に従う自然なこと。人が年を取って死ぬのも同じこと。生物の法則に従う自然なことなの。だから，悲しまないでほしい。人は誰も，スプーンが落ちるのを悲しんだりしない。だから，人が年を取って死ぬのも悲しまないでほしい。

そして，自然に死んでいくのを邪魔しないでほしい。余計なことはしないでおいてね」

「邪魔なんか，しないよ。余計なこともしないよ。ジュンさんが『邪魔しないでほしい』と言ってるんだから，チヒロは邪魔なんかしないよ。余計なこともしない」

「ありがとう。そう言ってくれると，心強い……チヒロさん，これが何だか分かる？」

　ジュンさんは，窓の上に，クリアファイルに入れて貼ってある紙を指さした。

「分かんない。気になってはいるんだけど」

「これはね，『尊厳死の宣言書』というものよ」

「……？」

⚬⚬⚬⚬⚬⚬⚬⚬⚬⚬⚬⚬⚬⚬⚬⚬⚬⚬⚬⚬⚬⚬⚬⚬⚬⚬⚬

　彼女は，わたしの言ったことを理解できず，けげんそうな顔をしている。無理もない。尊厳死など，これまでの彼女には無縁のことだったでしょう。

「つまり，わたしが死んでいく時，無理に命を長引かせるようなことをしないでください，自然に死なせてくださいということを書いた紙。決まった文面の書式があるんだけど，それにわたしが書き加えたメモも挟んでいる。特に，強制栄養はお断りと書いている。入院ももちろんお断りだけど，たとえ在宅だとしても，強制栄養はお断りと書いている」

「きょうせいえいよう？」

「つまりね，痴呆が進んでいくと，食欲もなくなる。と言うより，食べることを忘れるという方が正しいかもしれない。さらに進行すると，意識が低下して，いつもうとうとしたり，眠ったりするようになる。そうなると，ものを食べれなくなるから，放っておいたらいずれ死ぬ。死なせないように，たとえば胃に穴を開けてチューブを通して，栄養を補給したり，うとうとしているのを無理に起こして食べさせたりとか，そんなふうに強制的に栄養を摂らせるのが強制栄養。そんなことは絶対にしないでくださいというメモを付けている」

「胃に穴を開けるとか，眠ってるのを無理やり起こして食べさせるなんて，かわいそうだよ」

「ああ，チヒロさんもそう思ってくれるの。それはよかった。じゃあ，わたしがものを食べなくなって，少しずつ衰弱していっても，その自然な流れのままにしておいてね。人は，いや人に限らず生き物はすべて，自分で食べ物を食べれなくなる時が，死ぬ時なの。そのまま自然に死ぬに任せておいてね。そして，悲しまないでほしい」

　わたしは，彼女を見つめる。彼女もわたしを見つめ返す。

「うん，大丈夫だよ。チヒロは，悲しんだりしないから。今だって，悲しくなんかないよ。ねっ，泣いたりしていないでしょう」

　わたしは，うなずいた。そう，彼女は泣いたりしていない。ただ，瞳がほんのわずかに潤んでいるだけ。わたしは，口調を

145

変えて話しかけた。

「今日みたいな寒い日には熱い紅茶がおいしいよ。ちょうどティースプーンを手にしていることだし，お茶を淹れよう」

「うん」

　彼女は，いつもの元気な口調に戻って返事をした。

◇◇◇◇◇◇◇◇◇◇◇◇◇◇◇◇◇◇◇◇

　わたしは椅子から立って，窓をちょっと開けて顔を出して，隣のお屋敷の庭の方を見た。

「ジュンさん，銀杏の葉っぱはまだ全部落ちてしまってはいないよ。まだ3分の1か4分の1くらい残っているよ」

「ああ，そうなの」

ティーポットにお湯を注いでから，ジュンさんも窓際に来て外を見た。

「ほんとうだね。まだ葉っぱが残っているね」

「じゃあ，寒いから，窓を閉めるね」

　わたしは，ベッドに背をもたせて床に座る。ジュンさんが本を読む時は，いつもそうしている。紅茶ができたら，ジュンさんは本を読み始めるはずだから。椅子を空けておいてあげるんだ。

「さあ，できた」

そう言って，ジュンさんが2つの紅茶カップを持ってくる。大きい方をわたしが受け取る。

「熱いから，気をつけてね」

「うん」

　フーッと息を吹きかけて，ちょっとだけ口に含む。

「あったかくて，ほんのり甘くて，おいしい」

　ジュンさんは，わたしを向いてにこやかにほほえんで，それから正面に向き直って本を読み始めた。

「今日は，何の本を読んでるの？」

「天文学の本よ。天文学というのは，空や星のことを研究する学問のこと」

V

　彼女が帰っていった後も風は一晩中吹いていた。翌朝，銀杏はすっかり落葉していた。ただ，風はやみ，空は晴れ，晩秋あるいは初冬の柔らかな日差しが降り注ぎ，小春日和に恵まれた。

　今日も，彼女はやってきて，英語の勉強をして，宿題を済ませて，外に出ようとする。

「昼間は暖かかったけど，夕方になると寒いでしょう。部屋の中にいれば？」

「大丈夫だよ。子供は風の子なんだ」

　彼女は，もう枯れてしまった草の上に座っている。彼女が外に座っている時，わたしは話がしやすいよう窓を開けておくのだけど，さすがにこの時季，窓を開けると寒い。

「チヒロさん，わたしのために，部屋に入ってよ。窓を開けて

いると寒いの」

「あっそうだね。自分のことだけ考えてちゃいけないね」

　そう言って，彼女は立ち上がった。

◦◦◦◦◦◦◦◦◦◦◦◦◦◦◦◦◦◦◦◦◦◦◦◦◦◦◦◦◦◦◦◦◦◦◦◦

　ドアを開けると，ジュンさんは，まだ窓を閉めないで，窓か
ら顔を出して銀杏の木を見ていた。すっかり葉が落ちてしまっ
ている。わたしが入って来たのに気付いて，窓を閉め，こちら
を向いた。

「あんなふうに，すっかり葉が落ちてしまった銀杏の木も，い
いものね。細い枝を天に向かって高く伸ばしている。その枝と
枝の隙間から，晩秋の澄んだ空の色がのぞいている。その風情
も好き。もともと，今くらいの時季が一年中で一番好きなの。
秋の終わりというか冬の始まりというか，ちょっと寒いくらい
の時季。雪はまだ降らないけど，朝は霜が降りて，夜になると
東の空にオリオン座の三つ星とリゲルとベテルギウスが上って
くる……このおうちは，残念ながら東側に隣の家の高い壁があ
るから，見えないけどね。わたしが生まれ育った家からは，東
の空が見えた。日が暮れて，空が真っ暗になると，三つ星と2
つの一等星が山の縁から上ってくる」

「ジュンさんは，子供の頃から星が好きだったんだね」

「そうね。そう言われると，化学よりも先に天文学の方に興味
を持ったみたいね。小学校の図書館にあった子供向けの天文学

148

の本をいろいろ読んでいた」

懐かしそうな表情だ。

「今どきの子供向けの天文学の本にも，ボーデの法則の話は載っているのかな」

「ボーデの法則？」

「うん，これはなかなかおもしろいお話でね……」

　ほら，理科の話をする時の「オタク」の顔つきになってきた。

「0それから0.3，その後は0.6そして1.2……というふうに倍々に増えていく数字を書くの。

0　0.3　0.6　1.2　2.4　4.8　9.6　19.2というぐあい。

次にそれぞれの数字に0.4を足す。

0.4　0.7　1　1.6　2.8　5.2　10　19.6となるね。

この数字の列が実は，太陽系のそれぞれの惑星の太陽からの距離になっているの。距離の比率になっているという言い方が正しいかな」

　わたしは，そう言われてもピンとこなかった。そんなわたしの反応を見て，ジュンさんは言葉を足した。

「太陽系の惑星は，太陽から近い順に，水星，金星，地球，火星，木星，土星というふうに並んでいる。この順に数字の列の数字を割り振るの。

水星0.4　金星0.7　地球1　火星1.6

これが，太陽からそれぞれの惑星までの距離の比率になっているということだよ。太陽から地球までの距離を1とした比率。ぴったりではないけど，ほぼそれに近い。

0.4≒太陽から水星までの距離

0.7≒太陽から金星までの距離

1＝太陽から地球までの距離

1.6≒太陽から火星までの距離

ここまでは順調なんだけど，その次に問題がある。火星の外側にある惑星は木星だけど，太陽から木星までの距離は，1.6の次の2.8つまり太陽と地球の距離の2.8倍ではなくて，およそ5倍なの」

「……1つ飛ばさないといけないんだ」

「そうなの。1つ飛ばすとうまくいく。2.8の次は5.2だからね。この数字を木星に当てはめればいい。木星の外側にあるのは土星だね。太陽から土星までの距離は……」

「ひょっとして，10倍？」

「そう。土星に当てはまる数字は10だから，太陽から地球までの距離のほぼ10倍。

5.2≒太陽から木星までの距離

10≒太陽から土星までの距離

さらにすばらしいことに，その次の19.6，つまり太陽と地球の距離の19.6倍あたりに，それまで知られていなかった天王星が発見された」

「すごい！」

「ただ，そうなると，火星と木星の間の2.8という数字が気になるよね」

「うん，気になるね……ひょっとして，大昔はそこに星があっ

たとか……」

「実は，そうかもしれない」

「えっ？」

「天文学者や天文ファンたちが熱心に探したら，太陽と地球の距離の2.8倍のあたりにケレスという小惑星が発見された。それに続いて，火星と木星の間にたくさん小惑星が発見された。一時は，これらの小惑星は，かつて存在した大きな惑星が壊れた残骸じゃないかと考えられていたの。残念ながら，現代の宇宙物理学に基づく計算では，それはあり得ないことになっているんだけど」

「それは残念だね」

「もう1つ残念なことは，天王星まではうまくいったんだけど，その次の海王星には，この法則が当てはまらない」

「ああ……」

「まあ，チヒロさんがため息をつかなくてもいい。その後もこの法則に都合の悪い事実がいろいろ発見されて，今ではボーデの法則は『こじつけ』ということになっている」

「なんだか，かわいそうだね」

「うん，そうね……ボーデの法則から100年後くらいに，化学の分野でちょっとばかり似た話が持ち上がるの。メンデレーエフという人が，当時知られていた元素を原子量の順に並べると，8つ目ごとに性質の似た元素が現われるということを発見した。ただ，当時知られていた元素をそのまま並べると，途中からうまく行かなくなる。そこで，メンデレーエフさんは，2ヶ所に

空席を作って，ここにまだ発見されていない元素が入ると想定した。そうすれば，『8つ目ごとに』という規則がうまく当てはまる。この規則に『周期律』という名前を付けた。ついでに，その空席に入るべき未発見の元素の性質を予想した」

「そんなことができるの？」

「うん，8つ目ごとに似たような元素が現われるんだから，その空席の8つ手前と8つ後の元素の性質から推測したの」

「なるほど」

「そして，見事に，その予想とおりの元素が発見された」

「すばらしい」

「うん。でも，ここまではボーデの法則に似ているでしょう。ボーデの法則だって，天王星とケレスの位置は予言できたんだから」

「そう言えば，そうだね」

「ここから後の話が違ってくる。やがて20世紀になって，原子物理学とか量子力学という新しい学問分野が開拓されて，原子の中の構造が分かるようになった。そうすると，メンデレーエフの周期律は，まさに原子の構造によってそうなるものだと裏付けられたの。今では，周期律は化学の一番基本的な法則の1つになっている」

「ふーん，なんだか『運命の分かれ道』みたいな話だね」

「運命の分かれ道，チヒロさんもうまいこと言うね」

　わたしは，褒められて思わずにっこりした。

「自然は奥深い。いろんな現象がある。その多種多様な現象の

どれかとどれかをつなぎ合わせると，法則らしきものを作り上げることもできる。自然には，そんな妄想を許す懐の深さがあるのよ。まあ，そうやって妄想された『法則らしきもの』のほとんどは，ガラクタとして否定されるんだけどね。今でも，そんな妄想というか，まぼろしの大理論をまじめに探求している人はいるでしょうね」

　ジュンさんは，ふと懐かしそうな表情になった。

「わたしが昔，翻訳の仕事をしていた頃，ある論文をフランス語に訳してほしいと頼まれた。その論文というのが，渦によって宇宙を説明する壮大な理論の概要だったの。宇宙のあらゆる現象は渦によって説明できるというの」

「渦って，あの渦巻きの渦？」

「そう。その人は，その論文をフランス語に訳して，フランスの科学雑誌に投稿するつもりだったらしい。投稿しても，ほぼ確実に却下されるとは思ったけど，わたしは仕事だから翻訳した。翻訳し終えてから思ったわ。この人は，まず英語に翻訳して，いろんな英文誌に投稿して，すべて却下されて，『フランス語の雑誌なら』という思いで翻訳を依頼したんだろうなあって。フランスは，17世紀に渦動論という宇宙論を唱えたデカルトの母国だしね。フランス語の雑誌からも拒否されたら，次は，ドイツ語，ロシア語とチャレンジするつもりだったのかも。もちろん，どの国の科学雑誌からも相手にされないでしょう。その後，どうしたんでしょうね。たぶん，もう死んでる。たまに，ふと思い出すの。壮大な渦の宇宙論の探求に捧げたあの人

153

の生涯は，壮大な無駄，無意味だったのかな……」

　ジュンさんの口ぶりは，だんだん独り言のようになっていった。話し終わって，しばらく遠くを見るような眼差しで前を見ていた。そして，軽く首を振った「そんなはずはない」と言うように。

「ジュンさん」
という声に，わたしは我に返った。彼女が，にこやかにほほえんでいる。
「ああ，チヒロさん。なんだか，わたし一人で自分の世界に浸っていたみたい」
「いいんだよ。そんなジュンさんも好きだから」
「ありがとう」
「ジュンさんも，まぼろしの大理論を考えているの？」
「いやいや，とんでもない。わたしは，そんなお話を書いてある本を読んでいるだけで満足よ。その方が楽しくて幸せ。子供の頃は，そんな大発見を夢見ていたかもしれない……いや，そんなことはない。子供の頃から，ただ本を読んでいれば幸せだった。それ以上の欲はなかった。チヒロさんが，一人でぼんやり景色を眺めていれば，それで楽しくて幸せな気分でいられるのと，同じようなもの」

　チヒロさんは，そんなわたしの言葉を聞いて，うれしそうに

154

うなずいた。

VI

「チヒロさん，冬休みも，英語の特訓やる？」

「うん，やろう。『星の王子さま』をいつもの倍くらい読んで書くの？」

「それでもいいのだけど，英作文をやろうかと思うの。『星の王子さま』はいつもどおり４〜５行ずつ読んで書いて，そのあとに１時間くらい，英作文をやろうと思うんだけど」

「えいさくぶん？」

「ああ，英語で文章を書くこと。もっとも，実際には，まず日本語で書いた文章を英語にするんだから，和文英訳という方が正しいかな」

「英語で文章を書くの？　やれるかな」

彼女は，ちょっと考え込んだ。

「ほら，夏休みの特訓の最初に『英文法レッスン』をやったでしょう。その最終日に構造分析で日本語を英語にしたじゃない。あの要領よ」

「うーん。そうだね……うん，ジュンさんが教えてくれるんだから，きっとやれるよ」

「うん，その意気」

「ねえ，冬休みはたった２週間しかないじゃない。その前から特訓を始めない？」

「でも，授業があるでしょう」

「期末試験が終わると，午前中で授業が終わるから，これまでより早く来れるよ」

「ああ，チヒロさんがその気なら，期末試験の後から始めましょう」

　今日は，英作文の初日。ジュンさんから，「日記みたいな文章を日本語で書いておいで。今日の出来事でもいいし，以前の出来事でもいいし。将来の夢でもいいけど」と言われたんだけど，日記なんて書いたこともないから，困ってしまった。いろいろ考えて，あの銀杏の葉っぱのことを書いた。ジュンさんが，「蝶が舞っているようだ」と話して，わたしが言葉で表現するってすばらしいと思った時のこと。それから，落ちた葉っぱは土の栄養になるという話。

　わたしの日本語を読んで，ジュンさんは，

「自分のことを書いてある文章を英語に訳すのは，奇妙な気分ね」

と言いながら，ちょっと恥ずかしそうに笑った。それでも，わたしの日本語を構造分析して，

「これが主語，これが動詞……」

とか，

「この日本語は，ちょっと言い換えると英語にしやすくなる」

とか，説明して，

「じゃあ，英語の文章を組み立ててごらん。分からない単語は和英辞書を使って調べると出てくるよ」
と言う。そんなふうに説明されると，なんとなく英語の文章が書けてしまう。われながら不思議。
　今日は「蝶が舞っているようだ」という表現にわたしが感動したところまでで終わりにして，銀杏の葉っぱが土に還る部分は明日に回すことにした。

　銀杏の葉っぱの文章の後は，もっと以前の思い出を書いた。春に『植物図鑑』で草の花の名前を調べたこと。キュウリグサやノヂシャ。宿題をしながらいろんな音楽を聴いたこと。英語の教科書を5回読んで書いたこと。夏休みに『手袋を買いに』の英語訳で特訓することになったこと。わたしがほんとうは『ごんぎつね』を読んだことがあったのにウソをついたことなど。
　自分のことや学校のことは，書くことが思いつかないのに，ジュンさんと一緒の時のことは，書くことをいっぱい思いつく。

＠＠＠＠＠＠＠＠＠＠＠＠＠＠＠＠＠＠＠

　どんなことを書いてくるかと思ったら，わたしと一緒の時のことばかり。学校や家でのことは書きたくないのかな。学校や家では，あまり楽しいことがないのかな。だとしたら，不憫だけど……だからといって，わたしが何かしてあげられるわけではない。せいぜい，英語を見てあげて，彼女の興味を引きそう

な話をしてあげるくらいしか。

「この『花は真ん中が黄色くて，周りが青い』は，『その花の真ん中は黄色です。周りは青です』と言い換えると，易しい英語で表現できるよ。『真ん中』は，知ってる単語centerでいい。『周り』は，辞書を調べてごらん」

「……around」

「それは前置詞だね『何々の周りに』という意味。名詞の『周り』，『周辺』という単語も出てくるでしょう」

「……circumference……periphery……」

「おやおや，ずいぶん難しい言葉が出てきたね……じゃあ，peripheryの方を使いましょう」

「Center of flower is yellow. Periphery of flower is blue.」

「初心者としては，それで合格。たぶん，この英語で通じる。欲を言えば，冠詞を付けて」

「The center of flower is yellow.

その次は，of flowerは省略して，

The periphery is blue.

の方がすっきりするね。もちろん，花を主語にした構造も作れるわ。『花は黄色（←真ん中で），そして青（←周りで）』というような構造。作ってみる？」

「ええっと，

The flower is yellow in center and blue in periphery……かな？」

「たぶん，それでいい。in centerかon centerか，in periphery

158

かon peripheryか，この辺の前置詞の使い分けは，ネイティヴスピーカーに尋ねてみたいね。いつか機会があればいいけど……あるいは，これまで読んだ『手袋を買いに』や『星の王子さま』の中に，そんな文章が出てこなかったかな？」

　わたしは，それらの本の英文を思い返した。そして，愕然とした。ほとんど覚えていない。あれだけていねいに読んで教えた英文をほとんど思い出せない。以前のわたしなら，ストーリーと一緒に英文も覚えていて，たとえば，「この日本語は，『星の王子さま』のこの言い回しを使って英語にできるよ」というような説明もできたはずなのに。
「ジュンさん，どうしたの，ちょっと浮かない顔をしてるよ」
「ああ，いや……たいしたことではない。心配かけてごめんね。あのね，以前だったら，これまで一緒に読んだ『手袋を買いに』や『星の王子さま』の英語の文章を覚えていて，チヒロさんが書いてきた日本語の文章を英語にする時に，この日本語は，『星の王子さま』のこの言い回しを使って英語にできるとか，この文章はちょっと手を加えてこんなふうに変えれば，『手袋を買いに』のこの構文をそのまま使える，というような説明をしてあげれたはずなんだけど，それができなくなっている。覚えていないの。つい何ヶ月か前に一緒に読んだ英語の文章なのに」

ジュンさん，それって，忘れるのが当たり前だよ。覚えている方が超能力だよ。……でも，ジュンさんはそんな超能力を持っていたのかもしれない。人の何倍も何十倍ものことをできていた人が，人並みのことしかできなくなるのは，寂しいんだろうなあ……と，こんなことを考えていると，

「チヒロさん」

と呼びかけられて，びっくりした。

「うっ，うん，なあに？」

「毎日とは言わない，時間があれば，余力があれば，ここに来る前に，『手袋を買いに』と『星の王子さま』を読み返してね。全部じゃなくていい。気の向いたページを開いて，読むだけでいいの。そこでひょっとしたら，その日の英訳に使えそうな文章に出くわすかもしれない。『この英文は，今日英訳する予定のこの日本語の文章を英語にするのに使えるな』というような文章が見つかるかもしれない。あるいは，『この英文は，3日前に英訳して自分で作った英文と同じ言い回しだ。自分で作ったあの英文は間違ってなかったんだ』と思えるようなことがあるかもしれない。もちろん，見つからなくても，かまわないよ。無理はしなくていい」

「うん，分かった。ちゃんと予習・復習してくるよ」

　その言葉どおり，彼女は毎日「予習・復習」をしている。そ

して，2〜3日に1回くらいは，彼女にとってなじみとなった2冊の英語の本のどこかのページを開いて，

「ねえ，この英文は，この日本語を訳すのに使えない？」とか，

「この英文は，この前わたしが作った英文と似てるよね」と，わたしに尋ねる。ピントはずれなこともあるけど，たいていは，いいところを衝いている。英作文の参考になる英文を自分で見つけることができるようになったのね。記憶障害のためにわたしがていねいな説明をしてあげられないことが，怪我の功名になったのなら，うれしい。

　自立的な知性が芽生えている。そして，やがて彼女は自分の翼で飛ぶようになる。こんなふうに考えると，わたしは自分の衰えを受容できる。諦めとは違う，受容……。

Ⅶ

「ねえ，ジュンさんは，クリスマスにどこか出かけるの？」

「特にどこにも出かけないよ。クリスマスだからといって，ふだんと違うことをするわけじゃない。いつものように本を読んで音楽を聴いている」

「やっぱりね。ジュンさんはそうだろうと思っていた。じゃあ，クリスマスの日にもここに来ていいんだね？」

「もちろん，クリスマスにも，お正月にも，チヒロさんが来たいなら来ていいよ……チヒロさんのうちでも，クリスマスパーティーなどはしないの？」

「うん，うちもそんなことしないよ。ケーキが売れ残っていたら，お母さんが半額以下で買ってきてくれるけど」
「チヒロさんのお母さんはお菓子屋さんで働いてるの？」
「スーパーマーケットだよ」
「ああ，なるほど」
「おととしは，買って来れたけど，去年は売れ残りがなくて，買えなかった」
「クリスマスケーキ……」
　わたしは，子供の頃を思い出した。
「わたしが子供の頃は，今みたいにクリスマスをにぎやかに祝うことはなかった。都会のお金持ちのうちは，そうしていたかもしれないけど，わたしの生まれ育った田舎町では，パーティーなんてどこのおうちでもやらないし，クリスマスツリーを飾るうちもなかった……いや1軒だけ，ご近所で一番お金持ちのうちで飾っていたかな……まあ，庶民には縁のないものだったの。
　それでも，わたしが中学に入学する頃になると，少しは豊かになったのかな，家でクリスマスケーキを買ってくれて，家族みんなで切り分けて食べるようになった。子供心に，『このケーキを1個まるごと自分一人で食べたいな』と思ったものよ」
「へえ，ジュンさんにも，そんな時代があったんだ」
「そりゃ，わたしだって子供時代はあったわ」
「いや，そういう意味じゃなくて，つまり，ジュンさんは子供の頃から本ばかり読んでいて，クリスマスケーキなんかには興

味なかったのかと思ってた」

「ああ，まあ，わたしにも，子供の頃には子供っぽい気持ちもあったよ」

　彼女は，そんなわたしの話を愉快そうに聞いている。そんな彼女の明るい顔を見ていると，わたしも楽しくなる。

「今年は，ケーキがたくさん売れ残るといいね」

「うん，わたしはそう思うんだけど，スーパーとしては，それは困るんじゃない？」

おや，ずいぶん大人びたことを言う。

「スーパーの経営の心配までしてるんだ。すごいね」

　わたしは，あることを思いついた。

「じゃあ，今年も売れ残りがなくて，チヒロさんのお母さんがケーキを買って来れなかったら，その次の日，わたしがケーキを買ってあげる。そして，二人で食べましょう。あまり大きなものだとお腹を壊すから，小さなケーキだけどね」

「わあ，うれしい！」

　先ほどはずいぶん大人っぽいことを口にした彼女も，この時は子供の表情になった。

⟨◦⟩⟨◦⟩⟨◦⟩⟨◦⟩⟨◦⟩⟨◦⟩⟨◦⟩⟨◦⟩⟨◦⟩⟨◦⟩⟨◦⟩⟨◦⟩⟨◦⟩

　結局，今年もお母さんはクリスマスケーキを買ってこなかった。25日のうちには全部売れてしまったんだ。でも，いいんだ。明日，ジュンさんがケーキを買ってくれるから。そう約束

したもん。

　次の日，英語の特訓が終わって，待ちかねたようにジュンさんに話しかけた。

「やっぱり今年もクリスマスケーキは売れ残らなかったんだ。だから，これからケーキを買いに行こう！」

「……？」

　ジュンさんは，不思議そうな顔をしている。

「ジュンさん……どうしたの？　そんな顔して？　約束したじゃない。チヒロのお母さんがクリスマスケーキを買って来れなかったら，ジュンさんが小さなケーキを買ってくれるって」

　ジュンさんは，まだ不思議そうな顔をしている。

「そんなこと，言った？　……」

「言ったよ。忘れたの？」

　自分で言ったこの言葉「忘れたの？」に，自分でハッとした。これが，いつかジュンさんが話してた短期記憶障害？　ジュンさんは，ちょっと考え込んでから，いつもの穏やかな顔になった。

「チヒロさんがそう言うんなら，きっとそうね。わたしがケーキを買ってあげるって，約束したのね？」

「そうだよ」

わたしは，小さな声で答えた。そんな元気をなくしかけているわたしを励ますように，ジュンさんは明るい声で話しかけた。

「よし，じゃあこれから一緒に買いに行きましょう。すぐそこのコンビニでいい？」

「もちろん」

　わたしも，元気を出して答えた。

　コンビニには，もうクリスマスケーキは置いてなかった。ジュンさんは，「じゃあ，お互い，好きなものを1個ずつ選ぼう」と言ってくれた。ケーキやパイの並んでいる陳列ケースの前で，何にするか迷った。モンブランもいいし，アップルパイもおいしそうだし……結局，クリスマスらしくイチゴののったショートケーキにした。ジュンさんはチーズケーキを買っていた。

❦❦❦❦❦❦❦❦❦❦❦❦❦❦

　1日遅れのクリスマスパーティー。いや，パーティーはクリスマスイブにやるものだから，2日遅れかな。小さなケーキと紅茶だけの，パーティーと呼ぶのもおかしいくらいのささやかなパーティーだけど，わたしにとっては何十年ぶりでしょう。高校を卒業して，親元を離れて以来のこと。

　クリスマスソングでも流せば，気分が出るのかもしれないけど，その種の音楽はあいにくパソコンに入れてない。クリスマスに関係のある音楽といえば，クリスマスの朝のミサのためのグレゴリオ聖歌くらい。パーティーの気分を盛り上げるものではないでしょうね。

「ジュンさんは，何歳くらいまでサンタクロースを信じていた？」

「何歳くらいまで，と問われても……そもそもサンタクロースの話を知ったのが小学校2年か3年くらいで，その頃にはもう，そりが空を飛ぶなんてあり得ない，と思っていた。かわいげのない子供だったね。夜，寝る前に靴下をぶら下げておいて，朝起きたらそれにプレゼントが入っているなんてことも，遠い外国のお話，自分には縁のないことと思っていたわ」

「じゃあ，クリスマスプレゼントをもらったことないの？」

「ない……いや，一人だけ毎年クリスマスプレゼントをくれた人がいた。わたしに，じゃなくて，わたしのうちに送ってくれるんだけど。ハワイのおばさんが，毎年12月の中頃になると，航空小包でクリスマスプレゼントを送ってくれた」

「ハワイのおばさん？」

「うん，うちではそう呼んでたわ。父の妹に当たる人なんだけど，太平洋戦争が終わった直後，日本をしばらく占領していたアメリカ軍の病院で看護の仕事をしていて，そこでハワイの日系二世の米軍兵に見初められ，結婚し，太平洋を渡ってハワイに行った人なの。スキムミルクの時にも話したけど，あの頃，日本では食べるものにも事欠いていた。そんな日本から豊かなアメリカに嫁ぐのは，玉の輿だったでしょう。それから10年以上が経ったわたしの幼い頃も，まだ日本は貧しく，アメリカは信じられないほど豊かだった。そして，毎年その頃になるとハワイから航空小包が届くのが楽しみだった」

「どんなものが入っていたの？」

「チョコレート，コーヒー，ココアが定番だったよ。ほかにも，

その時その時で，いろんなものが入っていた。そういえば，わたしが小学校2年か3年の頃だったと思うけど，ジーパンが入っていた。今では，珍しくも何ともないものだけど，その頃はまだ見たこともないものだった。『アメリカではみんなこれを着ている』と同封の手紙に書いてあって，わたしにちょうどよいサイズだったのでわたしが着ることにしたんだけど，最初はデニムのあのごわごわした触感が奇妙だったわ。ともかく，わたしの生まれ育った田舎町では，わたしが最初にジーパンをはいた子供だったと思うよ」

「ジュンさんは，昔から国際的だったんだ」

「こういうのを国際的と言うの？」

「国際的だよ。ご近所で最初にジーパンをはいたなんて。かっこいいじゃない」

　その素直な口調につられて，わたしも笑みが浮かんだ。

「ハワイのおばさんには，自分がハワイに嫁いでいった頃の日本の貧しさが心に焼き付いていたのね。それで，そんな，今から考えればごくありふれた品物をわざわざクリスマスプレゼントとして送ってくれてた。その後，おばさんは何度か日本に里帰りして，わたしも何回か会ったことがあるわ。里帰りのたびに，日本が復興し，豊かになっていくのを見ていたんでしょう。わたしが中学生になる頃には，クリスマスプレゼントが来なくなった。もう，それくらいのものは日本でも簡単に手に入る時代になっていたから」

「でも，やっぱり寂しかったんじゃない？　これまで送ってき

てたクリスマスプレゼントが来なくなったのは」

「うん，ちょっと寂しかった。ちょうどその頃からかな，うち
でクリスマスケーキを買ってもらえるようになったのは」

　彼女は，こんな昔話，自分が生まれるずっと以前のことを，
楽しそうに聞いている。

「それからあとは，もう誰からもクリスマスプレゼントをもら
うことはなかったの？」

「そうね。基本的にあまり好きじゃない。プレゼントをあげた
り，もらったりするのは。クリスマスにしても，お中元，お歳
暮にしても。もらいっぱなしってわけにはいかないから，お返
しをしないといけない。もらったものがいくらくらいのものか
推測して，その値段とあまりかけ離れたものをお返しするわけ
にはいかないし。相手が必要としないものを送っても迷惑がら
れるだろうし。もらう場合でも，自分がほんとうにほしいと
思っているものをプレゼントされることって，めったにないけ
ど，せっかくプレゼントしてくれたものを，むやみに捨てるの
も気が引けるし……旅行でも，知人，友人，ご近所にお土産を
買ってきたり，もらったりというのも，面倒ね。
要するに，人付き合いが苦手なの」

「チヒロもそうなんだ。一人でいる方がいい」

「チヒロさんもそうなんだね。似たものどうしで気があうんだ」

　そう言って，彼女と顔を見合わせて，笑った。

ジュンさんとわたしは似たものどうしなのか。きっとそうだ。初めて会った日，わたしが一人でボーッとしてるのが好きだと言っても，変だと言わなかった。似たものどうしだからなんだ……そうだ，じゃあ，ジュンさんに訊いてみよう。
「ねえ，ジュンさんは，子供の頃，大人になったら何かになりたいという夢があった？」
「特になかった」
と答えて，ちょっと考え込んで，ジュンさんはもう一度答えてくれた。
「うん，よく考えてみても，特にそんな夢はなかったよ」
「そうか……たまにチヒロは訊かれるんだ。『大人になったら何になりたい』って。特にこれといったものがないから，答えようがないんだ」
「ああ，わたしも子供の頃，そのての質問は苦手だったわ。わたしの場合，人と付き合うのが苦手だから，普通の会社員は無理だと思っていた。一人でできる仕事，世間と交わらずに済む仕事，そんな仕事を想像していた。小学生の頃は，山の上の電波中継所とか測候所とか，離れ小島の灯台とか，そんなところで仕事したいと思っていたの。人里離れたところで，一人で仕事して，暇な時は本を読むの。だけど，大人たちにとっては，そんなものは将来の夢のうちに入らないのね。中学生くらいになると，仕事はどんな仕事でもいいけど，最低限自分一人が生きていけるくらいのお金を稼いで，図書館のそばに小さな部屋を借りて，仕事以外の時間はずっと本を読んでいる，そんな人

169

生を思い描いたけど，それを話すと『覇気がない』とか『若者
らしい夢がない』と苦い顔をされたわ」
「そうか，やっぱり似たものどうしなんだね」
「お役に立てずに，ごめんね」
「いいんだよ。謝らなくたって」
「高校生の頃は，自分は大人になったらいったいどうやって生
きていくんだろうと思っていたよ。たまたま，フランス語に興
味があって，自分で勉強を始めて，ふと気がついた。『翻訳の
仕事は一人でできる仕事かも』って」
「それで，翻訳家になったんだ」
「まあ，そんなところね」
「でも，お医者さんの仕事は一人じゃできないでしょう」
「そんなことはないよ。確かに，医学部を卒業して何年かは病
院で働いたけど，じきに自分の小さな診療所を開業したの。自
分一人だけで仕事をする。ほかの医者を雇ったりはしないし，
看護師さんも事務員さんも雇わない。ほんとうに一人だけで仕
事してきたのよ」
「でも，患者さんを相手にしないといけないじゃない」
「ああ，それはね，入院患者と違って外来で診療所を受診する
患者さんは，医者を選ぶことができるの。何回か受診してみて，
『この医者は良くないな』とか『相性が悪いな』と思えば，ほ
かの診療所を受診すればいい。わたしのところのリピーターに
なる患者さんは，わたしを良い医者だと思い，少なくとも藪医
者だとは思わず，わたしと相性が良いと思っていればこそリ

ピーターになっている。わたしを相性が良いと思ってくれる人は，たいていは，わたしにとっても相性のいい人なの。つまり，何年か同じ場所で診療所をやっているうちに，自分と相性のいい患者さんたちが周りに集まることになる。

　それから……なんと説明すればいいかな。医者になってみれば分かることなんだけど，医者と患者との関係は，友達とか家族との関係とは違う。同じ職場で仕事しているものどうしの人間関係とも違う。もっと，距離のある関係なの。もちろん，患者にとっては自分の健康，時には自分の命がかかっているから，真剣なことは真剣だけど，何と言うのでしょう，ベタベタした関係ではない。真剣だけど，適度な距離を取った，礼節をわきまえた関係なのよ。『モンスターペイシェント』なんて言葉もあるけど，今でも基本的に患者さんは医者に敬意を払ってくれる。医者の方がそれに応えて礼儀正しく接すれば，医者と患者の関係はうまくいく。『君子の交わりの淡きこと水のごとし』というたとえは褒めすぎかもしれないけど，それに近いところがある。普通の意味での，友達や家族のような『人付き合い』ではないの」

「ふーん……」

　よく分からない。それにまた難しいことを言い出した「くんしのまじわりの……」なんたらこうたら。まあ，それがジュンさんらしいところなんだけど。

「よく分からないみたいね。分からなくてもしかたない。チヒロさんも，医者になってみれば分かる」

171

「医者になんか，なれないよ」

「それは，何とも言えないわ。わたしだって，チヒロさんの年頃には，まさか自分が医者になるなんて，夢にも思わなかった」

「まあ，そうかもしれないけど」

　わたしは，ちょっとふくれっ面をした。そんなわたしをジュンさんは穏やかに見ている。そしてちょっと考え込んだ。

「ひょっとして，チヒロさんは，将来のことを不安に思っているの？」

「うーん……思っていたけど，今は平気。ジュンさんもわたしと似たものどうしだけど，そんなジュンさんも立派に仕事してきたんだから」

「そう，そうだよ。チヒロさんだって，人付き合いが苦手でも，生きてはいけるよ。世界は広いの。チヒロさんの年頃だと，学校と家だけが全世界に思えるかもしれないけど，世界は，ほんとうはとても広いのよ。わたしのような人間でも，チヒロさんのような人でも，生きていく場所は見つかる。自分に適した仕事は見つかるの」

〜〜〜〜〜〜〜〜〜〜〜〜〜〜〜〜〜〜〜〜〜〜

「世界は広い」この言葉，彼女の心に届いたかな。今すぐ届かなくてもいい。いつか理解してくれるといい。みんなと同じ，でなくてもいいの。学校やメディアが刷り込む型にはまった「幸せな人生」の外にも，自分の身の丈に合った幸せな生き方

172

がある。それを，いつか理解してほしい。そして……そして，
幸せになってほしい。

　いつもは，世界の未来を悲観的に展望してしまうわたしだけ
ど，今日，1日遅れのクリスマスの日くらいは，明るい未来を
夢見よう。

第4章

I

「ねえ，相談があるんだけど」

「何ですか，急に改まって」

「冬休みの宿題で『今年の目標を決める』というのがあるんだ。『中学生になれば，年の初めにこの1年の目標を決めましょう』と言われてるんだけど，思いつかないんだよ」

「今どきの学校は，そんな宿題を出すの？　ずいぶんお節介ね」

　日本の学校が子供の私生活にあれこれ口出しするのは，昔からのことだけど，わたしが子供の頃は，ここまでお節介ではなかった。そして，厄介なのは，こんなお節介を学校や教師は「子供のため」と信じていること……いや，この場で学校の現状を批判してもしかたない。とりあえず，彼女向きの「今年の目標」を一緒に考えてあげよう。

「外人と……外人といっても世界には何百もの国があるけど，アメリカ人やイギリス人みたいな英語のネイティヴスピーカー

174

と英語で話ができるようになりたい，というのはどう？」
「うーん……」
　彼女はちょっと考え込んだ。
「実は，それはもうできるんだ」
「えっ？」
「そんなに，驚かないでよ」
「あっ，いや，失礼しました」
「学校にアメリカ人の先生がいて，週1回，英語の授業をする
んだ。ミッシェルは……ミッシェルというのが，そのアメリカ
人の先生の名前なんだけど，ミッシェルは授業中は英語しか話
さない。1学期は，ちんぷんかんぷんだったけど，2学期にな
ると，夏休みに特訓したおかげで，少しは会話ができるように
なったんだ」
「それは，すごい」
「うん」
　彼女は素直にうれしそうな顔をしている。
「それじゃあ，『普通のネイティヴスピーカーと英語で話ができ
るようになりたい』という目標は，どう？」
「『普通の』ネイティヴスピーカー？」
「つまり，そのアメリカ人，ミッシェルさんは，日本人を相手
に英語を教える訓練を受けてきているはずなの。だから，チヒ
ロさんやほかの生徒たちの，多少は間違いもある英語を聞いて，
言いたいことを推測してくれる。自分が話す時も，日本人の中
学生に分かるように易しい言葉で簡単な構文でゆっくり話して

175

くれる。普通のネイティヴスピーカー，たとえば仕事や研究のために日本に来ている人たちは，そんな気配りはしない。そんな普通のネイティヴスピーカーとも英語で会話できるようになりたい，ということよ」

「それって，すごく難しくない？」

「難しいから，目標にするんでしょう」

「まあ，そうだけど」

　こんな会話をしたのは，冬休みも終わりかけた頃だった。それから2週間ほどして，彼女はその後の経過を語ってくれた。

　結局，「普通のネイティヴスピーカーと英語で話ができるようになりたい」と書いて提出したらしい。そして，クラス担任教師がそれをミッシェルに伝えたらしい。

「ミッシェルがね，アメリカの中学生か高校生をホームステイさせればいいって言うんだ。だけど，そんなの絶対無理だよ」

「どうして？」

「だって，うちは6畳の部屋と3畳のキッチンしかないんだよ。どうやって，ホームステイさせるの？」

「ああ，そういうこと……じゃあ，チヒロさんは，あのアパートに親子三人で暮らしてるんだ」

「親子二人だよ。お父さんはいないから」

「あっ……それは……悪いことを言ってしまったね」

「平気だよ。もう慣れてるから」

　わたしは，彼女の健気さがいとおしかった。そういう境遇

だったの……。

「じゃあ，お母さんがスーパーで働いて，生活を支えているのね」

「うん。今のおうちは，おんぼろだけど家賃が安いから助かるって言ってる。それに，いいこともあるんだ。お母さんは，野菜や果物を切ったり，詰めたり，包んだりしてるんだけど，傷んで売り物にならない野菜や果物をもらってこれるんだ。傷んでいても，ちゃんと食べられるんだよ」

「そりゃあ，そうよ。少々傷が付いてたって，食べるのに差し支えない」

「……そうだ，ジュンさんはリンゴは好き？」

「好きよ」

「じゃあ，こんど持ってくる」

「それは，それは，どうもありがとう」

　わたしは，彼女の好意を素直に受け取った。

〰〰〰〰〰〰〰〰〰〰〰〰〰〰〰〰〰〰〰〰〰〰〰

　昨日，お母さんがスーパーからもらってきた傷のあるリンゴ。ちゃんと洗って，乾いたふきんで磨いてピカピカにした。ジュンさん，喜ぶだろうなあ。勉強が終わってから渡す方がいいのかな，それとも先に渡そうかな……。

結局，わたしは，リンゴを隠しておけないので，ジュンさんのおうちに行ってすぐに渡した。

「ほら，約束してたでしょう，リンゴだよ」

「あら，ありがとう」

　ジュンさんは，喜びながら，戸惑っているようだった。

「どんな約束をしたの？」

　あれ，また忘れてしまったのかな。

「何日か前に，チヒロのお母さんがスーパーから傷ついたリンゴをもらってきたら，持ってきてあげるって，約束したじゃない」

「ああ，そうだったの……うん，チヒロさんがそう言うんだから，きっとそうね。わたしがリンゴを好きなのを知っていて，持ってきてくれたのね」

「そうだよ。この傷の部分を食べなければいいんだ」

　わたしは，悲しい気持ちになりかけたけど，がまんした。慣れないといけないんだ。こういうことに，慣れないといけないんだ。これから，ジュンさんは，しょっちゅうこんな物忘れをするようになる。それをいちいち悲しがってはいけないんだ。

「……そうなんだ，チヒロさんのお母さんは今はスーパーで働いているんだ。ヨイトマケの仕事よりは楽でしょう。よかったね」

　そう自分で言っていながら，ジュンさんは首をかしげた。自分の言ったことをおかしいと分かったのかな。

「違う，違う，ヒロちゃんのお母さんじゃない。チヒロさんのお母さんなの」

　首を振りながらそんなことをつぶやきながら，考え込んでいる。

「ふきんでピカピカに磨いておいたよ。きれいでしょう」

　ジュンさんは，ハッとしたように，わたしを，そしてリンゴ

を見た。

「うん，きれいでおいしそうね」

「せっかくだから，今すぐ食べて。お勉強は，ジュンさんが食べてしまってからでもいいでしょう？」

「ああ，それもいいね」

　ジュンさんは，リンゴをおいしそうに食べた。

　彼女がそんな約束をしてくれていたとは，まったく覚えていない。彼女の前でこの物忘れをさらすのは，何度目でしょう。今日は，もうあまり悲しまないみたい。わたしの記憶障害に慣れてきたんでしょう。それが当たり前だし，わたしもそれを望んでいた。わたしが壊れているのを見ても，悲しまないでほしい，自然な成り行きだと受け止めてほしいと願っていた。だけど，実際に彼女がこんなふうに悲しむことなくわたしの失敗を受け入れているのを見ると，それはそれで悲しい気持ちもある。身勝手なもの。そうであってほしいと願ったことが実現すると，それを悲しむとは……。

　いや，こんな余計なことを考えるのはやめましょう。せっかく彼女が持ってきてくれた，わたしの好物のリンゴ，ありがたくいただきましょう。食べ終わったら，彼女の勉強を見てあげよう。最近のことはすぐに忘れるけど，昔習い覚えたことは，まだ忘れないでいるから。

3学期が始まり，英作文の練習は終わりにして『星の王子さま』を読んで書くだけに戻ったけど，1ヶ月くらい英作文の練習をしたおかげで，読解力が一段と深まっている。これくらいの英文なら，ほとんどわたしが教えなくても，間違いなく意味を把握できるようになった。この年頃の子供は，興味のあることに関してなら，成長が早い。これなら，ラダーシリーズでなくても，普通にフランス語から英語に訳した英語版『星の王子さま』でも読めるかも。

❧❧❧❧❧❧❧❧❧❧❧❧❧❧❧❧

「おいしかったよ。ありがとう」
　ジュンさんは，いつもの笑顔を浮かべてお礼を言ってくれた。
「お礼なんか，いいのに……じゃあ，勉強を始めるね」
　最近では，だいたい自分で読んで意味が分かるようになったから，わたしが「この文はこういう意味だよね」と言って，ジュンさんが「うん，そうね」と答えるだけで，ずんずん先に進む。あまり進みすぎると，あとで5回読んで書くのが大変になるけど，最近は英語を書くのも慣れてきて，以前よりは速く書けるようになった。今日の分を書き終わった時，ジュンさんが話しかけた。
「チヒロさん，1つ提案があるんだけど」
「なあに？」
「この『星の王子さま』はまだ半分くらい残っているけど，今

読んでいる章が終わったら，次の章からはラダーシリーズでない普通の英訳を読んでみない？」
「普通の英訳？」
「うん，最初に説明したけど，今読んでいる『星の王子さま』は，英語を勉強している人向けに，フランス語の原文をなるべく易しい英語を使って英訳したものなの。そういうものではなくて，普通のアメリカやイギリスの子供たち，ふだん英語を使って生活している子供たちのためにフランス語から英語に，普通の英語に翻訳した本もあるの。それを読んでみない？」
「読めるかな？」
「読めると思う。もともと原書の『星の王子さま』もわりと易しいフランス語で書かれているから，それを普通の英語に訳しても，わりと易しい英語になっているはず。もちろん，今読んでいるのよりは難しいけど。たぶん，いや，きっと，チヒロさんは読めると思うよ」
「うん，じゃあ，そうする」
　わたしの返事を聞いて，ジュンさんはうれしそうにほほえんだ。それから，メモ用紙に，
「普通の『星の王子さま』の英訳本を買っておくこと」
と書き付けて，窓に貼り付けた。
「こうしておけば，ぜったい忘れない」
と言いながら。

駅前の本屋に注文した普通の英訳の『星の王子さま』"The Little Prince" は1週間ほどして届いた。ラダーシリーズと読み比べても，一気に難しくなったとは思えない。もっとも，これはわたしから見てのことであって，彼女にとっては急に難しくなったと感じられるかもしれない。

　その日，いつものように彼女がラダーシリーズの『星の王子さま』を読んで5回書き終えた後，わたしは "The Little Prince" のページを開いて見せた。

「どう？　これまで読んできた英語に比べて，かなり難しいと思う？」

　彼女は，1分ほど読んでいた。

「難しいけど，思っていたほどじゃないよ。これなら，できると思うよ」

「そう。じゃあ，明日からこっちの本を使いましょう」

II

「昨日は節分だったでしょう」

「あっそうね。チヒロさんに言われるまで気がつかなかったけど，確かに昨日は2月3日，節分だったね」

「お母さんのスーパーで恵方巻きが売れ残ったんで，半額で買ってきてくれた。たまには巻き寿司もおいしいね」

「そうなの？　クリスマスケーキは売れ残らなかったけど，恵方巻きは売れ残ったのね」

「うん，まあその年によってだけどね」

「それにしても，恵方巻きなんて，奇妙な習慣ね。わたしが若い頃にはなかった。ある年，どこかの地方の習慣としてテレビで紹介されて，それからほんの2～3年のうちに日本中に広まった。寿司屋さんの陰謀かな。それともコンビニチェーンの陰謀かな」

　わたしの話し方がおかしかったのか，彼女はクスッと笑った。それで調子に乗ったわけでもないけど，わたしはさらに話を続けた。

「バレンタインデーのプレゼントだって，わたしが中学生，高校生の頃までは，そんなに普及していたわけじゃないの。今みたいに盛大になったのは，きっとお菓子屋さんの陰謀だね」

「それは言えるかも」

「この理屈からすると，年越しそばは，そば屋さんの陰謀かな」

「えっ，年越しそばは，ずっと昔からの習慣でしょう？」

「そうでもないの。東京近辺では，昔からの習慣だったかもしれないけど，わたしが生まれ育った九州，少なくとも福岡の近辺では，大晦日にそばを食べる習慣はなかったはずよ」

「えっそうなの？」

「うん。子供の頃，テレビで大晦日に東京の人たちがそばを買い求めている風景を見ていて，『ふーん，東京では大晦日にみんなでそばを食べるんだ』と珍しがっていた記憶があるから。そもそも，西日本の人間にとっては，そばはなじみの薄い食べ物なの。うどんの方がずっとなじみがある」

「そうなんだ」

「そういえば，中学生の頃だったかしら『うちでも年越しそばを食べようか』ということになったのだけど，やはりそばよりうどんの方が食べ慣れているから，年越しうどんになった。というわけで，お正月のお雑煮用に買い込んであった鶏肉を入れて煮込みうどんを作ってくれたことがあるよ」

「年越し煮込みうどん，おいしそう」

「うん，なかなかおいしかった」

　勉強が済めば，こんな他愛もない会話をしているけど，彼女はもう1週間くらい"The Little Prince"をきっちり読み込んでいる。知らない単語は自分で辞書を引いて調べ，文章の構造をきちんと分析して，あまりわたしの手を煩わせることなく，読み進んでいる。だから，彼女が英文を構造分析して意味を把握する間，わたしは以前のように彼女のそばに立っていないで，ベッドで横になっている。たまに，「この文は，どうなっているの？」と質問されるけど，その回数もずいぶん減った。成長したものだわ……こんなわたしの思いとは関係なく，彼女は話を続けている。

「昨日が節分で今日が立春。いつも思うんだけど，なんでこの真冬に立春なんだろうね」

「……ああ，それはわたしも子供の頃から不思議だった。真冬の頃に立春で，暑い盛りの8月上旬に立秋だからね」

「まったく，昔の人は何を考えてこんなことを決めたんだろう」

「決め方の規則は単純なの。冬至と春分のちょうど中間を立春，

夏至と秋分の中間を立秋にしたのよ」

「あっ，なるほど……でも，だからといって，真冬に春が始まって，真夏に秋が始まるのは，やっぱり不思議じゃない？」

「わたしもずっとそう思っていたけど，ある時ふと気がついた」

「何に？」

「それは……そうだ，チヒロさん，窓のカーテンを開けてごらん」

「……？」

　一見，話の筋と関係なさそうなことをわたしが言い出したので，彼女は戸惑っている。

「不思議がる気持ちは分かるけど，まあいいから，窓のカーテンを開けてごらん」

　そう促されて，彼女は素直に立ち上がってカーテンを開けた。

「ちょうど日が沈む頃よね」

「そうだね。ジュンさんの好きな夕焼け空だよ」

「うん。でも，冬至の頃，クリスマスやお正月の頃は，今の時間帯でもう真っ暗だったでしょう」

「そういえば，そうだった」

「日が長くなっているの。春に向かって，日は着実に長くなっている。今くらいの時季，冬至と春分の中間くらいの時季，それを実感できるの。まだまだ冬の寒さの真っ最中だけど，寒さの盛りであればこそ，日が長くなっていることで，季節が春に向かって着実に進んでいることを感じる。その実感を込めて，冬至と春分の中間，寒さの盛りのこの日を立春にしたんでしょう。昔の人は」

「そう言われると，なんとなく分かるなあ」

「立秋も同じようなもの。その頃になると，まだ暑さの盛りだけど，『ああ，日が短くなったなあ，やがて秋が来るんだ』と実感することがある」

「そういえば，去年の夏休みの終わり頃，そんな話をしていたね。夏至の頃は，わたしがおうちに帰る頃でもまだ日が明るかったけど，夏休みの終わり頃になると，夕焼け空になりかけていた。『まだ暑いけど，日は短くなった』って話してた」

「……ああ，そんなこともあったかしら」

　よく覚えていない。そう言われれば，そんな会話をしたような気もするけど，心もとない。

「そうだよ，ほら，その時,『あききぬと……』なんとかという和歌を教えてくれたじゃない」

「ああ，それは,

　　　　秋来ぬと　目にはさやかに　見えねども

　　　　風の音にぞ　驚かれぬる

だね」

「そうそう，それだよ。よく覚えているね」

　わたしは，思わず笑った。その笑いに，苦笑も混じっていたかも。昔覚えた和歌はしっかり覚えているのに，半年前の彼女との会話は，覚えていない。半年前のことを，わたしは忘れてしまい，彼女は，和歌は覚えていなくても，半年前の会話はしっかり覚えている。これからは，彼女とわたしが共に過ごした時間のことは，わたしの記憶ではなく，彼女の記憶に残され

るのでしょう。それでいい。彼女の記憶に残るだけでも十分。

\begin{center}
〰〰〰〰〰〰〰〰〰〰〰〰〰〰〰〰〰〰
\end{center}

　普通に英語に訳した『星の王子さま』、ジュンさんは "The Little Prince" と呼んでいるけど、この本を読み始めて、もう1ヶ月くらいになる。知らない単語をちゃんと辞書で調べれば、ジュンさんにいちいち「ここはどういう意味？」と聞かなくても、自分一人でなんとか読める。だから、近頃では、ジュンさんは、わたしが "The Little Prince" を読んでいる時も、以前のようにわたしのそばに立っていないで、ベッドに横になって音楽を聴いている。たまに、どうしてもわたしには分からない部分があると、質問する。すると、ジュンさんはわたしの方に向き直って、説明してくれる。

　わたしが声を出して読みながら5回書く時だけ、わたしの邪魔にならないようイヤホンに切り替えて聴いている。それで、音読筆記が終わったら、わたしがイヤホンのプラグを抜くのがいつの間にか習慣になった。すると、ジュンさんは、「ああ、終わったのね」と声をかけてくれる。

　それから、学校の宿題を済ませる。宿題も済んだら、わたしは椅子をジュンさんに譲って、床に座る。ジュンさんが好きな本を読めるように。

　そして、たまにおしゃべりする。頃合いを見計らって、ジュンさんは紅茶を淹れてくれる。最近では、わたしはティース

プーンすりきり1杯の半分くらいしか砂糖を入れない。たまにストレートティーに挑戦するけど，やっぱり砂糖がぜんぜん入っていない紅茶は味気ない。

　今日，紅茶を飲みながら，ジュンさんが話しかけた。
「もう，チヒロさんは一人で英語を勉強できるようになったね。わたしは教師の仕事を辞めてよさそうだわ」

　その口ぶりからして，わたしが英語ができるようになったのを喜んでくれているのが分かる。わたしも，そんなふうにジュンさんに認められてうれしいけど，ちょっと寂しい気もする。
「ほめてくれてるんだよね。それはうれしいけど，なんだか置いてきぼりにされるような感じで，ちょっと悲しい気もするよ」
「チヒロさんを置いてきぼりなんかしないよ。ただ，以前の友達どうしに戻るというだけ」
「友達どうし？」
「そうよ。初めて会った日，わたしはここに座って，チヒロさんは外に，窓の下に座って，いろんなことを語り合った。それから友達どうしのように，いろんなことを話したね。しばらくして，チヒロさんが英語ができるようになりたいと言ったので，わたしができる協力をしようと思って，英語の教師の役も演じるようになったのだけど，もうその役を降りていいでしょう。そして，以前のように友達どうしとして，いろんなお話を楽しくしていればいい。そう思うの。置いてきぼりなんて，そんなことじゃないよ」

　そう言われると，反論のしようがない。でも何か，わたしの

気持ちの中に，そんなふうに割り切れないものがある。わたし
はちょっと考え込んだ。
「ジュンさん，もちろんジュンさんとわたしは友達どうしだよ。
年はうんと離れているけど，友達どうしだよ。でも，ジュンさ
んはわたしにとって，ただの友達じゃないんだ。わたしは，
ジュンさんを尊敬してるんだよ。ほんとうだよ」
　ジュンさんは，わたしの方に身を向けた。
「もちろん，ほんとうよ。チヒロさんがウソなんかつくはずは
ないから。ほんとうよ」
「そうだよ。ほんとうに，わたしはジュンさんを尊敬している
んだよ。なんでも知ってるんだもん。いろんなことを話してく
れる。ジュンさんは，そんな話をするのが自分も楽しいから話
しているだけだと言うけど，わたしにとっては，すごくために
なる話なんだよ」
　わたしはこう話しながら，ちょっともどかしかった。ジュン
さんが途方もない物知りだから，ジュンさんを尊敬している，
それはウソじゃないけど，それだけが理由じゃない。もっと別
の，もっと大きなもっと深い理由がある。わたしがジュンさん
を尊敬するのは，物知りだからというだけじゃない。でも，そ
のもっと別の理由をうまく言葉で言い表せない。それが，もど
かしい。でも，これだけは言っておきたかった。
「ジュンさん。分かっているよ。やがてジュンさんは，昔覚え
たことも忘れてしまうようになるって。ためになる話をわたし
にしてあげられなくなるって。分かっているよ。でもね，ジュ

ンさんがそんなふうになってしまっても，わたしはジュンさん
を尊敬しているよ。ぜったいに」
「ありがとう」
　わたしに向かってそう言うジュンさんの目が潤んでいた。

～～～～～～～～～～～～～～～～～～～～～～～～～～～～～～

　その言葉にウソはないはず。彼女は，やがて痴呆の闇に沈ん
でいくわたしを尊敬してくれている。その気持ちを，素直に受
け入れましょう。余計なことを言わなくてもいい。わたしが余
計なことを言わなくても，彼女は成長する。余計なことを言わ
なくても，彼女はいつかわたしから自立する。そうなるしかな
い。わたしがもはや彼女のために何もできなくなってしまう時
が来るのだから。
「余計なことを言って，悲しませてしまったのなら，ごめんね。
そんなつもりじゃなかったの。ただ，チヒロさんが英語の勉強
をしている時間も，わたしはのんびり音楽を聴いていられるよ
うになった，それをうれしいと思っている，その気持ちを伝え
たかっただけなのよ……このおうちは，わたしの住まいだけど，
チヒロさんが見つけた『幽霊屋敷』そして『秘密の花園』でも
あるの。チヒロさんはこれまでどおり，これからもいつでも，
来たい時に来ていいのよ。Always, you are welcome.」
　わたしが最後に言った英語の意味を，彼女はちょっと考えて
いた。そして，理解して，うれしそうにほほえんだ。

190

Ⅲ

　春休みは，特別な勉強はしなかった。それでふだんよりたくさん，毎日１ページくらい"The Little Prince"を読んで書くことにした。声を出して読み始めると，ジュンさんはイヤホンを付ける。ふだんより分量が多いから５回読んで書くのに１時間くらいかかる。その間，ジュンさんはうとうとと寝入ってしまうようだった。音読筆記が終わってわたしがイヤホンのプラグを抜くと，ハッと目を覚まして「ああ，終わったの」と声をかけてくれる。

　春休みも終わる頃，ジュンさんが，
「久しぶりに英語の歌を教えてあげるよ」
と言ってくれた。
「ありがとう。でも，"Puff"みたいな結末が悲しい歌はいやだな」
「"Puff"はお気に召さなかった？」
「嫌いじゃないけど，メロディーは好きだし，前半の部分はいいんだけど，最後のジャッキー・ペイパーがパフから離れていって，パフが寂しそうに洞窟に戻っていく場面が悲しいんだ」
「ああ，そうなの……今日教える歌は，そんなんじゃない。"Long, long ago"という歌で，幼なじみが離れ離れになっていたけど，長い年月を経て再会し，昔のことを思い出すという歌よ」
「ああ，それはいいね」
「わたしの中学の英語の教科書，確か１年生の英語の教科書の

191

裏表紙に，楽譜と一緒に載っていた。それを英語の時間に教わったわけではないけど，この歌を日本語に翻訳した『久しき昔』という歌が，音楽の教科書にも載っていて，こっちの方，日本語訳の歌の方は音楽の時間に習ったの。そこで覚えたメロディーに合わせて，英語の教科書に載っている英語の歌詞を歌って覚えたの」

「歌にも翻訳があるんだ」

「うん，昔の日本人は西洋の文化をたくさん翻訳して取り入れたからね。ただ，歌を訳す場合は，日本語の歌詞をもとのメロディーに合わせないといけないから，正確に1つ1つの単語を訳すのは無理なのね。でも，歌詞全体としては，だいたい同じような意味になっている」

　そう言いながら，ジュンさんはパソコンで "Long, long ago" を探し出して，聴かせてくれた。日本語の『久しき昔』も聴かせてくれた。歌ってもくれた。

Tell me the tales that to me were so dear,
Long, long ago; long, long ago.
Sing me the songs I delighted to hear
Long, long ago; long ago.
Now you are come, all my grief is removed.
Let me forget that so long you have roved.
Let me believe that you love as you loved,
Long, long ago; long ago.

Do you remember the path where we met?

Long, long ago; long, long ago.

Ah yes, you told me you ne'er would forget.

Long, long ago; long go.

Then to all others, my smile you preferred.

Love, when you spoke, gave a charm to each word.

Still my heart treasures the praises I heard.

Long, long ago; long ago.

Though by your kindness my fond hopes were raised,

Long, long ago; long, long ago.

You, by more eloquent lips have been praised,

Long, long ago; long ago.

But by long absence your truth has been tried.

Still to your accent I listen with pride.

Blest as I was when I sat by your side,

Long, long ago; long ago.

語れ　愛でし真心

久しき昔の

歌え　ゆかし調べを

過ぎし昔の

汝帰りぬ　ああ　うれし

永き別れ　ああ　夢か
賞(め)ずる思い変わらず
久しき今も

「日本語と言っても，大正時代の日本語だから，古くさく感じ
ると思うけど，およその意味は分かるでしょう」
「うん，なんとなく分かる」
「もう1つのバージョンもある。今のは近藤朔風(こんどうさくふう)という人の文
語風の訳詞で，わたしは気に入っているけど，ほかにも，もう
ちょっと口語的なバージョンもあるのよ。タイトルも『思い
出』となっている」

垣に赤い花咲く　いつかの　あの家
夢に帰るその庭　はるかな昔
鳥の歌木々めぐり　そよ風に花ゆらぐ
なつかしい思い出よ　はるかな昔

白い雲浮かんでた　いつかの　あの丘
駆け下りた草の道　はるかな昔
あの日の歌うたえば　思い出す青い空
なつかしいあの丘よ　はるかな昔

「こっちの方が分かりやすいね」
「うん。ただ，こちらのバージョンだと，原語の歌にある幼な

じみとの再会という意味は抜け落ちてしまうね。ただ，幼い頃を懐かしむという内容になってしまう」

$$◟◝◜◞◟◝◜◞◟◝◜◞◟◝◜◞◟◝◜◞◟◝◜◞◟◝◜◞◟◝◜◞$$

　わたしが中学1年生の時に英語と日本語で覚えた歌。

　このところ，思いが過去へ過去へと向かって行く。今のチヒロさんくらいの年頃，そしてそれよりももっと幼かった頃。その頃のささいな日常の出来事，その頃のふるさとの景色。今はもう，わたしの記憶にしか残っていない景色。炭鉱の社宅はとっくに取り壊され，見慣れた六坑のボタ山さえ，高速道路の盛土にするために削り取られてしまったから。記憶の中の景色，遠い思い出。

　そんな過去への思いに反比例するように，新しいことへの興味が薄れ，新しいことを学ぶのが難しくなる。読む本にしても，昔読んだ小説や詩，歴史書。科学関係なら，今までに習い覚えた基本的なことを一般読者向けに解説した本か，そこから1歩か2歩踏み出すくらいの本。5歩も10歩も進んだ最先端の知識は，もう追いかけることができない。ニュースにしても，今も昔もあまり変わらぬ社会や政治の出来事は理解できるけど，目新しい現象は，それを書いた記事を読んでいても，理解しようという意欲が湧かずに，文字を目で追うだけで，内容が頭に入っていかない。

　今さら，世界の最新事情を追う必要もないのかな。新しい出

来事で，心を楽しませるようなものはめったにないから。今さら，そんな出来事を追いかけることもない。

IV

　春休みが終わって，わたしは2年生になった。クラス替えもあったけど，もともと友達の少ないわたしにとっては，どうでもいいこと。授業が始まったので，ジュンさんのうちにいられる時間が短くなったのが残念。

　ジュンさんのうちでは，これまでどおり，まず英語の勉強をする。"The Little Prince" も残り4分の1くらい。1日5〜6行ずつとしても，夏休み前，6月頃には終わりそうだ。5回声を出して読みながら書く間，ジュンさんはイヤホンを付ける。音読筆記は春休み中と違って20分くらいで終わるけど，たいていジュンさんは寝入っている。そして，イヤホンのプラグを抜いても，目を覚まさないことが多くなった。ほかの宿題も終わって，わたしが声をかける。

「ジュンさん，チヒロは宿題も終わったよ。座って本を読んでいいよ」

するとジュンさんは，

「ああ，ありがとう」

と言って起き出して，椅子に座って，本を読み始める。わたしは，もう春で暖かくなったから，以前のように，外に出る。窓の下の草の上に座って，ぼんやり景色を眺めながら，時々ジュ

ンさんとおしゃべりする。

「ジュンさん，わたしね，学校でみんなに不思議がられてるんだ」
「どうして？」
「英語がよくできるから」

　わたしは自慢げな笑顔で話した。ジュンさんは，にこやかな
笑顔で答えた。
「それは，よかった。でも，英語ができるのが不思議なの？」
「つまり，うちは母子家庭で，塾にも行っていないのに，英語
がよくできるんで，不思議がられてるんだ。それと，英語だけ
じゃなくて，国語や理科や社会の時間にも，たまにほかの誰も
知らないことを知っていて，先生の質問に答えたり，逆に先生
に質問して突っ込んだりするから，不思議がられている」
「それもずいぶん奇妙な発想ね。塾なんか行かなくても，勉強
はできるのに」
「うん，ジュンさんと知り合って，わたしもそう思うように
なった。それまでは，わたしは塾に行かせてもらえないから勉
強ができないんだって思っていた」
「そんなことはない。チヒロさんは，秀でた知性を秘めているよ」
　ジュンさんにそう言われて，うれしいけど，ちょっと恥ずか
しい気もした。
「学校で，『どんなふうに英語を勉強してるの？』って訊かれる
から，『教科書の英語を声に出して読んでるんだ』って答えて
いる」

「まあ，100％のウソではないね」

「まあね。ほんとうのことを話すと，ジュンさんのことを話さないといけなくなるでしょう。それはいやなんだ」

「ありがとう。わたしも，あまり学校で有名になりたくはない」

「うん，ジュンさんもきっとそう思っているよね。宅配便の人にも，ここに住んでることを知られたくないと思ってるくらいなんだから。わたしも，絶対話さないんだ。ここはわたしの秘密の花園なんだ。ジュンさんは，秘密の花園のあるじなんだ」

「秘密の花園の主とは，ありがたい称号ね」

　ジュンさんはうれしそうな顔をした。

「ジュンさんは，『花はないから秘密の草園だ』と言ったけど，花はあるんだよ。キュウリグサとかノヂシャ，ナズナとかシロツメグサ，もうすぐ咲き出すよ」

　こんな会話をしてから1週間くらいすると，咲き出した。真ん中が黄色で周りが青いキュウリグサの花。わたしはジュンさんに声をかけた。

「ジュンさん，来てごらん。今年もキュウリグサが咲いたよ」

　ジュンさんはこっちを向いた。

「ねえ，外に出ておいで。キュウリグサだよ」

　キュウリグサ？　どんな花でしょう。きっと，彼女がわざわ

ざ呼ぶくらいだから，きれいな花なんでしょう。わたしはドア
を開け，彼女の呼ぶ方へ行った。
「ほら，去年と同じだよ。真ん中が黄色くて周りが青い」
　わたしは，彼女が指さす花を眺める。直径5ミリにも満たな
い小さな花。彼女の言うとおり，真ん中は黄色く，周りは青い。
そのミニチュアのような美しさを見つめているうちに，わたし
の心の底から何かがよみがえってくる。情動，情動の記憶。そ
う，去年もこの花のミニチュアのような美しさに見とれていた。
花の名前は忘れていても，その時の情動は覚えている。その情
動に導かれて記憶がよみがえる。そう，わたしは去年，この花
に見とれているうちによだれを垂らしたの。彼女はそんなわた
しを見て笑いながら，植物図鑑を読みふけっていた。今年のわ
たしは，よだれを垂らしはしない。その代わり，この1年の変
化，わたしに生じた変化，衰退を実感する。
　彼女は，ニコニコしながらわたしに話しかける。
「ジュンさんも，キュウリグサがお気に入りだね。そんなに熱
心に見ているんだもの」
「うん，ミニチュアのような美しさよね。去年は，この花を見
ながらついうっかりよだれを垂らしてしまった」
「そうだよ。チヒロも覚えているよ。ジュンさんも覚えてるん
だね。よかった」
　彼女が素直に発した「よかった」という言葉。だけど，その
言葉の裏に，彼女自身は気付いていないかもしれないけど，去
年のことをわたしが忘れてしまったのではないかという心配が

秘められている。心配されるのも無理はない。この1年，彼女の前でいろんな物忘れの失態を演じたのだから。

「よく覚えてるわ。チヒロさんは，そんなわたしを見ておかしそうに笑いながら，植物図鑑を熱心に見ていた」

「うん，そうだったね」

　わたしは，ちょっと間をおいて，ふとつぶやいた，

「年々歳々花あい似たり

歳々年々人同じからず」

　彼女は，このつぶやきを聞きつけて，笑い出した。

「また，難しいことを言って」

　わたしも笑った。彼女にとって，漢詩は英語よりはるかに縁の遠いもの，呪文としか聞こえないでしょう。わたしはこの漢詩の意味を説明しなかった。意味を知れば，きっと彼女は悲しむから。

　　　毎年，毎年，花は同じようだ

　　　経る年ごとに，人は変わっていく

第5章

I

　迷子になってしまった。それ自体は，予期していたことだけ
ど，歩いてたった3分の図書館からの帰り道で迷子になるとは
……。

　図書館を出て，しばらく歩いていて，ふと周りの景色がふだ
ん見慣れているのと違うのに気付いた。どこかの曲がり角を間
違えて，見知らぬ路地に入り込んだのでしょう。その時は，さ
ほどの不安は感じなかった。ほんとうなら，それまで歩いてき
た道を引き返せば，いつもの道に戻れたはずなのに，なぜかそ
れが面倒くさく思えて，そのまま歩いた。そのうち，見知った
道に出るだろうと思って。自分の方向感覚を過信していた。確
かに，わたしは，以前は人並みより方向感覚が優れていたけど，
現状の能力低下を自覚できないのも，痴呆の特徴ではある。

　ともかく，そうやって歩いていて，どこかの角を曲がると，
目の前になだらかな長い下り坂が続いていた。それを見た時の

奇妙な高揚感。「駆け下りた草の道……」という歌詞が思い浮かびました。先日，チヒロさんに教えた『久しき昔』の2番の歌詞。そして実際，幼い頃，その歌のように，長い緩やかな下り坂を，歓声を上げて駆け下りたことがあったのかもしれない。その時の気持ちがよみがえったような，奇妙な高揚感。この年になれば，駆け下りることはできないけど，心も軽く，足取りも軽く，浮き浮きした気分でその坂を下りました。下りきって，そのまましばらく歩くと，目の前に線路が見えた。

　ここで，ちょっと不安が芽生えました。図書館と家と線路の位置関係を頭の中で描けば，線路は，図書館から家を通り過ぎてしばらく行ったところにあるはず。ということは，家のある付近を通り過ぎてしまっているということ。冷静に振り返れば，あの長い坂道を下りきってさらに歩いていれば，家のある区画を通り過ぎて当たり前なのだけど，その時には，この当然のことに思い至らなかった。

　だけど，この時はまだ冷静な判断力が残っていました。線路に沿って歩けば，いつかは駅に着く。駅から家には迷わずに帰れるはず。そう思って，線路に沿って歩き始めました。何分くらい歩いたのでしょう。ずいぶん歩いた気がする。駅が見えてきた。だけどそれは，最寄りの駅ではなくて，隣の駅でした。逆方向に歩いていたらしい。

　ここで，残っていた判断力も失ってしまった。冷静に考えれば，今までと逆の方向に歩けば，最寄りの駅にたどり着けるはずなのに。あるいは，その駅から電車に乗って戻ることもでき

たはずなのに。だけどわたしは，駅を背にして，「家はこっち
の方向だ」と思い込んだ方向にしゃにむに歩き始めた。そして，
ほんとうに道に迷ってしまった。

　周りの家並みが，まったく見知らぬものに思えてきました。
隣の駅の周辺なのだから，ほんのご近所のはずなのに，地の果
てをさまよっているような気がしてきた。歩いても，歩いても，
なじんだ景色や見慣れた家並みにたどり着けない。どれくらい
歩いていたのでしょう。図書館を出た時刻と家に帰り着いた時
刻から推測すれば，1時間以上はそうやって，隣の駅とわが家
の間の狭い空間をさまよっていたはず。不安が恐怖に変化して
いきました。不思議に，泣き出すことはなかった。恐怖が強す
ぎて，泣くことさえ忘れていたのかも。

　歩き疲れて，道ばたにしゃがみ込んだ。そんなわたしに，親
切に声をかけてくれたご婦人。小さな子供を連れた母親でした。
わたしは，すがるような口調で自宅の住所を告げた。
「ああ，それなら，すぐそこですよ」

　彼女が指さした先に，銀杏の木が見えました。隣のお屋敷の
庭，わたしの家にすぐ接して，天に向かって高く枝を伸ばして
いる3本の銀杏の木。去年の秋，チヒロさんと一緒にその美し
い黄葉を眺めた銀杏の木が，新緑の葉を枝に繁らせている。そ
れを認めた時の安堵感。それまでも視界に入っていたはずなの
に，見えていなかった。

　わたしは，彼女にお礼を言って立ち上がり，その銀杏を目指
してまた歩き始めました。木戸の前に着いた時，ほっとしてそ

の場に倒れ込みそうになるのをなんとかこらえて，木戸を開け，通路を歩いて，家に戻った。

今は，こうやって経過を冷静に振り返れる。ふだんの思考力が戻ってきた。今はまだ，何時間か思考力を失って，不安と恐怖の中に自分を見失っても，その後に回復する。いずれ，失いっぱなしになるのでしょう。その前に，今日と同じように，ささいなきっかけで思考力を失ってしまうようなことが，これからも何度かあるのかしら。

痴呆の老人が道に迷って徘徊するのは，失認症状というよりも，こんなふうに冷静な思考力，判断力を失って，ちょっと曲がり角を間違えただけで，正しい道に引き返すことができずに，どんどん迷路にはまり込んでいくということなのかも。そして，もっと痴呆が進めば，自分が道に迷っていることさえ認識できなくなり，徘徊しながら不安も恐怖も感じなくなるのでしょうか。

今日，ジュンさんは肩を落としてうなだれていた。
「ジュンさん，どうしたの？　元気がないよ」
すぐには返事がなかった。しばらくしてから力ない声がした，
「道に迷ってしまったの。図書館からの帰り道。あんなすぐ近くなのに，途中で道に迷ってしまった。2時間も徘徊していた。

痴呆の典型的な症状だよ」

　わたしは，何と答えていいか分からない。軽々しい気休めが通じる人ではない。もともとプロなんだもの。痴呆のことは，わたしよりもずっと詳しい。去年の春に説明してくれたことが，これから起きてくるんだ。

　そして，わたしは何もしてあげられない。もともと「余計なことはしないでくれ」というのが，ジュンさんの願いなんだし，わたしは痴呆の人の手助けなんて，何も知らないから。何もしてあげられない。……でも，あんなに本を読むのが好きだったジュンさんが，もう図書館に行けなくなるなんて。……いや，わたしにできることがあるよ。わたしはジュンさんのためになれる。

「ジュンさん，また道に迷うんじゃないかと思って，図書館に行くのを怖がっているの？　もう図書館に行けなくなって，本を借りることができなくなったって，思い込んでるの？　もう，大好きな読書ができなくなるのを悲しんでいるの？　そんなことないよ。わたしが一緒について行くよ。わたしも一緒に本を借りるんだ。一緒に図書館に行って，一緒に本を探して，一緒に借りてこよう。ねっ，そうしよう。道に迷ったからって，本が読めなくなるわけではないんだよ」

　ジュンさんは顔を上げて，わたしを見た。きょとんとした表情。わたしからそんな答えが返ってくるとは，思ってもいなかったような表情。わたしも，この場で，こんなことを思いついて，こんな言葉が出てくるとは，自分でも不思議だった。

それから1週間くらい経って，初めてチヒロさんと一緒に図書館に出かけた。いや，初めてではありません。去年の今頃，一緒に図書館に行ったことがある。そこで彼女は熱心に植物図鑑を見ていた。あれから，もう1年が過ぎた。そして，わたしは確実に衰えた。

　家を出て通路を歩いている途中で，フェンス越しに隣の屋敷の庭の銀杏の木を振り返って眺めた。

「ジュンさん，何を見ているの？」

「あの，銀杏の木，あれが目印になるのね。高い木だから，遠くからでも見える。あの銀杏の木を目印にすれば，帰って来れるね」

「そうだね。でも，今日はわたしと一緒だから，安心だよ」

「うん，ありがとう」

　ジュンさんと一緒に図書館に行くのは1年ぶりだ。1年前，初めて一緒に図書館に行った後も，また一緒に行きたいなと思っていた。でも，まさかこんなことで，一緒に行くことになるとは，思っていなかった。ちょっと悲しいけど，でもやっぱり，ちょっとうれしい気持ちもある。複雑な心境。

図書館で，まずジュンさんが自分の読みたい本を借りた。あらかじめリクエストしていた本が用意されていて，それをカウンターで貸出し手続きをするだけ。

「さて，チヒロさんは，何を借りる？」

「よく分からない。ジュンさんのご推薦はある？」

「まあ，お勧めしたい本はいろいろあるけど……その前に，図書館の本の並べ方の仕組みを説明しておきましょう。そうすれば，自分でも本を探しやすくなる」

　こう言って，ジュンさんは本の並べ方の仕組みを説明してくれた。図書館の本には背表紙にラベルが貼ってあり，それに数字が書いてある。本はその数字の順番に並んでいる。てんで勝手に数字が書いてあるのではなくて，分野ごとに，200番台は歴史や伝記，400番台は理科，自然科学，800番台は言語，900番台は文学に割り振られていて，その中でもさらに細かく，区分される。

「400番台なら，化学は430番台，天文学，宇宙物理学は440番台，地学，地球科学は450番台，生物学全般は460番台，ただし特に植物に関するものは470番台，動物に関するものは480番台，その次の490番台は医学だね。動物の中でも特に人間に関するものだから，動物学の次に置かれている。もちろん，これがさらに細かく分類される。植物学といっても草か木か，動物といっても脊椎動物か無脊椎動物か，脊椎動物の中でも魚類か哺乳類か，というぐあいにかなり細かく分類して，その番号の順番に本が並べられているから，慣れてくれば，本棚のどの

辺にどのようなテーマの本があるか，分かるようになるの」

　こんなふうに，すらすらと説明するジュンさんの口調を聞いていると，とても帰り道に迷子になったなんて信じられない。でも，ほんとうのことだったんだ。

「今日は，理科の本にする。生き物の本がいいな」

「ああ，じゃあ460番台から480番台にかけてだね。こっちよ」

ジュンさんはわたしの手を引いて本棚の間を通り抜けた。

「このあたりに，生物関係の本が並んでいる」

　見ると，背表紙にいろんなタイトルが書いてあるけど，どれがおもしろそうなのか，想像もつかない。ぼんやり背表紙のタイトルを順番に読んでいると，ジュンさんが，

「おや，今でもこの本があるのね」

と言って，1冊の本を本棚から取り出した。『さかな陸に上る』というタイトルだった。

「わたしが30年か40年くらい前に読んで，おもしろいと思った本よ。魚類から哺乳類に至る進化の歴史を，分かりやすく書いた本。今でも開架に置いてあるくらいだから，人気があるんでしょうね。チヒロさん，読んでみる？」

「うん」

ジュンさんが「おもしろい」と言って勧めてくれるんだから，きっとおもしろい本なんだ。

「ほかには，何がいいかな……」

「これだけでいいよ」

「あっ，そう？」

「だって，わたしはジュンさんみたいに本を読み慣れていない
から，すらすら読めないよ。時間がかかるから。そんなにたく
さん読めないよ」

「ああ，そうね。それに，チヒロさんはわたしと違って，一日中
ずっと本を読んでいられるわけではない。学校の授業もあるし，
英語の勉強もあるし，宿題もあるし，おうちでお母さんの手伝
いもあるでしょう。じゃあ，貸出カウンターに行きましょう」

わたしは，その本を胸の前に抱くように持って，本棚の間を歩
いた。

∽∽∽∽∽∽∽∽∽∽∽∽∽∽∽∽

　図書館の出口から周りを見回すと，家の方角にあの銀杏の木
のてっぺんが見える。あれを目印にすれば，家に帰ってこれる。
そうではあるけれど，こうやってチヒロさんが付き添ってくれ
るのは，ありがたい。何とも言えない安堵感がある。1週間前
の，道に迷った時とその後に感じた不安と恐怖はまだ心の片隅
に残っているから。それに，やがて，あの銀杏を目印にすれば
いいということさえ，忘れてしまう時が来る。

「ジュンさん，何を考えてるの？」

　彼女の明るい声がする。

「こうやってチヒロさんが一緒について来てくれると，安心だ
なあ，ありがたいなあと思っているの」

「うん，わたしと一緒なら，安心だよ。それに，わたしも楽しい

んだ。こうやって一緒に歩くのが。それに，これまでジュンさんはわたしにいろんなことを教えてくれたし，してくれた。ちょっとは恩返しができるかな，そう思うと，うれしくなるんだ」
「恩返しだなんて……」
「ジュンさん，遠慮しなくていいの。わたしは，自分のしたいことをしているだけだから」

～～～～～～～～～～～～～～～～～～～～～～～～～～～

　ジュンさんの家に戻って，わたしはいつものように英語の勉強と宿題を済ませ，その間，ジュンさんはベッドで音楽を聴きながら寝ている。それから，わたしが起こしてあげると，椅子に座って静かに本を読み始める。わたしは外で，窓の下の草の上に座って，さっき借りてきたばかりの本を読んだ。この姿勢が一番慣れている。机に向かって椅子に座ってじっとしているのは苦手だ。宿題をする時と英語を読んで書く時は，しかたないからそうするけど，ほかの時間は，こんなふうに外に座っている方がいい。たまに，わたしが読めない漢字や意味の分からない言葉が出てきたら，ジュンさんに尋ねる。ジュンさんは窓越しにわたしに教えてくれる。
　いいなあ，こんなふうに時間が過ぎていくの。

『さかな陸に上る』は1週間くらいして読み終えた。それからも，週1回くらいジュンさんと一緒に図書館に出かけて，いろ

210

んな本を借出して読んだ。その時，その時，わたしは「今日は星の本が読みたい」とか「今日は小説が読みたい」と言うと，ジュンさんは，本棚からいろいろ本を取り出して，パラパラとページをめくりながらわたしに見せる。そうやってジュンさんが取り出してくれたものの中から，1冊選ぶのは，迷って困る気もするし，楽しい気もする。

　こんな時，そして家で本を読んでいる時のジュンさんを見ていると，痴呆が進んでいるなんて，とても信じられない。

　こんな形で願いが叶うとは，運命の皮肉？　それとも天の計らい？　……いつかは，彼女が読書に親しむようになってほしいと願っていた。彼女の知性を育むために。何もせずにただ外に座って時間を過ごすのも，魂を養う時間として貴重ではあるけど，それだけでなく，彼女には知性も養ってほしい。そのために，じっくり時間をかけて本を読む習慣を身につけてほしい。そう願っていた。それが，ことの成り行きでこんなふうに実現した。まあ，それはそれでいいのでしょう。

　今では，わたしは昔読んだ本を読み返してばかりいる。新しい本に挑戦する気力が湧かない。彼女は，これから読む本はみな初めて読む本なのだ。1冊読むごとに新しい世界が広がっていく。この感覚，わたしが本を読み始めた頃に感じた，この感覚を，今彼女も味わってくれているのでしょうか。

それにしても，わたしはいつまで，彼女の読書の案内役を務められるのでしょう？　……いや，こんなことを考えるのはよそう。こんなことを考えなくても，その時は来る。その時が来るまで，案内役を務めていればいい。

II

「チヒロさん，一緒に郵便局までついてきてくれない？」
「うん，いいよ」
「ありがとう。すぐそこのコンビニなら，心配ないんだけど，郵便局だと，また迷子にならないかと心配なの。郵便局の周りには高い建物があって，あの銀杏の木が見えないかもしれないし」
　ジュンさんは，図書館からの帰りに迷子になって以来，ちょっと気弱になっている。郵便局に行くのでさえ，迷子にならないかと心配している。いや，ジュンさんだけじゃない。ほんとうは，わたしも心配してるんだ。ジュンさんが一人でどこかに出かけて，また迷子にならないかって。だから，こうやってわたしに声をかけてくれたのは，うれしい。
　表までの通路は，ジュンさんが先になって歩き，表の広い道からは並んで歩いた。
「近頃は，駅前のスーパーまで買い物に行くことはめったにないの。たいていそばのコンビニで済ましている。スーパーにしてもコンビニにしても，買い物はそこのカードを使えるから，現金を使うことはほとんどないけど，少しは現金も持っておく

方がいいから，郵便局のATMでおろしておくの」

　ジュンさんは，さすがにATMの操作方法はまだ忘れていないようだった。いくらかのお金を引き出して，お財布に入れ，キャッシュカードもちゃんとお財布に入れた。

「さあ，帰りましょう」

　そう言って，郵便局を出ようとして，ふと何かを思いついたように，窓口の方に戻って，カウンターから何か紙を1枚取ってきて，その裏に数字を書き込んだ。郵便局を出てから，

「チヒロさん，これがわたしのキャッシュカードの暗証番号。わたしが忘れてしまってもいいように，チヒロさんが持っておいて」

と言いながら，その紙をわたしにくれた。

「いいの？　……暗証番号を，わたしに教えても，いいの？」

　ジュンさんは一瞬，キョトンとしていた。それから，ちょっと声を震わせて答えた，

「当たり前じゃない。何の不都合もないはずでしょう。チヒロさんが，悪用なんかするわけないじゃないの。わたしが，チヒロさんを疑うと思っているの？」

　口調が激しくなった。こんな口調，ジュンさんの口から聞くのは初めてだ。

「わたしが，こんな優しい，こんな親切なヒロちゃんを疑うなんて，そんなこと……そんなこと……なんでそんなこと考えるの。わたしがヒロちゃんを疑うなんて！」

　ほとんど，怒鳴るような口調になった。わたしはびっくりし

た。ジュンさんが怒るなんて、いつも穏やかなジュンさんが
……。わたしは、ちょっと悲しかった。うつむいて、ジュンさ
んと歩いていた。

　しばらくして、ジュンさんがまた話しかけた。こんどは、寂
しそうな口調だった。
「チヒロさん、さっきわたしは怒鳴ってしまった。ごめんね」
「ううん、怒鳴ったりしてないよ。ジュンさんの勘違いだよ」
ジュンさんは寂しそうにほほえんだ。
「いいのよ。わたしをかばってウソをつかなくても。さっき怒
鳴り散らしたよ。ヒロちゃんを、こんなにわたしに親切にして
くれるヒロちゃんを、怒鳴ってしまった。怒鳴ってしまった……」
　ジュンさんは泣き出した。最初は歩きながらシクシク泣いて
いた。それから、立ち止まり、しゃがみ込み、大声で泣き出し
た。通りすがりの人たちが、こちらをチラッと見て通り過ぎる。
そんな人たちに背を向けて、わたしはジュンさんに向かってか
がみ込み、背中をさすってあげた。子供をあやすように。

　さっきは怒鳴って、こんどは大声で泣き出して、これが感情
失禁なの？　これが、「壊れていく」ってことなの？　だとし
たら、チヒロは悲しいよ。悲しい……わたしも一緒に泣き出し
そうになるのを、こらえていた。そして、思い出した。ジュン
さんとの約束。去年の夏休みの最後の日、"Puff"の歌詞の意
味を教えてもらった時、そして去年の秋、ジュンさんが「人類
の一番美しい夢」について語って泣き出した時にも、約束した。
わたしはジュンさんを見捨てたりしないって。ジュンさんがど

んなに壊れていっても，わたしはジュンさんを見捨てたりしな
いって，約束した。

　悲しんだりしない，泣いたりしない。約束したもん。

　ジュンさん，チヒロは大丈夫だよ。大丈夫だよ，チヒロは……。
だからね，ジュンさんも泣きやんで，さあ，立ち上がって，お
うちに帰ろう……。

　ジュンさんは，立ち上がった。うなだれて，泣きながら，わ
たしのあとについてトボトボと歩く。郵便局からジュンさんの
おうちまで，すぐそこなんだけど，とても遠くに感じた。

　そうして歩いていて，わたしはふと気がついた。ジュンさん
はさっきわたしのことを「ヒロちゃん」と呼んでいた。冷静に
なった時だけ「チヒロさん」と呼んだけど，怒っている時や泣
き出した時は，わたしを「ヒロちゃん」と呼んだ。どうして？
ヒロちゃんって，誰？

　彼女は，わたしを家に連れ戻し，椅子に座らせてくれました。
わたしはしばらくうつむいて放心していた。
「ジュンさん，紅茶だよ。一緒に飲もう」

　わたしはびっくりして，顔を上げ，彼女を見た。
「チヒロさん，紅茶の淹れ方を知ってるんだ」
「だって，これまで何回も何十回も，ジュンさんが紅茶を淹れ
るのを見てるもん。わたしだって，覚えるよ」

「そうなの？　……」

　わたしは，彼女が淹れてくれた紅茶をいただいた。おいしかった。温かかった。そしてわたしは少しずつ平静さを取り戻しました。

「さっきは，チヒロさんを怒鳴り散らしたり，道ばたで泣き出したり，ほんとうに迷惑をかけてしまったね」

「いいんだよ。曇りの時もある，晴れの時もある，ジュンさんが自分でそう言ったじゃない」

　わたしはゆっくりうなずいた。うなずくだけで，何も言葉が出てこなかった。

　しばらく，二人で黙って紅茶を飲んでいました。わたしが飲み終わるのを見て，彼女がわたしに話しかけた。

「ジュンさん，チヒロはこれから勉強するの。だから，その間だけ，ベッドで横になっていて」

「あっ，ごめん，ごめん，すっかり忘れていた。そうね，チヒロさんはこれから勉強なんだ。ごめんね。気がつかないでいて」

「そんなに謝らなくていいんだよ。わたしが勉強している間，のんびり音楽を聴いているといいよ。そうすれば，気持ちもすっかり落ち着くから」

「うん。きっとそうね。こういう時は，やっぱりモーツァルトがいいかな」

「ピアノコンチェルトの27番？」

「うん，そうね。それにしよう」

ベッドに横になって，モーツァルトの音楽を聴き始めるとすぐに，ジュンさんは寝入ってしまった。途中，わたしが音読筆記を始める時にイヤホンを付けてあげたのも，音読筆記が終わってわたしがイヤホンを外したのも，気付かずに眠り続けていた。宿題が終わって，いつものように声をかけると，
「あっ，もうお勉強は終わったの？　……今日は，もうしばらくこのまま横になってる。ヒロちゃんが椅子に座って本を読んでいていいよ……あっ，違う，違う，ヒロちゃんじゃなくて，チヒロさんだ。それに，チヒロさんは外で本を読むのが好きなんだったね」
「ううん，そういうことなら，わたしがここに座って本を読んでるよ」
　ジュンさんがこの椅子に座っているのなら，わたしが外の窓の下に座っていても，ちょっと顔を横に向ければジュンさんと向き合うことができる。ジュンさんがベッドに横になっているのに，わたしが外にいたら，それができなくなるから，今日は椅子に座って本を読んでいよう。
　それにしても，ジュンさんは，今もわたしに「ヒロちゃん」と呼びかけた。すぐに気付いて言い直したけど。誰かとわたしを混同しているんだ。「ヒロちゃんって，誰？」と訊いてみたい気もするけど，訊いてはいけないことのような気もする。
　こんなことを考えていると気が散ってしまった。30分くら

い本を読んでから，わたしはうちに帰ることにした。
「じゃあ，わたしはこれで帰る。さようなら，また明日ね」
「ああ，さようなら」
　そう言いながら，ジュンさんは立ち上がって，ドアのところまでわたしを見送ってくれた。ドアのところで，もう一度あいさつした。
「さようなら，ジュンさん」
「ああ，さようなら，チヒロさん」

───────────────────────────

　いつ頃からか，彼女が勉強している間，わたしは音楽を聴きながら寝入るようになりました。以前は，イヤホンを外してくれた時に目が覚めていたけど，最近ではそれにも気付かずに寝続けていて，勉強が終わって彼女が声をかけてくれてやっと目を覚ます。今日は，それでも起き出せずに，横になったままでした。

　彼女はまだ知らないけれど，日中，一人で本を読んでいる時，気付くと眠ってしまっていることがある。意識レベルが少しずつ落ちてきているのでしょう。今日のような怒りの発作を起こすくらいなら，意識レベルが低下して，日中からうとうとしている方が，まだましかもしれないけれど。

218

III

　郵便局から泣きながら帰ってきた日から，ジュンさんはわたしの目にも衰えが見えるようになった。一番感じるのは，歩き方。元気がなくなった。以前は，年を取っていても，背筋を伸ばして，さっそうと歩いていた。最近は，一緒に図書館に行く時，木戸までの狭い道はこれまでどおりジュンさんが先に歩くんだけど，後ろから見ていると，まだ背中が丸くなってはいないけど，肩が落ちて，ちょっと前屈みになって，歩きぶりも力がない。紅茶を淹れるのに椅子から立つ時の動作も，キッチンまでほんの4歩か5歩くらい歩く時にも，以前と比べて動きが鈍くなったように感じる。

　ジュンさんは，自分で分かっているのかな。きっと分かっているんだろうな。とても頭の良い人だから。

　でも，しかたないことなんだ。自然な成り行きなんだ。わたしは，これまでどおり，授業が終わったらジュンさんのうちに来て，勉強して，本を読んで，気が向いたらお話ししていよう。それが一番いいんだ。そして，週に1回くらい，一緒に図書館に行く。歩く姿は弱ってきたけど，図書館で本を選んでくれる時は，これまでと少しも変わらない。わたしが「こんな本を読みたい」と言えば，その分野の本のある本棚に行って，おもしろそうな本を選んでくれる。

　今日，図書館からの帰り道，思い切ってジュンさんに尋ねて

みた。

「ジュンさん，ヒロちゃんって，誰？　……近頃，たまにジュンさんはわたしに『ヒロちゃん』って呼びかけることがあるんだよ」

ジュンさんはびっくりした様子だった。

「そうなの？　……そうなんだ……チヒロさんにヒロちゃんって呼びかけることがあるの？　ごめんね，人違いして……ヒロちゃんというのは，わたしの子供の頃の友達。人付き合いの苦手だったわたしの数少ない友達。チヒロさんと同じで，お母さんと二人だけで暮らしていた。そして，わたしに似て人付き合いの苦手な子だった。ヒロちゃん，チヒロさん，わたし，3人とも，似たものどうしね」

ジュンさんは，最初のびっくりした表情から，昔を懐かしむような表情になり，そして優しい笑みが浮かぶようになった。

こんな話をしているうちに，ジュンさんのうちに着いた。わたしは，ヒロちゃんがその後どうなったか知りたい気もしたけど，訊かないでおいた。きっと，離れ離れになって，それっきりなんだ。子供の頃の友達って，たいていそうだから。お母さんもたまにそんなことを話す。

近頃はいつもそうだけど，今日も，彼女が勉強している間，わたしは音楽を聴きながらまどろんでいて，勉強を終えた彼女

に起こされました。わたしはベッドから椅子に移り，彼女は椅子から外の草の上に移って，座って本を読む。これが近頃のパターン。

　今日は，本を読みながら先ほどの会話が心によみがえった。わたしが彼女に「ヒロちゃん」と呼びかけることがあるらしい。自分ではぜんぜん気がつかなかった。意識レベルが低下している時に，彼女とヒロちゃんを混同してしまうのでしょう。痴呆の老人が，自分の娘を自分の妹と勘違いして話しかけることがある。自分自身が若い頃，自分の娘と同年代の頃に戻った気持ちでいるので，目の前の娘が妹に思えてしまうのだと，わたしは解釈していた。だとしたら，彼女に「ヒロちゃん」と呼びかける時，わたしの気持ちは中学生に戻っているのかしら。あり得ないことではない。ただ，痴呆の進行がちょっと早すぎる気もする……だからといって，困るわけではないけど，彼女の気持ちが混乱しないか。それが心配。

　ヒロちゃんのこと，ちゃんと話しておく方がいいかな。だけど，最後まで話すと，今のわたしはきっと感情失禁を起こして泣き出す。“Puff”の歌と同じ。最初は楽しいお話だけど，最後は悲しい結末になる。

　わたしは，ふと窓の方を見ました。本を読む彼女の頭髪が窓枠の上に見えている。

梅雨になって，雨の日が多くなった。雨が降ると，わたしは外に座っていられないので，ジュンさんのうちの中にいる。こういう時，去年は，ジュンさんが椅子に座り，わたしはベッドに背をもたせて床に座っていた。今年は，わたしが椅子に座り，ジュンさんはベッドに横になっていることが多い。

　宿題が終わって，わたしはそのまま本を読み始める。最近は，机に向かって椅子に座って本を読むのにだいぶ慣れてきた。

　ジュンさんは，わたしの読書の邪魔にならないよう，音を小さくして音楽を聴いている。うとうと寝入ることもあるし，目を閉じて音楽を聴いていることもある。同じように目を閉じていても，寝入っているのか音楽を聴いているのか，なんとなく感じで分かるようになった。

　パソコンから静かに流れる音楽，静かに降る雨の音。その静けさを邪魔しないように，ジュンさんが静かな声で語る。
「梅雨という季節は，嫌われることが多いけど，梅雨にたくさん雨が降るからこそ，稲は育つのだし，山に水が蓄えられて夏の飲み水を供給するのよ。それに，これはあまり知られていないけど，梅雨はちょうど夏至の頃にあたるでしょう。太陽高度が一番高い時季に雲に蔽われて，日射が遮られるおかげで，日本の夏の暑さは，まだこの程度で済んでいるの。……まあ，そんな理屈を言わなくても，わたしはこんなふうに静かに降る雨は好き。心も静かに落ち着いていくみたいで」
「うん」
「それに，雨上がり，雨に洗われた木々の緑はとりわけ美しい」

「そうだね。隣のお屋敷の銀杏の葉っぱも，雨上がりはきれい
だね」

「うん，そうね」

　読書のあいまのこんななんでもない会話が，なぜか楽しい。
わたしは，特に雨が好きなわけじゃないけど，ジュンさんとこ
んなふうに話していると，雨も悪くないものだと思えてくる。

　しばらくすると，ジュンさんが紅茶を淹れてくれる。紅茶を
飲む時は場所を交替して，ジュンさんが椅子に座り，わたしは
床に座る。そのまま，紅茶を飲み終えても，わたしは床に座っ
て本を読み続ける。ジュンさんは，そのまま音楽を聴いている
こともあるし，本を読み始めることもある。このまま静かに時
が過ぎていけばいいのに……。

❦❦❦❦❦❦❦❦❦❦❦❦❦❦❦❦❦❦❦❦

　梅雨になって，彼女は宿題が終わっても部屋の中で本を読む
ことが多くなった。以前は，こんな時，彼女はわたしに椅子を
譲り，自分は床に座っていた。今は，わたしはそのままベッド
に寝ていて，彼女はそのまま椅子に座って本を読むことが多い。
ただ，紅茶を飲む時は，律儀に席を譲ってくれる。今日もそう
でした。最近は，彼女も紅茶にほとんど砂糖を入れない。まっ
たく入れないのは味気ないらしく，「隠し味」程度に，ティー
スプーン4分の1くらい入れる。そんな微糖紅茶を飲みながら，
彼女が話しかけてきました。

「あと10日か2週間くらいで"The Little Prince"が終わるよ」
「ああ，もうそんなに進んでるの。このところ，チヒロさんの勉強中，わたしはほとんど寝ているから，気がつかなかった」
「次は，何を読むの？」
「次は……チヒロさんは，どんな勉強をしたい？　今までと同じように，もう少し難しい本を読んで書いていってもいいけど，英作文をやってもいい。このパソコンで英語のラジオニュースを聴くこともできる」
「英語のニュースなんて，聴いてもぜんぜん分からないよ」
「前もって，日本語のニュースを聴いておけばいいの。今，世界でどんなことが話題になっているか，それを知っていれば，英語のニュースを聴いていて，いくつか聞き取れる単語から，何について話しているか推測できる。そうすると，英語のニュースもわりと聞き取れるよ」
「そうかなあ……でも，それじゃあ，ジュンさんが音楽を聴けないじゃない」
「まあ，それくらいの時間はかまわないよ。わたしは本を読んでいてもいいし，わたしも一緒に英語のニュース放送を聴いていてもいい」
「ふーん……」
　彼女はちょっと考え込んでいた。
「……英作文というのは，冬休みにやった，日本語を英語に訳す勉強？」
「うん，あのやり方でもいいし，日本語を書かないで最初から

224

英語で文を書いていってもいい」

「最初から英語で？」

「うん。ほんとうは，その方が易しい。最初に日本語で文を書くと，どうしてもその日本語に引きずられて，自然な英語にならない。最初から思っていることを英語で書く方が，ほんとうは易しいのよ」

「うーん……」

　彼女はまた考え込んだ。

「やってみてもいいけど，それだけというのは，なんだか不安だよ。これまでどおり読んで書く勉強もしようよ」

「うん，もちろんそれでもいいよ。何を読む？　チヒロさんは，『これが読みたい』というのがある？」

◦◦◦◦◦◦◦◦◦◦◦◦◦◦◦◦◦◦◦◦◦◦◦◦◦◦◦◦◦◦◦◦◦

　ジュンさんは，忘れたのかな？　去年の夏休みの終わりに，「来年は一緒にシェイクスピアを読もう」と語り合ったのを。

「シェイクスピアは，どう？」

「シェイクスピア？　……うーん，それは野心的な発言だけど，今のチヒロさんにはまだ無理じゃないかしら。イギリス人だって，シェイクスピアの英語，16世紀の英語には苦労するらしいから……そうだ，シェイクスピアの原典ではなくて，ラム姉弟が19世紀に子供向けに易しく書き直した『シェイクスピア物語』という本がある。これなら，今のチヒロさんでも読める

かもしれない」

「あっ，それそれ。『シェイクスピア物語』だよ。わたしが言いたかったのは」

「ああ，そうだったの。チヒロさんは『シェイクスピア物語』を知ってるのね」

「うっ，うん」

　ジュンさんは，やっぱり，去年の夏休みのことは，忘れているようだ。

「そうだ，一緒に買いに行きましょう。横浜の大きな本屋さんには英語の本も置いてある。一緒に買いに行きましょう。その時，日本語訳の『シェイクスピア物語』も参考のために買う。それと，辞書も。高校生や大学生が使う，本格的な辞書を買っておきましょう。チヒロさん，こんどの土曜日か日曜日，一緒に本を買いに行かない？　……いや，実を言えば，一人だとまた迷子になりそうだから……」

「うん，いいよ。一緒に行こう。土曜日にね」

「ああ，一緒について行ってくれるの。ありがとう。じゃあ，土曜日ね」

IV

　土曜日，お昼過ぎにジュンさんのうちに行き，そこから駅に向かった。曇り空で雨は降っていないけど，念のため雨傘は持って出かけた。最寄りの駅から15分くらい。週末の午後の

横浜駅は混雑していた。ふだん，自分の家と図書館とコンビニを往復するくらいしかしていないジュンさんは，圧倒されたようだった。
「チヒロさん」
「なあに？」
「悪いけど，手をつないでくれない？」
「うん，いいよ」
　この人混みの中でわたしとはぐれたらどうしようかと心配なのだろう。そんな気弱になったジュンさんだけど，本屋さんに着くと，活気を取り戻したみたいだった。洋書売り場で，“Tales from Shakespeare”を買って，文庫本売り場で日本語訳の『シェイクスピア物語』を買って，学習参考書売り場で英和と和英の辞書を買った。
「本屋さんは，ジュンさんのなじみの世界みたいだね」
「いや，そうでもない。図書館はなじみの世界だけど」
　そう言いながらも，慣れた場所のように振る舞っている。さっきの横浜駅の人混みの中にいた時とは，ぜんぜん違う。そんなわたしの考えを見抜いたように，
「もちろん，駅の雑踏に比べれば，ずっとましだけど」
と言い足した。
　本屋さんを出て，もう一度その駅の雑踏をくぐり抜けて，電車に乗って，最寄りの駅に着いた時は，ほっとした様子だった。
「疲れたね」
「うん，昔はあれくらいの人混みはなんでもなかったけど，こ

の1年，ほとんど家にこもっているからね。それに……」

　ジュンさんの言葉が途切れた。どうしたんだろうと思って
ジュンさんの方を見ると，言葉が出てきた。

「それに，周りの人の歩く速さについていけない」

　寂しそうな声だった。

「じゃあ，ここからおうちまでは，ゆっくり歩こう」

　わたしは，わざと元気な声で言った。ジュンさんも笑顔で答
えてくれた。

「うん，そうしよう」

「ジュンさん，手をつなごう」

　駅から家に向かっては，緩やかな上り坂になっている。こう
やって，彼女と一緒に歩いていると，奇妙な感覚が呼び覚まさ
れる。以前にも，この上り坂を一緒に歩いたことがあるような
錯覚……いや，錯覚ではないのかな？　実際に，そんなことが
あったのかな？

「チヒロさん，以前，キミと一緒にこの道を歩いたことがある？」

「あるよ。覚えてるんだね。ジュンさんが駅前のスーパーで買
い物した帰り道に会って，そこからおうちまで一緒に歩いたん
だ。途中，ポンポン菓子作りのおじさんの話をしてくれた」

「ポンポン菓子作りのおじさん？　……ひょっとして，わたし
が子供の頃，リヤカーに道具を積んで……」

「そう，その話。最後にバーンというの」

「それにしても，なんでそんな昔の話をしたんでしょう」

「だって，ジュンさんがポンポン菓子を買ってたから」

「ああ，そうだったの……ポンポン菓子，懐かしいなあ……せっかく駅にいたんだからスーパーに寄って買ってくればよかった。近くのコンビニには置いてないでしょうね。まあ，一応のぞいてみましょうか」

　空は曇っていた。雨は降っていない。日が差していないから，そんなに暑くはないけど，歩いているとちょっと汗ばんでくる。あの日と違って，今日は，二人とも黙って歩いた。彼女は，わたしのゆっくりした足取りに合わせてくれる。

「さあ，着いたよ，ジュンさん」

「ああ，でも，ちょっと先のコンビニに行ってみよう」

〰〰〰〰〰〰〰〰〰〰〰〰〰〰〰〰〰〰〰〰〰〰〰

　コンビニでジュンさんはポンポン菓子を探したけど，見つからなかった。

「やっぱり，ないね。たぶんそうだろうとは思っていたけど……」

「ジュンさん，メロンパンはあるよ」

「ああ，そうね」

　ジュンさんの表情がほころんだ。

「せっかくだから，買っていこう。ついでに，夕食用の野菜も

買っておこう……そうだ，チヒロさんも何か好きなものを買う
といいよ」
「アイスクリームがいいな」
「そうね。もう，アイスクリームがおいしい季節ね」
　わたしは，アイスクリームの並んだ冷凍陳列ケースを眺めた。
「ねえ，ハーゲンダッツ買っていい？」
「いいよ」
「ほかのアイスの倍くらいの値段だけど」
　ジュンさんは笑った。
「たまには，それくらいのぜいたくをしても，ばちは当たらな
いわ」

　ジュンさんは，おうちに帰り着いて，買ってきた本を机の上
に置き，メロンパンと野菜はキッチンに置いて，アイスクリー
ムをわたしに手渡してくれた。
「融けないうちに食べなさい」
「うん」
　わたしは床に座って食べ始めた。ジュンさんは，“Tales
from Shakespeare”をパラパラめくっている。食べ終わっても，
まだ読んでいる。でも，さっきの笑みが消えて，深刻な表情に
なっている。
「ジュンさん，どうしたの？」
「うん……予想はしていたけど，かなり難しい英語ね。一口に
『子供向け』と言っても，“The Little Prince”が小学生向けな

ら，これは高校生向けくらいかもしれない……わたしは，読んで理解できる。だけど，チヒロさんに分かりやすく説明できるかどうか……自分で読んで理解するのと，人に分かりやすく説明するのとは，違うから。チヒロさんが『この部分が難しくてよく分からない』と言ってきた時，きちんと分かりやすく説明できるかどうか，心配なの」

　そして，うなだれながら小声でつぶやいた。

「昔は，去年までなら，できたはずなのに」

「ジュンさん，チヒロがんばるよ。一人でがんばる。だって，こんな立派な辞書も買ってもらったんだもの。分からないところは，一生懸命辞書で調べるよ。そうすれば，分かるかもしれない。どうしても分からなかったら，日本語訳を読んで，『文章の構造は分からないけど文章全体の意味はこうなんだ』と思って，読んで書くよ。それでも，勉強になるでしょう？」

　ジュンさんはうなずいた。

「うん，そうしてね。そうやって勉強して……ヒロちゃん……いや，チヒロさん，えらくなったね。自分一人の力で勉強できるようになった。わたしは……わたしは，力になれなくて，申し訳ない」

「そんなことないよ。ジュンさんは，英語だけじゃない。いろんなことを知っていて，いろんなことを話してくれるじゃない。おかげでチヒロは昔に比べてずいぶん物知りになったんだ」

「わたしに，どんな話ができるでしょう」

「たとえば……」

わたしはちょっと考えた。

「たとえば，ボーデの法則とか」

「ボーデの法則？」

「うん。0　0.3　0.6　1.2　2.4　4.8って倍々に数字を並べて，それに0.4を足して……」

「ああ，そうだよ。そうやって作った数列が，太陽から各惑星までの距離の近似値になっている。天王星の軌道を予言し，小惑星ケレスの軌道も予言した……」

　ジュンさんの表情や口調に活気が戻ってきた。生き生きした表情で，明るい口調で話している。わたしも楽しくなってきた。

「じゃあ，わたしは勉強を始めるね。一生懸命，この本を読むよ」

「うん，じゃあ，わたしはベッドに横になっているわ」

　ジュンさんは，わたしが勉強する時いつもそうするように，ベッドに横になって，パソコンを立ち上げて，音楽を聴き始めた。わたしは，ふと思いついて，話しかけた。

「ねえ，ジュンさん。いつかジュンさんが言ってた，英作文，思いついたらやってみようと思うんだ。そうやってチヒロが書いた英語の文章を見てもらうことはできる？」

「ああ，それは……英語として意味が通る文章かどうかくらいは判断できるでしょう。自然な英語かどうか，そこまでは判断できないけど」

「うん，それで十分だよ。じゃあ，たまに英語の文章を作って，見てもらうね」

V

"Tales from Shakespeare" は，最初のうちは難しかったけど，たんねんに辞書を引いて，日本語の『シェイクスピア物語』を参考にすれば，なんとか文の意味も構造も理解できた。そうして何日かしているうちに，だんだん慣れてきた。ジュンさんも，初めのうちはちょっと心配そうで，音楽を聴きながらわたしの様子に注意しているようだったけど，だんだんとわたし一人で大丈夫と思えるようになったのか，また以前のように，音楽を聴きながら寝入るようになった。

　1学期の期末試験が終わって，もうすぐ夏休みになる頃，ジュンさんのうちに行くと，机の上に，
　　　　　フェノールフタレインの噴水
　　　　　チヒロさんに見せる
というメモが置いてあった。
「ジュンさん，フェノールフタレインの噴水って，なあに？」
「ああ，それはね，忘れないようにメモしておいたの。それは……勉強が済んでからのお楽しみにしておきましょう。勉強が済んだら，もう一度，そのことをわたしに言ってちょうだい」
「うん，分かった」
　わたしは勉強を始め，ジュンさんは音楽を聴きながら寝入った。勉強が終わって，ジュンさんを起こした。
「ジュンさん，起きて。フェノールフタレインの噴水だよ」

「……？」

　ジュンさんは一瞬，何のことか分からないようだった。
ちょっと考えてから，
「あっそうだった。チヒロさんに見せてあげないと。今朝，た
またまいいものを見つけたの」
とニコニコしながら起き出して，パソコンを操作して，動画を
見せてくれた。

　理科の実験室みたいなところで，白衣を着た人が丸底フラス
コを逆さにして，何かしている。
「フラスコにアンモニアガスを入れてるのよ。アンモニアは空
気より軽くて上に昇っていくから，フラスコを逆さにしておか
ないといけない」

　それから，白衣の人は，細いガラス管の付いたゴム栓をフラ
スコの口に詰めて，ガラス管の端を水の入ったビーカーの中に
差した。すると，ビーカーの水がガラス管をするする昇って行
く。昇っていきながら赤い色になり，逆さに立てたフラスコの
中に噴水のように噴き出した。赤い色の噴水。
「えーっ，どうして赤くなるの？」
「あのビーカーの水は，ただの水じゃない。フェノールフタレ
インという試薬を入れた水なの。フェノールフタレインは，中
性だと無色だけど，アルカリ性だと赤くなる。フラスコにはア
ンモニアが詰めてあった。アンモニアはアルカリ性だから，フ
ラスコに入るとフェノールフタレイン入りの水は赤くなるのよ」
「そうか！」

「ここで納得してはいけない」

「えっ，どうして？」

「なぜ，ビーカーの水が重力に逆らってフラスコに昇っていくのか？」

「そういえば，不思議だね」

「アンモニアは，とても水に溶けやすい。細いガラス管を通して水と触れるだけで，その水に溶けていく。そうやってフラスコの中のアンモニアが水に溶けていくと，フラスコの中の気圧は低くなるから，水が押し上げられる」

「ふーん」

　ちょっと難しいな。まあ，いいか。それに，ジュンさんがこんなに楽しそうに生き生きと話をするのは，久しぶりだ。

「無色透明な液体が，パッと赤くなるのは印象的だね」

「うん」

「昔は，これを応用した大道芸もあった」

「だいどうげい？」

「うん。お祭りや縁日なんかで，『さあさあ，お立ち会い……』と言ってお客を集めて芸を見せる，あれよ。

　自分の腕に，フェノールフタレイン入りの水を塗っておいて，やおら刀を抜く。その刀には，ごく薄い水酸化ナトリウムか炭酸ナトリウムか何か，アルカリ性の液を塗っておく。そうして，刀で腕を切るまねをする。ほんとうは，切るんじゃなくて，刀を腕にそっと触れさせるだけなんだけど，いかにも自分の腕を切っているように見せるの。すると，フェノールフタレインが

235

アルカリ性になって赤くなり，まるで血が出ているように見える。

　そして，周りの観客に，

『こんなに血が出るほど腕を切っても，わたしはぜんぜん痛くない。鉄人です』

なんてことを言って，喝采を浴びる。

そりゃあ，痛いはずはないわ。ほんとうは，血なんか出ていないんだから」

　わたしは，笑い転げてしまった。話そのものもおもしろいけど，それを話すジュンさんの口ぶりがまたおもしろい。それから，一息いれて，ジュンさんはまじめな，でも明るい口調で話を続けた。

「もちろん，フェノールフタレインは，もっとまじめな使い道もある。中和滴定が代表かな」

「ちゅうわてきてい？」

　急に話が難しくなった。

「うん。たとえば，酸性の液体があるとしましょう。酸性であることは分かっているけど，どれくらい強い酸性なのかが分からない。そういう時に，その液体の酸性度を測る方法よ。

　その液体にごくわずか，1滴くらいフェノールフタレインを入れておく。酸性だから無色のままね。それにアルカリ性の液体を加えていく。このアルカリ性の液体は，自分で作っておいたもので，濃度が分かっている。たとえば10％の水酸化ナトリウム溶液とか。それを少しずつ加えていくと，あるところで，

液体が薄いピンクに染まる。ここで中和した」

「ほんとうは，中性じゃなくて，アルカリ性になったんじゃない？」

「鋭いね。実は，そうなの。ただ，フェノールフタレインはとても敏感な試薬だから，ほんのわずかにアルカリ性になっただけで色が変わる。だから，薄いピンクの時はほぼ中性と見なしていいのよ」

「ふーん。意外とアバウトなんだね」

　ジュンさんは笑った。

「『アバウト』とは，きついなあ。まあ，でもそう言われればそうかもしれない。ともかく，この時点，もとの液体が薄いピンクになった時までに加えたアルカリ性の液体の量から，中和するのにどれくらいのアルカリが必要だったか計算できる。それがもとの液体の酸性度になる。酸性とアルカリ性で方向は逆だけど，プラスとマイナスみたいなもので，ゼロつまり中性を挟んで，同じ程度の酸性とアルカリ性ということ」

　難しいけど，なんとなく分かる。

「でも，その方法だと，もとの液体がアルカリ性だと，だめだね」

「そんなことはないよ。手順を逆にすればいい。そのアルカリ性の液体にフェノールフタレインを1滴垂らす。すると，どうなる？」

「赤くなる」

「そう，赤あるいはピンクになる。それに，こんどは濃度の分かっている酸性の液を加えていく。10％塩酸とか。そうして少しずつ加えていくと，ある時，色が消える。この時，中和した」

「あっそうか」

「あとの計算は，さっきと同じようにすればいいの。使った酸性の液の量から，中和に必要だった酸性の程度を計算して，それがもとの液のアルカリ性の程度ということ」

　ジュンさんが葉脈取りの話をしてくれたのは，もう夏休みになっていた。

　葉っぱをアルカリ性の液で煮て，葉の肉の部分を融かして，葉脈だけ残す。葉脈は硬くてアルカリに融けにくいことを利用した実験。わたしも，そうやって取り出した葉脈をきれいな色に染めたものを見たことがある。

「実験の手引き書には，一定の濃度の水酸化ナトリウム溶液で一定時間煮るように書いてある。5％水酸化ナトリウム溶液で10分煮るんだったかしら。ある時，水酸化ナトリウム溶液の濃度を上げていったらどうなるだろうということで実験することになったの。もちろん，濃度をどんどん上げていけば，葉脈も融けてしまってドロドロになることは予想できるけど，どれくらいの濃度でそうなるのか，確かめようということになった。それで，濃度を2倍，3倍，4倍……と上げていって，つまり10％，15％，20％……の水酸化ナトリウム溶液で10分煮た」

「煮る時間は変えなかったの？」

「うん。それは実験の基本よ。ある条件を変えると結果がどう変わるかを知るためには，ほかの条件を変えてはいけない。たとえば，濃度も変えて時間も変えたら，どちらを変えたために

結果が変わったのか，判断できないでしょう」

「あっそうか」

「ともかく，そうやって実験したの。そしたら驚いたことに，20%，つまり手引き書に書いてある濃度の4倍くらいにしても，葉脈は融けないで，ちゃんと葉脈取りができるの。さすがに30%くらいにすると，葉脈も融けてしまったけど」

「ふーん」

「手引き書のとおりにしなくても，多少は違っていても，うまくいくこともある，ということね。何が何でもマニュアルどおり，でなくていいんだと子供心に思ったよ」

　フェノールフタレインの噴水や葉脈取りは，ジュンさんが中学時代に実際にやった実験らしい。星までの距離を測る話は，実際にやったことではなくて，本で読んだこと。

「遠い星までの距離をどうやって測るか？　近くの星は三角測量の原理で測れる。二角挟辺という言葉，習った？　三角形の底辺の長さとその両側の角度が分かれば三角形を作図できる。そうすれば，三角形の高さや残りの2つの辺の長さも分かる。

　太陽系の中の星までの距離なら，地球の直径を底辺にした三角形を作図して測れる。地球上の正反対の位置にある2つの地点，たとえば，1ヶ所を東京にすれば，もう1ヶ所は南米のブエノスアイレスあたりになるかしら，この2つの地点で，同じ星の見える角度を測る。すると，ほんのわずかに違っている。ほんとうに，ごくわずかよ。1度なんてものじゃない。1度の

239

60分の1の分のそのまた60分の1の秒の単位くらいの違いなんだけど、このわずかな違いを測る方法はあるし、地球の直径も分かっているから、これで三角測量ができる。

　もう少し遠い星だと、100光年くらいまでの星なら、地球が太陽の周りを回る公転軌道の直径を底辺にする。春分の日と秋分の日みたいに、公転軌道で正反対の位置にある時に星の見える角度を測ると、これもまたごくわずかに違っている。その角度と公転軌道の直径をもとにして三角形を作図して、その高さを測れば、それが星までの距離になる。

　もっと遠い星は、その星の光の色や明るさに基づいて距離を推測するんだけど、その辺になるとわたしもよく分からない。もともと、物理や数学は得意じゃないの」

　いやあ、わたしの目には、物理も数学も得意そうに見えるけどなあ……。

　こんなふうに中学生の頃にやった実験や本で読んだことを話す時、ジュンさんは中学生に戻った気分になるみたいで、話ながらわたしに「ヒロちゃん」と語りかけることがある。最初のうちは戸惑ったけど、そのうち慣れてきた。それに、こんな話をしている時のジュンさんは、ほんとうに楽しそうで、表情も明るいから、「ヒロちゃんじゃないよ、チヒロだよ」と口を挟んで話の邪魔をするのが、もったいない。

　そんなジュンさんも、一緒に図書館に行って、わたしの読む本を選んでくれる時には、ちゃんと今の自分に戻って、わたし

を「チヒロさん」と呼ぶ。こんなふうに，中学時代と今を行っ
たり来たりするの，ジュンさんにとってはごく自然なのかな。

VI

　もうすぐ夏休みも終わる。わたしにとっては毎日が夏休みの
ようなものだけど，彼女は2学期が始まれば，ここに来る時間
が遅くなる。まあ，それはしかたない。

　今年の夏は，ほとんど彼女の勉強を見てあげることができな
かった。いや，わたしが見てあげる必要がなくなったと言うべ
きでしょう。彼女は独力で"Tales from Shakespeare"を読み
進めている。たまに，思いついて作った英語の文章をわたしに
見せてくれる。どんな文章だったか，覚えていない。少なくと
も，文法的には間違っていない，ちゃんと意味の通る英文だと
わたしに思える文章。ネイティヴスピーカーから見れば，不自
然な点もあるかもしれないけど。

　それから，いろんな話をしたような。どんな話をしたのか，
今日は星までの距離を測る話をした。さすがに今日のことは覚
えている。ほかにも，いろんな話をしたはずだけど，もう思い
出せない。ただ，楽しかったことは覚えている。話の内容は覚
えていないけど，話している時のわたしの気分，浮き浮きした
楽しい気分だった，その情動の記憶は残っている。きっと，わ
たしにとって良い夏だったのだ。彼女にとっても，良い夏で
あったと信じましょう。

そういえば，図書館には時々一緒に出かけた。わたしはちゃんと彼女のために本を選んであげられたのかな。それとも，英語の勉強と同じように，今では彼女が自分で本を選ぶようになったのか。それならそれで，喜ばしいこと。仮に，今はまだわたしが本を選んであげているとしても，いつかそれもできなくなる。ちょっと寂しい。彼女に読んでほしい本はいろいろある。今の彼女には無理でも，あと何年かして，今よりもっと知的に成長した頃に読んでほしい本もある。その頃，わたしはもう読書の案内人の役目を担えなくなっているはず。……そうだ，今，こうやって冷静にものを考えられる時に，メモを書いておけばいい。いつか彼女に読んでほしいと思う本のリスト。

　まず，堀辰雄。『風立ちぬ』，『幼年時代』，『大和路・信濃路』，『菜穂子』などなど。

　立原道造。詩，そして散文作品『鮎の歌』。

　この二人は，わたしにとって特別だわ。できれば，机の端に並べている作品集だけでなく，全集を図書館から借りて，すべての作品を読んでほしい。『風立ちぬ』や『幼年時代』は，今の彼女でも読みこなせるでしょう。

芥川龍之介も晩年の作品を除けば，中学生でも読める。たくさんあるけど，『鼻』と『芋粥』は欠かせない。ほかに，『トロッコ』，『蜜柑』，『奉教人の死』，『枯野抄』くらいを挙げておこうかしら。ほかにも，興味を覚えたら，自分で探して読めるでしょう。

　夏目漱石の作品では，わたしは『草枕』が一番好きなのだけ

ど，彼女の好みにあうかどうか。『吾輩は猫である』もおもしろい。

　北杜夫の『幽霊』，『楡家の人びと』。

　辻邦生の『夏の砦』，『背教者ユリアヌス』……まだちょっと難しいかな。

　トーマス・マンの作品なら『ブデンブローク家の人々』と『ファウストゥス博士』，それに余力があれば『ヨゼフとその兄弟たち』も。

　リルケの『マルテの手記』。

　マルグリット・ユルスナールの『ハドリアヌス帝の回想』と『黒の過程』。

　歴史書では，ホイジンガの『中世の秋』がいいかな。ピレンヌの『マホメットとシャルルマーニュ』は専門的すぎるかな……一応，書いておこう。そうすると，大塚久雄や内田義彦の著書も書いておきたいけど，これこそ専門的すぎるかしら。内田義彦の『社会認識の歩み』くらいは，書いておいてもいいかな。

　医学関係なら，中井久夫の『看護のための精神医学』，それと三木成夫の『生命形態学序説』くらいは，勧めてもいい。医学の歴史に興味を持ってくれるなら，川喜田愛郎の『近代医学の史的基盤』も。

　だけど，せっかくこうやって書いておいても，明日の朝になって，これを何のために書いたのか忘れてしまわないかしら？　……だったら，そのことも書いておけばいい。

チヒロさん，いつかキミに読んでほしいと思う本をリスト
アップしておくわ。強制するわけではない。ただ，わたしが若
い頃に読んで感動した本を，いつかキミにも読んでほしいとい
う，願いを込めて書いておきます。今のキミには難しすぎる本
が多いと思うけど，いつか読んで理解できるようになるでしょ
う。その日のために，書いておくわ。

VII

　午後，彼女がやってきた。わたしは，いつものように，勉強
のために椅子を彼女に譲って，ベッドに横になった。彼女は椅
子に座り，勉強を始めようとして，机の上に紙が置いてあるの
に気付いた。それを手に取って，ゆっくり読んでいた。
「ジュンさん，ありがとう。わざわざ，わたしのために書いて
おいてくれたんだね。今のチヒロには無理かもしれないけど，
いつかきっと読むよ」
「うん。期待しているよ。『風立ちぬ』や立原道造の詩は，今で
も読めるんじゃないの？　わたしがちょうどチヒロさんの年頃，
中学2年生の頃に読んだのよ」
「中学2年生の頃のジュンさんは，今のわたしよりずっと頭が
良かったはずだよ」
「そうでもないでしょう」
「そうかなあ……」

244

彼女は，笑っている。そして，いつものように"Tales from Shakespeare"を読み始めた。わたしも，いつものように，音楽を聴きながらまどろみ始めた。

◟◞◟◞◟◞◟◞◟◞◟◞◟◞◟◞◟◞◟◞◟◞◟◞◟◞

　勉強が終わって，ジュンさんに声をかけた。
「ジュンさん，チヒロは勉強終わったよ。こっちで本を読む？」
「いや，もうしばらく，こうやっているわ」
「うん，じゃあチヒロが座って本を読んでるね」
　最近は，ほとんどいつもこうなんだ。でも，勉強が終わったら声をかける，この習慣は続けている。30分か1時間くらい本を読んでいて，ふと窓の外を見ると，夕焼けが始まっている。空はまだ明るいけど，空の色が赤みを帯び始めている。
「ジュンさん，見てごらん。夕焼けが始まるよ」
　ジュンさんは首をねじって窓の方を見た。それから起き出して，ベッドから降り，窓のそばに立った。
「そうね。空が赤く色づき始めている。晩夏の夕焼けだね」
「うん，8月も終わり，もうすぐ秋だよ。ジュンさんの一番好きな季節だね。

　　　秋来ぬと　目にはさやかに　見えねども

　　　　風の音にぞ　驚かれぬる」

　わたしがつぶやくと，ジュンさんはちょっとびっくりしたようだ。

「チヒロさん，和歌も勉強してるんだ」

おや，今は「チヒロさんモード」なんだ。じゃあ，去年のこと，覚えているかな。

「ジュンさんが教えてくれたんだよ。去年の今頃もこうやって一緒に空を眺めていたんだ。空を眺めながらジュンさんがこの和歌を教えてくれた。そして『昔の人は風の音に秋の訪れを感じたようだけど，わたしは風の音よりも日の短さに秋の訪れを感じるよ』って話してた」

「そんなこともあったのねえ」

　ジュンさんは，相変わらず静かで穏やかな表情で窓の外の空を眺めている。去年のことは，忘れてしまったみたいだ。しばらく前までは，以前のことを忘れてしまったことに気付くと，とても寂しそうな顔をして悲しんでいたけど，もう悲しむこともなくなった。穏やかな顔のままで空を眺めている。忘れっぽくなるのが自然の成り行きなら，それを悲しまなくなった今の方がジュンさんは幸せなんだろう。あとは，わたしがそれに慣れていけばいい。

第6章

I

　ジュンさんと一緒に図書館に行く。図書館に入りながら，わたしが，「今日は小説が読みたい」とか「今日は原子についての本が読みたい」とか「たまには歴史の本がいいな」と言うと，ジュンさんが「じゃあ，この辺だね」と案内してくれる。ほんとうは，もう図書館の本棚の配列は分かっているので，ジュンさんに案内されなくてもいいんだけど，そうやってわたしを案内するジュンさんの楽しそうな様子を見ていると，「チヒロ一人で大丈夫だよ」と言うのは気が引ける。それに，わたしだって，ジュンさんが幸せそうにしているのを見るのが楽しいんだ。

　お目当ての本棚のところに来ると，ジュンさんはニコニコしながら本棚に並んだ本の背表紙を眺めている。わたしは本の背表紙を目で追いながら，「これは」と思う本を取り出す。近頃はわたしも慣れてきて，本のタイトルや字の大きさ，表紙の図柄などから，わたしにも読めるレベルの本かどうか予想できるよ

うになった。そうやって取り出した本をパラパラめくってみる。
「これ，おもしろそうだよ」
「ああ，そう。じゃあ，それを借りよう」
「うん」
　だいたい，こんな会話になる。今では，わたしが読む本はほとんど自分で選ぶようになった。それから，貸出カウンターに行く。ジュンさんは，あらかじめパソコンで読みたい本をリクエストしているので，カウンターに用意されている。たまに見ていると，ジュンさんはつい1ヶ月前とか2週間前に借りた本をまた借りたりしている。そのつもりで，もう一度読みたいと思ってリクエストしているのか，それとも1ヶ月前に読んだことを忘れてリクエストしているのか……まあ，どっちでもいいんだ。その本を読んでジュンさんが楽しい時間を過ごせるのなら，それでいいんだ。

　9月の終わり頃か，もう10月になっていたかな，図書館からの帰り道，並んで歩きながら，ジュンさんが話しかけてきた。
「ヒロちゃんは優しいね。本を選ぶ時，わたしがそばにいても何も言わないね。わたしは，夏休みに図書館で本を選んでいる時，ヒロちゃんがそばにいると気が散るから『ちょっと離れていて』と言ったのに，ヒロちゃんは，わたしがそばにいても何も言わないね」
　わたしは，びっくりしてジュンさんの方を見た。何の話か分からないから驚いたんじゃない。たぶん，ジュンさんの中学時

代の出来事に関係あるんだろう。どんな出来事か分からないけど，ジュンさんがこんなふうに何の前触れもなく中学時代のことを話し出すのには，慣れている。わたしが驚いたのは，ジュンさんがわたしに「ヒロちゃん」と呼びかけたこと。これまでは，図書館に行く時にはわたしを「チヒロさん」と呼んでいた。

　とうとう，図書館に行く時も「ヒロちゃんモード」になったんだ。わたしは，ジュンさんの中では，ヒロちゃんになりきってしまったんだ。そう思うと，ちょっと寂しいけど，これも自然な成り行きなんだから，しかたない。

　もっとも，その後しばらくは，一緒に図書館に行く時には「チヒロさんモード」が復活した。

II

　ジュンさんのうちで，英語の勉強をして，学校の宿題を済ませて，音楽を聴きながら寝入っているジュンさんに声をかける。「ああ，もう勉強は終わったの。わたしはもうしばらく横になっているね」

　それで，わたしは椅子に座って本を読み始める。今ではすっかりこのパターンになってしまった。ベッドに横になって音楽を聴きながら，ジュンさんがいろんなお話をしてくれる。たいていは，子供の頃に本を読んで覚えたこと。大人になってからのことは，ほとんど話してくれない。それでも，チヒロにとっ

ては勉強になる。周期律や原子の構造，フロジストン説とラ
ヴォアジエの実験，ケプラーの法則やガリレオの落体実験，ハ
プスブルク家とフランス王家の因縁，ビスマルクとナポレオン
3世とウィルヘルム2世をめぐる歴史，玄宗皇帝と楊貴妃と長
恨歌，そして同じ作者，白楽天が作った，

　　　蝸牛角上　何事か争わん

　　　石火光中　この身を寄す

という漢詩も教えてくれた。こんな漢詩を中学生の時に読んで
いたなんて，ジュンさんって，いったいどんな人なんだろう。

　そんなある日，もう10月になっていたかな。ジュンさんが
わたしに問いかけた。

「チヒロさん，病気の名前は，どんなものを知っている？」

　わたしは，「おやっ」と思った。このうちでお話しする時に
「チヒロさん」と呼びかけられるのは久しぶりな気がする。

「病気の名前？」

「うん，風邪とか糖尿病とかいろいろあるでしょう。チヒロさ
んは，どんな名前を知っている？」

「どんな名前って……」

わたしは，思いつくままに答えた。

「インフルエンザ，ガン，脳卒中，胃潰瘍，白血病……」

　ジュンさんは，わたしの答えを静かに聞いていた。

「人の名前の付く病気は知らない？」

「人の名前の付く病気？　……ひょっとしてアルツハイマー病

とか？」

「うーん，やっぱりそれが一番有名かな。ほかには知らない？」

「ほかに？　……」

「いや，知らないなら知らないでいいの。別に試験してるわけじゃないから。

　人の名前の付く病気はいろいろある。パーキンソン病もわりと有名ね。ほかに，クッシング病とか，シャーガス病とか，シャルコー・マリー・トゥース病とか，ワレンベルク症候群とか，シーハン症候群とか，いろいろあるよ。たいていは，その病気を発見したか詳しく研究した医者の名前にちなんだもの。だけど，患者の名前にちなんだ病気の名前が，わたしの知る範囲で1つだけあるの。ルー・ゲーリック病という。正式には筋萎縮性側索硬化症というんだけど，アメリカではルー・ゲーリック病の方が通りがいい」

「ルー・ゲーリックという人が，そのなんとかという病気だったの？」

「そういうこと。『なんとかという病気』……まあ一度聞いただけでは覚えきれないね。もちろん，筋萎縮性側索硬化症の患者はたくさんいたけど，特にルー・ゲーリックが罹った病気だということが，アメリカ人にとっては印象的だったのね」

　ジュンさんはここまで話して，一息ついた。

「ルー・ゲーリックは野球選手だった。そんじょそこらの選手じゃない。ニューヨーク・ヤンキースを代表する強打者。何度も首位打者，ホームラン王になり三冠王も1回取っている。日

本で言えば，中西や野村，王や長嶋みたいな人……と言っても，チヒロさんにはピンとこないね」

　ジュンさんは笑った。そのとおり，わたしにはどの名前も初耳だった。

「まあ，ともかくすごい野球選手だったということ。その人が，この病気に罹った。これは側索という脊髄の神経線維がだめになってしまう病気なの。そのため，神経から筋肉に刺激が行かなくなって，筋肉も衰えてくる。『筋萎縮性』というのは，そういう意味よ。筋肉が衰えるから体を動かすのが不自由になり，車椅子生活，寝たきり，最後は呼吸麻痺で死ぬ。誰にとっても致命的な病気だけど，とりわけ運動能力が売り物の野球選手にとっては致命的でしょう。

　引退する前の年の後半には，異常が目に付くようになった。楽々と取れていたフライを足がもつれて取り落とすとか，二塁打になるはずの打球なのにうまく走れなくてシングルヒットになるとか。それでもその年はなんとか終えられた。翌年はシーズン開始から，ほとんど仕事にならなくて，結局引退することになったの。ヤンキースは歴史に残る大打者のために引退セレモニーを開いてくれた。そこでルー・ゲーリックは感動的なスピーチをするのね。その中身までは覚えていないから，ここでチヒロさんに話してはあげられないけど。その場にいた多くのファン，ラジオで聴いていた人たち，あとから新聞で読んだ人たちを感動させるスピーチだったのよ。

　こうやって，野球界を去ったルー・ゲーリックは，それから

2年して死んだ。こんな物語があるから，アメリカ人は筋萎縮性側索硬化症をルー・ゲーリック病と呼んでいるの。確かに，筋萎縮性側索硬化症という医学的には正確この上ない名前より，物語性のある印象的な名前よね」

　わたしは，スポーツには縁のなさそうなジュンさんが野球の話をするのが意外だった。もちろん，本筋は病気のことだけど，ほとんどルー・ゲーリックという野球選手のお話になっている。

「ジュンさん，野球にも詳しいんだね」

「詳しくはないわ」

「だって，日本の野球選手の名前をすらすら言えたじゃない」

「ああ，あれくらいは……わたしが子供の頃は，スポーツといえば，野球と相撲くらいしかなかった。スポーツの話題といえば野球か相撲。だからわたしも人並みに，いや人並み以下，人並みよりずっと以下だけど，それでも中西や野村という名前くらいは覚えたの」

「ふーん……」

　それにしても，門外漢だと言いながらルー・ゲーリックについてあんなに熱心に話すのが，ちょっと不思議だった。

　自分の家に戻ってから，ふと思いついた。ひょっとして，ジュンさんはルー・ゲーリックと自分を重ね合わせているのかな。すばらしい運動能力に恵まれながら筋肉が衰えていく病気に罹って死んだルー・ゲーリックと，誰にも負けない物知りでありながら痴呆になって死んでいく自分を。

ジュンさんは，今ではもう，ものを忘れるのを悲しまなく
なったみたいに見えるけど，心の奥底では，やっぱり悲しいの
かな，悔しいのかな……わたしに「チヒロさん」と呼びかける
ような，具合のいい時，「晴れの時」こそ，今の自分の状況が
理解できて，悲しくなるのかな……だとしたら，ずっと曇りに
なってしまう方が，ジュンさんは幸せなのかな……。

Ⅲ

　ジュンさんが書いてくれた本のリスト。今のわたしでも読め
るかもしれないと言ってくれたけど，堀辰雄と立原道造は，今
すぐ読むのがもったいないような気がして，まだ読んでない。
代わりに，芥川龍之介を読んでみた。短くてすぐに読み終えら
れるのはいいけど，言葉が難しい。
「ジュンさんは，『今のわたしにも読める』と言ったけど，言葉
が難しいよ」
「そうなの？　大正時代の日本語は，もうチヒロさんの世代に
とっては難しいのかな。残念ね。でも，それはそれとして，何
を読んだの？」
「『鼻』，『芋粥』，『蜜柑』，『トロッコ』」
「それで，何か感想はない？　言葉が難しいというほかに」
「うーん……『鼻』と『芋粥』は似てる気がする」
「似てる？　どんなところが？」
「つまり，夢や願いが叶ってしまうのが，ほんとうに幸せなの

254

かと思ってしまうよね。この小説を読むと」

「ああ，確かに，『芋粥』はまさにそれがテーマだし，『鼻』も，邪魔でしかたなかった長すぎる鼻がほどよく短くなって，かえって困ってしまう話よね。夢や願いは，『叶うといいなあ』と思っているうちが幸せってことかな」

「『蜜柑』は，ほのぼのしてるよね。『トロッコ』は，何を言いたいのかよく分からなかった」

「ああ，そうなの……確かに，テーマを一言では言いにくいかしら。『生きることの不安』なんて言うと，大げさだし」

　ジュンさんは，ボーッと遠くを見るような眼差しになった。「あれをリストに書いたのは，『トロッコ』という小説が特に好きというより，トロッコそのものに自分の思い出が詰まっているからかもしれないね」

「トロッコそのもの？」

「うん。ボタ山を登っていくトロッコ。ボタ山のてっぺんまでボタを運んで捨てるトロッコ」

　ボタ山の話はジュンさんから何度も聞いている。炭坑で石炭を掘って，一緒に掘り出される石炭以外の石ころを捨てたのが積もり積もって山になった。高さは何十メートルもあって，頂上に登ると海が見えた。

「人が押していくの？」

「まさか。人力でトロッコを押すのは，あの小説にある明治時代のこと。わたしが子供の頃は機械仕掛けの無人トロッコだったわ。ケーブルがボタ山の麓から頂上まで張ってあって，それ

に引っ張られて登っていって，てっぺんに着くとトロッコの前板がパタンと開いて，中のボタが捨てられるの。それを眺めているのが好きだった。

　小学校3年の時に志免炭鉱が閉山して，もう見られなくなったけどね。トロッコのレールは残っていた……もっとも，それは五坑のボタ山の話で，ヒロちゃんの家の後ろにある六坑のボタ山は，とっくの昔に操業をやめていたから，トロッコのレールも残っていないけど……」

　ここまで話して，ジュンさんはちょっと首をかしげた。
「いや……ヒロちゃんは，笹藪の下のアパートに住んでるのよね。六坑のボタ山の下に住んでるのは，誰だろう……」

　ジュンさんはちょっと考え込んでいたけど，
「そうか。昔ボタ山の下に住んでいて，今はそこの笹藪の下に住んでるのね」
と，自分だけで納得していた。

　昔，自分が中学時代に友達だったヒロちゃんと，今のわたしのヒロちゃんが重なり合って混乱したんだろう。
「ヒロちゃんのお母さんは今もヨイトマケの仕事をしてるの？」
「違うよ。スーパーで働いてるんだよ」
「ああ，そうなの。それはよかったね。ヨイトマケの仕事は女の人には辛いでしょう。スーパーに仕事が見つかったんだ。よかったね」

　ジュンさんは，自分のことのように喜んでいる。今日は，「チヒロさんモード」で始まったけど「ヒロちゃんモード」で

終わった。ジュンさんの頭の中で，今のわたしと昔のヒロちゃんが重なり合っていて，たまに混乱しながら，一応の筋道が通っているらしい。不思議だな。そんなジュンさんが，子供の頃に本を読んで覚えたことについては，きちんと話せるんだから，これもまた不思議。どうなってるんだろう，ジュンさんの頭の中。

IV

秋も深まって，ジュンさんの一番好きな季節，晩秋，銀杏の葉が黄色く色づいて落葉する季節になった。

わたしは，勉強が済んで，ふと思いついて，窓を開けて隣のお屋敷の庭を見た。思ったとおり，銀杏がきれいに黄葉していた。風に吹かれて枝から離れ，ヒラヒラと舞っている黄色い銀杏の葉っぱが蝶々のよう。それに沈みかけた夕日が当たっている。

「ジュンさんもこっちに来て見てごらん。ほら，隣のお屋敷の銀杏，葉っぱがヒラヒラ風に舞っていて，蝶々のようだよ。夕日が当たってきれいだよ」

ジュンさんは，ベッドから降りて，わたしと並んで銀杏の木を眺めた。

「ほんとう！　きれいね。ほんとうにヒロちゃんが言うように蝶々のようだわ。ヒロちゃんはうまいこと言うね」

ジュンさんはこう言いながらうれしそうに銀杏を見ている。

ジュンさん，わたしが言ったせりふではないんだよ。去年，ジュンさんが言ってくれたせりふだよ。わたしに，感激を言葉で表現することのすばらしさを教えてくれたせりふだよ。もう，自分が言ったことも忘れてしまったんだね。そして，子供のように単純にうれしそうに，銀杏の葉っぱを見ている。

　そういえば，最近ではもうわたしのことを「チヒロさん」と呼ばなくなった。最後に「チヒロさん」と呼ばれたのはいつだろう。あのトロッコの話をした時かな。この１〜２ヶ月で，ジュンさんはずいぶん子供っぽくなったような気がする。

　そして，ちょっと痩せた。もともと細い人だったけど，もう一回り細くなった。パンとミルクと野菜サラダだけでも，ちゃんと食べているのかな。心配だな。でも，「強制栄養はお断り」なんだよね……でも，「ちゃんと食べてる？」と聞くのは強制のうちに入らないよね。「食べる方がいいよ」と言うのも強制じゃない。わたしが何か買ってきて，食べるよう勧めるのも大丈夫だよね。それで食べてくれればいい。食べたくないのを無理して食べさせようとしたら，それは強制だけど，食べ物を持ってきて勧めるだけなら，強制じゃないよね。もし食べてくれなかったら……わたしが食べればいいんだ。

「ジュンさん，ご飯はちゃんと食べてる？」

「ご飯はあまり食べない。パンを食べてる」

「あっ，うん。パンでもいいんだ。ミルクも飲んで，野菜も食べてるよね？」

「うん。ミルクも飲んで，野菜も食べてるよ」

「たまには，ほかのお総菜も食べる方がいいんじゃない？」
「そうね。たまには，ほかのも食べようね」

　そんな会話をしてから2～3日たって，わたしは，ジュンさんのうちに行く前に一人で近くのコンビニに買い物に行った。何か，お総菜を買って持って行こう。でも，何がいいかな？ジュンさんの好きなもの……そういえば，コロッケが好きだと言ってた。できれば肉や魚がいいんだけど，嫌いなものを買って行っても食べないだろうから，好きだと分かってるものを買って行こう。わたしは，カニクリームコロッケが2個入ったパックを買った。

　ジュンさんのうちに入ると，ジュンさんはベッドに横になっている。近頃は，わたしが行った時にもうベッドに横になっていることもある。
「ジュンさん，起きてよ。いいもの買ってきたよ。おみやげだよ」
「おみやげ？　なあに？」
「コロッケ」
「えっ，コロッケ？」
　ジュンさんは，起き出した。
「さあ，ここに座って」
　わたしは，机にコロッケのパックを置いて，ジュンさんを椅子に座らせた。椅子に座って，机の上のカニクリームコロッケを見て，ジュンさんは首をかしげていた。
「ヒロちゃん，これはコロッケじゃないよ」

「えっ？　……コロッケだよ。カニクリームコロッケ」

　ジュンさんは，もう一度首をかしげた。

「コロッケというのはね，こんな小判のような形をしていて……」

　ジュンさんは両手の親指と人差し指で楕円形を作ってみせた。

「こんなに丸っこくなくて，もっと平べったくて……」

「ああ，ジュンさんが言ってるのはポテトコロッケだね」

　そうか，ジュンさんが子供の頃にはカニクリームコロッケなんかなかったんだ。コロッケといえばポテトコロッケなんだ。そんなこと，話してた。しくじったな……でも，せっかくだから食べてもらおう。強制はしないけど，勧めるのは大丈夫だろう。

「ジュンさん，これは新種のコロッケなの。食べ慣れないかもしれないけど，おいしいんだよ。ねっ，一緒に食べよう」

　わたしは，そう言いながらパックを破って，1個を手に取った。それを見て，ジュンさんも残る1個を取ってくれた。わたしは食べ始めた。ジュンさんも食べ始めた。黙って食べていた。食べ終わって，ニコッと笑ってくれた。

「おいしかったよ」

　ああ，よかった。明日は，ちゃんとポテトコロッケを買ってこよう……

「ヒロちゃん」

「えっ，なあに？」

「これ，ヒロちゃんが買ってきてくれたのね」

「そうだよ」

「じゃあ，代金をあげないと」

「いいよ。わたしのおごり」

「だめだよ。ヒロちゃんのうちは，お母さんが一人で働いていて，大変なんだから。ちゃんと受け取ってよ」

　そう言ってジュンさんは財布から10円玉を取り出した。

「2個だと10円くらい？」

　わたしは，びっくりした。そして，おかしかった。カニクリームコロッケ2個で10円ってことはないよ。

「10円じゃないよ」

「いくらしたの？」

「150円」

「ほんとう？」

　こんどはジュンさんがびっくりしながら，それでも100円玉と50円玉をくれた。

「150円なんて，ヒロちゃんのお母さんが1日働いたお給料の半分くらいじゃないの？」

　わたしはまたびっくりした。

「いや，いくらなんでも日給300円ってことはないよ」

「そうなんだ。いくらくらいなのかしら」

「わたしも，ちゃんと聞いたことはないけど，たぶん5000円くらいはもらえると思うよ。1日働けば」

「へえー，そうなの。5000円ももらえるのね……よかった。ヒロちゃんのうちも，少しは楽ができるね」

　わたしは，ちょっと冷静になった。そう言えば，ジュンさんが子供の頃といえば，70年かもっと前のこと。コロッケ2個で

10円だったかもしれない。日給300円なんてこともあったかも
しれない。そんなわたしの考えは気に留めないで，ジュンさん
は話を続けている。
「でもね，ヒロちゃん。わたしのものを買う時は，一緒に行っ
てカードで買うようにしよう。ヒロちゃんにお金を出させるの
は，よくないよ」
「うん，分かった。じゃあ，明日，一緒にコロッケを買いに行
こうね」
「うん，そうしよう」

　翌日，勉強が終わって，わたしはジュンさんを起こした。
「ジュンさん，一緒にコロッケを買いに行くよ。昨日約束した
でしょう」　´
「そんな約束した？」
「したよ」
「そうなんだ」
　ジュンさんは素直に起き上がって，ベッドから降りた。
　一緒にコンビニに入って，お総菜コーナーを眺めて，見つけ
た。ポテトコロッケ。ジュンさんも同時に見つけたらしい。
「あった。2個入りだから，1個ずつ食べようね」

V

　もうすぐクリスマス。今年も一緒にケーキを食べて紅茶を飲

んで，いろんなお話を聞かせてくれるといいけど。ジュンさん
は去年のことはもう覚えていないだろうな。わたしの方から切
り出さないと，だめだろうな。
「ジュンさん，今年も一緒にクリスマスケーキを食べる？　去
年，一緒に食べたでしょう」
「そうだった？」
「そうだよ。ジュンさんは，ハワイのおばさんからのプレゼン
トのこととか，話してくれたよ」
　ジュンさんの表情が明るくなった。
「ああ，ハワイのおばさん。うん，毎年12月になると航空便で
クリスマスプレゼントを送ってくれたの。ココアとかチョコ
レートとか……」
　こんな話をする時，ジュンさんはすっかり子供に戻ってるみ
たいだ。その方が幸せかもしれない。ずっと，子供に戻ったま
までいる方が。

　クリスマスの日，勉強の後に一緒にコンビニにケーキを買い
に行った。まだクリスマスケーキも残っていたけど，去年と同
じように小さなケーキを2個買った。わたしは去年と同じよう
にイチゴがのったショートケーキ，ジュンさんは，いろいろ
迷ってチョコレートケーキを買った。
　おうちに戻って，ジュンさんが紅茶を淹れてくれる。紅茶は
今もジュンさんが淹れてくれる。慣れた動作なんだ。そして，
一緒に紅茶を飲む時は，ジュンさんを椅子に座らせ，わたしは

床に座る。だって，もともとは，この椅子も机もジュンさんのためのものなんだから。

　椅子に座って，ジュンさんはパソコンをいじっている。
「クリスマスの音楽が入っているのよ。一緒に聴こう」
「えっ，クリスマスの音楽があるの。去年聴かしてくれればよかったのに」

　どんな音楽だろう。ジュンさんのことだから，『ジングルベル』とか『きよしこの夜』みたいなありふれた曲ではないんだろう……こんなことを考えているうちに，音楽が流れてきた。不思議な音楽。伴奏がない。人の声だけ。合唱。たぶん男の人の声なんだけど，普通の男の人の声とはどこか違う，不思議な声の合唱。メロディーも聴き慣れない。
「ジュンさん，これ，ほんとうにクリスマスの音楽なの？」
「うん。グレゴリオ聖歌といって，中世ヨーロッパの教会や修道院で歌われていた歌なの。これはその中でも，クリスマスの朝のミサの時に歌われたものよ」
「ふーん」

　教会のミサか……。ジュンさんは静かに聴き入っている。それから急に，わたしの方を向いて話し始めた。
「コーヒーもあったけど，苦くて，ぜんぜんおいしくなかった。ココアは粉ミルクと砂糖と一緒にお湯で溶いて飲んだんだ。これはおいしかったなあ……」

　クリスマスのミサの歌とはぜんぜん関係のない，ハワイのおばさんからのクリスマスプレゼントの話。よっぽどうれしかっ

たんだろうなあ。その話を聞きながら，わたしはふと思いついた。

　そうだ，大晦日には年越しうどんを作ってあげよう。煮込みうどんは難しいから無理だけど，鍋焼きうどんなら，アルミ箔の容器に入っていて，一緒に付いている具とだしを入れて水を足して温めるだけで作れるものが売ってるから，あれを買ってきて，作ってあげよう。

　年越し鍋焼きうどん，われながら名案だ。

　大晦日，鍋焼きうどんを1個買ってきた。ジュンさんは小食だから，1個は食べきれないかもしれない。そしたら，残りはわたしが食べよう。そう思って，勉強が済んだらジュンさんに声をかけた。

「ジュンさん，今日はチヒロが年越しうどんを作ってあげる」

「年越しうどん？」

「うん。いつか，ジュンさんのお母さんが作ってくれたって，話してたじゃない。わたしは煮込みうどんは作れないから，鍋焼きうどんだよ」

「ほんとう？　ありがとう」

　わたしは，アルミ鍋の鍋焼きうどんを持ってキッチンに立った。そして，戸惑った。コンロがない。キッチンにあるのは，お湯を沸かす電気ポットとパンを焼くトースターだけ。ガス台も電気コンロもない。これじゃあ，せっかく買ってきた鍋焼きうどんを作れないよ。

「ジュンさん，このうちにはコンロはないの？　ガス台も電気コンロも見当たらないけど」
「うん，ないよ」
ジュンさんは，ごく当たり前のように答える。
「えーっ……」
　ジュンさんは，こんなふうに驚いて焦っているわたしを，いつものように穏やかな表情で見ている。わたしがなぜそんなに焦っているんだろうと不思議に思っているのか，それとも，そもそもわたしが焦っていることが分かっていないのか。そのジュンさんの顔を見ていると，わたし一人で焦っているのが馬鹿らしくなってきた。
「ないんじゃ，しかたないね。鍋焼きうどん，作れないよ」
「そうなんだ。それは残念ね」
　そう言いながら，ジュンさんはさほどがっかりした様子でもない。
「でも，心配いらないよ。ちゃんとパンもミルクも買ってあるから」
「そうだね。大晦日だからって，特別なことしなくてもいいよね。ジュンさんはパンとミルクが一番好きなんだし」
「うん」

　結局，その鍋焼きうどんは，わたしが自分のうちに戻って，自分で作って食べた。

VI

　年が明けた。お正月だからって，ジュンさんの暮らしに変化
はない。わたしも，冬休みの間はお昼過ぎに，3学期が始まっ
てからは，授業が終わってから，ジュンさんのうちで勉強して，
そのあと本を読みながらジュンさんとおしゃべりして，お母さ
んが帰ってくる前に家に戻る。いつもどおりの生活リズム。

　2月になって，雪が降った。昨日の夜から今朝にかけて降っ
た雪がジュンさんのうちの周りにも積もっている。午後からは
晴れて，日の光が真っ白い雪に反射してまぶしいくらい。わた
しが来たので，椅子からベッドに移動しようとしたジュンさん
にわたしは話しかけた。
「ジュンさん，ベッドに行く前に窓から外を見てごらん。雪だ
よ。真っ白で，きれいだよ」
　そう言いながら，わたしは窓を開けた。ジュンさんは，椅子
に座ったまま外を見た。
「ほんとう。雪だわ。真っ白だね」
「『手袋を買いに』の場面を思い出すね。覚えてる？　子狐が雪
の中をはしゃぎまわって，手が冷たくなって，街に手袋を買い
に行く話」
「うん。覚えてる。国語の時間に習った。間違えて狐の手をお
店の人に見せるけど，ちゃんと手袋を売ってくれるのよね」
「そうだよ……」

ジュンさん，ほかに話すことはないの？　わたしと一緒に勉
強したことは覚えていないの？　英語の勉強の最初に，この物
語を易しい英語に訳した本を読んだんだよ。1年生の夏休み。
覚えてないの？　あの夏休みのことは，ジュンさんの頭のどこ
にも，残っていないの？　だとしたら，チヒロはちょっと寂し
いよ。

　わたしはふと思いついて，あの英語の本の書き出しの文章を
声に出してみた。ジュンさんが，「一生忘れないかもしれない
ね」と言った文章。そのとおり，わたしは今も覚えている。

Mother Fox and Little Fox lived in a hole in the forest.

　それを聞いて，ジュンさんはちょっと不思議そうな顔をした。
何か，考えているような表情。わたしは，もう一度英文を語り
かけた。

Mother Fox and Little Fox lived in a hole in the forest.

　ジュンさんも，その英語を口にした。わたしよりもきれいな
発音で。ジュンさんの表情に笑みが浮かんだ。それだけ。何も
語らない。でも，きっと，ジュンさんは何かを思い出している
んだ。言葉にはならないけど，あの夏休みの記憶が，ジュンさ
んの頭の中によみがえっているんだ。きっと，そうだ。わたし
はジュンさんにほほえみかけた。ジュンさんも笑顔で返してく
れた。

「ヒロちゃん，もう窓を閉めよう。寒くなってきたよ」

「あっそうだね」

　わたしは窓を閉めた。

「熱い紅茶を飲むと温まるよ」

　そう言って，ジュンさんはキッチンで紅茶を淹れている。慣れた手つき。こんなに痴呆が進んでも，慣れたことはちゃんとできるんだ。

　近頃は，すぐそばのコンビニに買い物に行く時にも，わたしがいれば一緒に行くようにしている。今日は，スキムミルクとパンを買いに行った。

「外は寒いから，何かもう1枚着る方がいいよ」

　ジュンさんは，わたしの言葉に素直に従って，クローゼットから無造作にコートを取り出して羽織った。初めて見るコートだった。こんな素敵なコートを持ってたんだ。黒のスタンドカラー，細身の，ふくらはぎくらいまでの長さ。特別な柄はついてないシンプルなデザインだけど，とてもシックだった。若い頃は，似合っただろうなあ……いや，今でも，似合うよ。うん，ジュンさん，お似合いだよ。そのシックなコート……。

　ジュンさんが先に歩いて行く。今では，背中を丸めて歩くようになった。前屈みに，トボトボと。初めてジュンさんの歩く姿を見た時，あの雨の夕方，この通路を歩いて木戸からわたしを送ってくれた時は，すらりと背筋を伸ばして，きびきびとした足取りで歩いていた。思わず，「歩く姿勢がきれいだね」と声をかけたら，ジュンさんはちょっと照れていた。

　そんなことを考えながら歩いているうちに，コンビニに着いた。

「たまには，ヒロちゃんにも，何かおごってあげるよ」

ジュンさんは上機嫌そうに言った。

「ありがとう」

　変に遠慮しない方がジュンさんは喜ぶんだ。いつもの棚から
スキムミルクを取って篭に入れ，食パンも1袋買った。

「あと，サラダか果物も買っておけば？　その方が栄養のバラ
ンスがいいんでしょう」

「ああ，そうね。ヒロちゃんは，よく気がつくね」

　そう言いながら，小さなサラダのパッケージも篭に入れた。

「ヒロちゃんも，何か買うといいよ」

　わたしは，モンブランを買うことにした。レジで，ジュンさ
んは財布の中から，このコンビニ専用のカードを出そうとする
けど，どれがどれだか，迷っていた。

「お客様，当店のカードはこれですよ」

　店員さんが，そんなジュンさんのお財布から，カードを1枚
抜いて，レジに通して，会計を済ませ，カードをジュンさんの
財布に戻してくれた。

「ああ，ご親切に，ありがとう」

ジュンさんはペコリと頭を下げた。

「まいどありがとうございます」

店員さんも頭を下げた。

「ヒロちゃんは，何を買ったの？」

「モンブランを買ってもらったよ」

「ああ，モンブラン……アルプス山脈の最高峰」

わたしはちょっとびっくりした。そんなことは，ちゃんと覚えているんだ。

　この年の冬は雪が多かった。3月の期末試験の頃にも雪が降った。わたしの学校の試験のことなんか，ジュンさんには関係ないんだけど，1つだけ，ジュンさんに話したいことがあった。
「ジュンさん，チヒロは今度の期末試験で，英語は学年で1番だったんだよ。ジュンさんのおかげだよ。ジュンさんが特訓してくれて，勉強の仕方も教えてくれたおかげだよ」
「そう，学年で1番だったんだ。ほんとうはヒロちゃんは頭いいんだね」
　ジュンさんに褒められて，わたしはうれしかった。学校では，いやなこともあったんだけど，それはジュンさんに話す必要はない。

　期末試験の後に担任に呼ばれた。どんなふうに英語を勉強しているのかと訊かれたから，「教科書を声に出して読んで書いている」と答えたら，「それだけでは，これだけの成績は取れないだろう。ほかにどんな勉強してるんだ？」と訊かれたので，「これだけです」と答えた。ジュンさんのことを学校で話したくなかった。学校だけじゃなく，誰にも話したくない。わたしだけの秘密なんだから。
　そうしたら，担任が怒り出した。
「クラスのみんなに勉強の仕方を教えようという気持ちはないの

か？　自分だけ試験でいい点数を取ろうという気持ちなのか？　そんなエゴイストでは，みんなに嫌われる。社会に出ても，仲間はずれだ。来年は高校受験だけど，内申書にも響くぞ」

　いいもん。内申書なんか，先生が勝手に書きたいこと書けばいいんだ。

　こんな学校での出来事は話さないで，ジュンさんにポンポン菓子を買って来てあげた。たまたまスーパーで見かけたんだ。英語が学年で1番だったお祝いと，お礼の気持ちもあった。ドアを開けるなりわたしはジュンさんに声をかけた。
「ジュンさんの好きなポンポン菓子だよ」
そう言って袋を差し出すと，しばらくその袋を手にとって眺めていた。
「近頃では，ポンポン菓子もこんなきれいなビニール袋に入れてくれるようになったのね」
　そういえば，ジュンさんが子供の頃は，鍋にお米を入れて，作ってもらいに行き，できたポンポン菓子を鍋に入れて持ち帰ったんだって，話してた。
　ジュンさんは，袋をあけて食べ始めた。無心に，おいしそうに，うれしそうに，食べている。わたしは，ベッドに背をもたせて床に座って，そんなジュンさんを見ている。うれしそうにしているジュンさんを見ているのは楽しい。半分くらい食べたところで，ふとわたしの方に顔を向けた。目が合うと，ちょっと恥ずかしそうな表情をした。わたしをほったらかして，食べ

るのに夢中になっていたのが恥ずかしいのかな。

「ヒロちゃんは，食べなくていいの？」

「うん，わたしはいいんだ。ジュンさんが全部食べていいんだよ」

「そう？」

　ジュンさんはまた食べ始めた。無心に，おいしそうに，うれしそうに。

　食べ終わって，しばらく空の袋を見ていた。そしてわたしの方を向いた。笑っていた。子供のような笑顔。

「おいしかったよ」

「そう，おいしかったの。よかったね」

「うん」

　そうして，また空の袋を眺めていた。

「近頃は，こんなきれいな袋に入れてくれるんだ」

　それから，ちょっと間を置いてつぶやいた。

「呼んでくれればよかったのに……ポンポン菓子のおじさんが来たのなら，呼んでくれればよかったのに。わたしも，あの『バーン』を聞きたかったよ」

　あっ，そんなふうに考えが向かうとは，予想していなかった。

「うん……それはね……遠くだったの。遠くの空き地に来たの。だから，ジュンさんが歩いてくるのは大変だろうと思って呼ばなかった」

「そうだったの。遠くだったのね。それなら，しかたないね……今度，近くに来たら，呼んでね」

「うん，近くに来たら，呼んであげる」

「近くに来ると，いいなあ」

　ジュンさんは，遠くを見るような眼差しでつぶやいた。

VII

　春になった。3度目の春。初めてジュンさんと会った時のことは，今も昨日のことのように覚えている。後ろ姿を見せて本を読んでいたジュンさんが突然振り返ったんだ。そして，いつでも来ていいって言ってくれた。どうして夕焼けが赤いのか，話してくれた。次の日は立原道造の詩を読んでくれた。

　ジュンさんのうちの周りの草地に今年もキュウリグサが咲いた。

「ジュンさん，外に出ておいでよ。キュウリグサが咲いているよ」

　ジュンさんは，わたしの横にしゃがみ込んで，ちょっと口を開けて，子供のような笑みを浮かべて，キュウリグサを眺めている。1分か2分，そうやって眺めていたけど，笑みが消え，真剣な表情になった。そして，遠くの音を耳を澄まして聞こうとするように立ち上がった。

「ポンポン菓子のおじさんだ」

「えっ？」

「ポンポン菓子のおじさんよ。ほら，聞こえない？」

　耳を澄ますと，何か声が聞こえる。「不要になった家電を回収します」と言ってるみたいだ。表の道を不要品回収車が通っ

ているんだろう。

「ポンポン菓子のおじさんだ！」

　ジュンさんは木戸に向かった。急いでいるつもりなんだろうけど，トボトボとしか歩けない。わたしは後ろから声をかける。

「ジュンさん，違うよ。ポンポン菓子のおじさんじゃないんだよ」

　わたしの声も聞かず，ジュンさんは歩く。急ごうとして，よろめいて，両側のフェンスや壁に手をつきながら，それでも木戸に向かって夢中で歩いている。それを無理に引き留めるのは，なんだかかわいそうな気がして，わたしはそのままジュンさんの後ろについて歩いた。そんなわたしに気付いているのかいないのか，ジュンさんは何も言わずひたすら前に進む。そして，木戸を開けて表の道に出た。

　ちょうどその前を，不要品回収車がゆっくり通っていた。それを見て，ジュンさんも何か違うと思ったようだった。一瞬立ち止まって，その車を眺めていた。それから，おずおずとした足取りで車に近づいた。近づいて，荷台に載せられたいろんな家電製品を見ていた。

　運転手が車を停めて窓から顔を出した。

「お客さん，なんか用ですか？」

「いや，違うんです。勘違いです。ごめんなさい」

　わたしは運転手に頭を下げた。それからジュンさんに語りかけた，

「ジュンさん，違うんだよ。これは，違うんだよ。さあ，帰ろう」

　車はまたゆっくり動き始めた。ジュンさんはその場にうなだ

れていた。

「さあ，帰ろう」

　わたしはジュンさんの手を取って木戸を開け，通路を歩きかけた。ジュンさんはうなだれている。そして，涙がこぼれ始めた。

「ジュンさん，今日は違ってたけど，きっと来るよ。ポンポン菓子のおじさん，きっと来るよ。その時は，『バーン』だよ。ねっ，『バーン』だよ」

　わたしは，両手を挙げて「バーン」と言った。ジュンさんは顔を上げた。わたしは繰り返した，

「ほら，こんなふうに『バーン』だよ。バーン」

ジュンさんの表情がちょっと明るくなった。

「バーン，だね」

「そうだよ。バーンだよ。バーン，バーン」

「バーン，バーン」

　二人は，バーン，バーンと繰り返しながら通路を歩いた。わたしが先に立って，ジュンさんの手を引いて，バーンと言うたびに振り返りながら。家の前に着く頃には，ジュンさんはすっかり笑顔になっていた。

「そうだよ。その笑顔だよ。ジュンさんは，泣いてる顔より，怒ってる顔より，笑ってる顔の方が，ずっと似合っているよ」

VIII

　ジュンさんは，だんだん外に出なくなった。廃品回収車をポンポン菓子のおじさんと間違えたのがショックだったのかな。それとも，体が弱ってきているのかな。今では，わたしがジュンさんのうちに行った時にはもうベッドに横になっていることが多い。そして，そのままわたしが勉強を終えても，ずっとベッドにいる。だから，わたしが声をかける。

「ジュンさん，たまにはベッドから起きて，この椅子に座ったら？　ジュンさんの椅子，ジュンさんの机なんだよ」

でも，ジュンさんは，

「いいのよ。気にしなくて。その椅子はヒロちゃんの勉強用に使っていいのよ」

と答えて，起き出そうとしない。それで，わたしはちょっと知恵を働かせた。

「ねえ，ジュンさん，勉強が済んだから，チヒロは紅茶を飲みたいよ。淹れてくれない？」

こう言うと，ジュンさんは，

「ああ，ヒロちゃんは紅茶を飲みたいのね。分かった」

と素直に起き出して，紅茶を淹れてくれる。その間にわたしはベッドに背をもたせて床に座る。ジュンさんは自分の紅茶を机の上に置き，わたしの紅茶をベッドのわき，わたしが取りやすい位置に置き，自分は椅子に座る。

　だけど，椅子に座っても，ジュンさんはもうほとんど本を読

もうとしない。あんなに本を読むのが好きだった人が。ただボーッとして，パソコンから流れてくる音楽を聴きながら，紅茶を飲んでいるだけ。

　そして，とうとう図書館に行かなくなった。
　これまでも，一緒に出かけても，本を借りないこともあった。本をリクエストしたつもりで，カウンターの人に貸出カードを渡すと，その人がパソコンで調べて，
「リクエストは何も入っていないですよ」
と答えることもあった。そんな時，ジュンさんは，
「あっ，それは失礼しました」
とおじぎする。リクエストし忘れたことも，リクエストしていないことを忘れていたことも，気にしていないみたい。この2～3ヶ月，そんなこともあったけど，今日はとうとう図書館に行かないと言い出した。
「ヒロちゃん，一人で行ってきて。わたしはここで留守番してるよ」
　そう言われると無理に引っ張っていくわけにもいかないから，わたし一人で出かけた。カウンターで，担当の人に声をかけられた。
「今日は一人なんですね。いつも，あのおばあちゃんを連れてきてあげてたけど」
　違うよ。連れてきてあげてたんじゃない，わたしが連れてきてもらってたんだ。そう言いたい気持ちだったけど，周りから

は，特にこの何ヶ月かくらいは，わたしがジュンさんを連れて
きてあげているように見えたんだろう。

　やがて，梅雨の季節になった。わたしは，この頃は日課のよ
うに，勉強が終わったらジュンさんに声をかけて紅茶を淹れて
もらう。そうすれば，ジュンさんも椅子に座る。ずっと寝たき
りにしておくのは，良くないだろうと思って，そうしている。
わたしはベッドに背をもたせて床に座る。なじみの配置。

　最初の春，晴れれば外に出て窓の外に座っていたわたしも，
雨が降ると部屋の中にいた。そして，ジュンさんが椅子に座っ
て本を読んでいるわきで，こんなふうにベッドに背をもたせて
床に座っていた。そんなわたしに，ジュンさんは紅茶を淹れて
くれた。ティースプーン山盛り一杯の砂糖を入れて。

　なじみの配置。以前は，ジュンさんが本を読み，わたしは
ボーッとしていた。今は，同じ配置だけど，ジュンさんが椅子
に座ってボーッとしていて，わたしは床に座って本を読んでい
る。

　今日もそうやって自分で淹れた紅茶を飲みながら，ジュンさ
んがぽつりとつぶやいた。
「こうやって，のんびり紅茶を飲みながら，静かな雨の音を聞
いているのは，幸せねえ」

　こんな時の静かで穏やかな表情は，なんと表現すればいいん
だろう。この世を突き抜けたような？　そして，その顔は，ま
たちょっと痩せた。

IX

　梅雨の終わり頃，ジュンさんのうちに入ると，変な臭いがした。

「ジュンさん，雨だからって何日もずっと窓を閉め切っていると，部屋の中が臭くなるよ。特に，このごろは，外出しないから，ドアを開けることもしないんだから」

　わたしはそう言いながら窓を開けた。雨がちょっと降り込んでくるけど，まあこれくらいはしかたない。それから，キッチンとユニットバスの換気扇も回した。わたしがこんなふうに立ち回っている間，ジュンさんはベッドに横になって黙っている。たいてい，こんな時には何か声をかけてくれるものだけど，今日は具合が悪いのかな。わたしは，ベッドのわきに立ってジュンさんに声をかけた。

「ジュンさん，今日はどうしたの？　元気がないみたい。具合が悪いの？」

　ジュンさんは，何も答えない。ちょっと悲しそうな，きまり悪そうな顔をしている。

「どうしたの？」

　わたしは，ちょっと心配になった。何か，急に具合が悪くなって，このままジュンさんが死んでしまったらどうしよう，そんなことを考えてしまった。

「ヒロちゃん」

　突然，ジュンさんの声がして，わたしはびっくりした。

「どうしたの，ジュンさん」

「ヒロちゃんこそ，どうしたの？　心配そうな顔しているよ」

「そりゃあ心配だよ。ふだん明るいジュンさんが，さっきから一言もしゃべらずに，悲しそうにしてるんだもの。心配するよ」

「そう……わたしのことを心配してくれてるんだ……」

「どうしたの？」

　ちょっと間があいて，返事が戻ってきた。

「おしっこ漏らしたの……今朝，目が覚めたらパンツが濡れて冷たかった。すぐに脱いで着替えたけど，お布団はそのままなの」

「えっ，そうなの……ちょっと，いい？」

　わたしは，ジュンさんの掛け布団を持ち上げた。掛け布団にはシミは付いていない。敷き布団に小さなシミが付いている。そんなにたくさんではなかったようだ。そして，気がついた。ジュンさんはベッドの真ん中ではなくて壁側にすり寄るように寝ている。きっと，おしっこで濡れた上に寝たくなかったんだ。だったら，椅子に座っていればいいのにと思ったけど，やっぱりベッドに横になっていたかったんだろう。

「ジュンさん，脱いだパンツはどうしたの？」

「洗濯機に入ってる」

「ああ，それならあとで洗わないとね」

　わたしは，なんだかほっとした。おしっこ漏らしたくらい，ジュンさんが急に死んでしまうことに比べれば，なんでもない……いや，なんでもなくはないか。

　去年，いや去年じゃない，おととしの秋頃，ジュンさんが自

分にこれから起こることを話してくれた。感情失禁だけじゃなくて，ほんとうの失禁，おしっこやウンコを漏らすようになる，と。

　これからは，毎日でなくても，時々はこんなことが起こるようになるんだ。そして，いつかそれが毎日になる。何か対策を考えないと……やっぱり，紙オムツかな？　……嫌がるかな。でも，しかたないよ。ジュンさんだって，おしっこ漏らす方がもっといやだろう。

　わたしは決めた。

「ジュンさん，わたし，これから駅前のスーパーに行ってくる。カード，使わせてね。ジュンさんのものだけ買うからね。自分のものを買ったりしないから，信用してね……そうだ，その間，ジュンさんはここの椅子に座っているといいよ。そして掛け布団を剥がしておけば，敷き布団もちゃんと乾くから。ねっ，そうしよう」

　ジュンさんは，ちょっと悲しそうな顔でわたしを見た。そして，わたしの言うとおり，ベッドから降りて椅子に座ってくれた。わたしは掛け布団を剥がして，敷き布団のおしっこで濡れた部分が空気に触れるようにして，スーパーに出かけた。

　スーパーの介護用品売り場に，いろんな紙オムツが積んである。買うつもりで真剣に見るのは今日が初めてだけど，今どきの紙オムツは，パンツみたいな形で，簡単に着脱できるようだった。これなら，わたしがはかせてあげられるし，ジュンさ

んが自分でトイレに行ける時はトイレに行って下ろして，普通
におしっこができる。

　わたしは，とりあえず1袋買った。

　戻ってくると，ジュンさんはわたしが出かけた時のまま，椅
子に座っていた。
「ジュンさん，紙オムツを買ってきたよ。これをはくようにし
て。いやかもしれないけど，おしっこ漏らすよりましだよ。
ねっ，分かってね。さあ，立ってちょうだい」
　ジュンさんは素直に立った。わたしは，ズボンを脱がせ，パ
ンツを脱がせ，紙オムツをはかせた。
「これは，紙オムツといってもパンツみたいなものだから，普通
におしっこすることもできるよ。トイレに行って，紙オムツを下
ろして，おしっこすればいいんだよ。できる時はそうしようね」
ジュンさんはうなずいた。
「うん，これで準備完了。じゃあ，座っていいよ」
　ジュンさんは座った。しばらく，そのまま黙っていたけど，
ちょっと遠慮がちに話しかけてきた。
「ヒロちゃん……今日は，紅茶は飲まないの？」
　そうだ，それが毎日の習慣なんだ。わたしの方が忘れてた。
「うん，飲みたい。ジュンさん，淹れてくれる？」
「もちろんだよ」
　ジュンさんは元気に立ち上がった。いつもの慣れた手つきで
キッチンで紅茶を淹れて，2つのカップを持ってきて，1つを

283

机の上に置き，もう1つを，今日はわたしに直接手渡してくれた。いつもの穏やかな笑顔が戻っていた。わたしはカップを両手で包み込むように受け取った。あったかい。いつもどおりの時間が戻ってきた。いつもどおりの時間……。

　その晩，お母さんに相談した。ジュンさんのことは誰にも話さないと決めていたけど，やっぱりこういうことは，自分一人で考えていても，不安になる。
「ねえ，お母さん，裏の笹藪の崖の向こうに小さな家があることは，話したことがあるでしょう。その小さな家におばあさんが一人で住んでるの。わたしは時々遊びに行ってる。すごく物知りな人で，いろんなことを教えてくれるんだ。英語も教えてくれた」
「ああ，それで，近頃成績が良くなったんだ。不思議だったんだよ。謎が解けた」
　わたしは，ちょっと笑って，話を続けた。
「そのおばあさんが，最近ぼけてきて，身のまわりのことはこれまでどおりやれるんだけど，おしっこ漏らすようになった」
「ああ，ぼけてくると，そうなるんだよ……まさか，その人をここに引き取ろうっていうんじゃないだろうね」
「そんなこと……仮にそう言っても，絶対に嫌だって言うよ，あの人は」
「ああ，それならいいけど」
「ただ，何か手助けしてあげたいと思って」

お母さんは，考え込んだ。

「手助けと言ってもねえ……わたしにはうまい知恵は浮かばない
よ。やっぱり区役所の福祉に相談するのが一番じゃないのかい」

X

　区役所に相談なんかしたら，無理やりどこかの施設に入れら
れないかな。それが心配だったから，まず電話で話を聞いてみ
た。

「一人で住んでるおばあさんがいて，かなりぼけているけど，
自分のことは自分でやれている。最近，おしっこ漏らすように
なった。これからのことで相談したいけど，本人は余計な治療
はするな，病院や施設には絶対に入れないでくれと書類を書い
ている。こんな人でも，ぼけてきたら無理やり施設に入れられ
てしまうの？」

　電話に出た人は，

「周りに迷惑をかけたり，周りの人に危害を加えたりするよう
なことがなければ，本人の意思を無視して無理やり施設に入れ
るようなことはしない」

と説明してくれたので，相談に行くことにした。1学期の期末
試験が終わって，授業も午前中で終わるようになったから，午
後に出かけた。その前に，「尊厳死の宣言書」と，それと一緒
にしてあるジュンさん自筆のメモをコピーした。

　福祉課の相談室に通され，担当者が入って来た時，まっさき

にそのコピーを見せた。

「宣言書にある無意味な延命治療のほか，強制栄養も一切お断りします。

病院や施設への入院，入所もお断りします。

その他の医療行為も，死に際しての痛みや苦痛を和らげるための処置以外のことは，お断りします」

と書いてある。それを読んで，

「そうとう，頑固な人ですね」

と言ったから，

「そんなことありません。とても穏やかで優しい人です」

と反論した。

「ところで，あなたはこの人のお孫さんですか？」

違う。それで，これまでの経緯を説明した。

「お話はよく分かりました。とても親しい関係であることは事実だと思いますが，法律的には他人なんですね。こういう問題では，やはり血縁者の意向が優先されるんですよ」

「血縁者はいないと思います。そう話していました」

「うーん，まあ，それはこちらで調べてみます。それはそれとして，今の状況を説明してくれますか」

　わたしは状況を説明した。基本的には一人で暮らせていること。1週間くらい前に初めて失禁したこと。その後，紙オムツをはいていること。わたしが毎日3時間くらいそばにいること。夏休みになれば，もっと長い時間そばにいてあげられること。

「まあ，一度，現状を見せてもらわないといけませんね。夏休

み中なら，立ち会ってもらえますか？」
「はい，もちろんです」
「それまでには，ほんとうに血縁者がいないかどうか，こちら
でも調査しておきます」

　1週間くらいして，担当者がジュンさんのうちにやって来た。
もう一人，上司のような人も一緒だった。ジュンさんはベッド
に横になったまま，その二人を不思議そうに見ている。二人は
ジュンさんに話しかけていろいろ尋ねているけど，はたで聞い
ていても，話がかみ合っていないのが分かる。
「今，どこにお住まいですか？」
と聞かれて，ジュンさんは，
「福岡県粕屋郡須恵町」
と答えた。わたしは何度も聞いてよく知っている町の名前。そ
こに六坑のボタ山があって……。
　二人が，「そうとう認知症が進んでいますね」，「よく一人暮
らしを維持できているものだ」と語り合っている。それから，
わたしに，
「そうそう。最初にお伝えすべきでしたが，こちらの調査でも，
血縁者はいないようです。なので，あなたがキーパーソンにな
るのですが，未成年なので公式に後見人になることはできない
んです。あなたの意見は尊重しますが，公的にはあくまで参考
意見ということになります。ご了承ください」
と，いかにもお役所らしいことを言う。

287

「子供だけど，紙オムツの取り替えくらいはできます。ご飯，といってもパンだけど，パンとミルクとサラダくらいはコンビニで買って食べさせることもできます」

ちょっと意地になって言い張った。

「ああ，それはほんとうにありがたいこと，感心なことです。ただ，あなたが一日中見張っているわけではないし，一番怖いのは火事なんです。火の不始末で火事を出すと，周りに燃え広がりますから。ここだと，そこの笹藪に火が付くと大火事になりそうで……」

「その心配は絶対にないです。火の元になるようなものがないんです。こっちに来てください」

　わたしは二人をキッチンに連れて行った。

「電気ポットとトースターだけですよ。これで，どうやって火事になるんですか」

　二人は，そのキッチンを見て，

「ああ，これなら……」

とだけ言って，ほかに言葉が出ないようだった。

「だから，約束してください。絶対に病院や施設に入れないって」

「いや，それは……お気持ちは分かりますが，立場上『絶対』とは言えないんです。火事を出さなければ，そして近隣の迷惑になるようなことがなければ」

「迷惑なんかなりません。いつもあんなふうにベッドに横になって静かに音楽を聴いてるんです。それだけです。あとはパ

ンとミルクと野菜を食べてるんです。誰にも迷惑をかけずに一人で静かに暮らしてるんです」

　わたしは，だんだん声が興奮してくるようだった。自分でも分かっていたけど，抑えられなかった。

「あっ，いや，決して，無理やりどうこうしようということではないんです。ご本人の意志はできる限り尊重します。あなたの気持ちも，もちろん尊重します。ただ……つまり，あなた一人で頑張っていて，それで限界になった時は，手助けを求めてください。無理しないでください。名刺を置いておきますから，いつでも気楽に連絡してください」

　上司らしい人がそう言って，二人は帰っていった。

　ジュンさんは，わたしと二人のやりとりを聞いていた。二人が出て行ってから，

「ヒロちゃん，あの二人とケンカしたの？」

「ううん，ケンカなんかしてないよ」

「そう。それはよかった。心配してたの」

「うん，大丈夫だよ。安心して，チヒロは大丈夫だよ。ジュンさんも大丈夫だよ。もう来ないから，あの二人。安心して。これからも，ジュンさんはここでこれまでどおり静かに穏やかに暮らしていくんだよ。病院なんか，ぜったい入れさせないから。ジュンさんはずっとここにいるんだよ」

　こう言いながら，わたしはふと気付いた。去年の大晦日，鍋焼きうどんを作ろうとして，ガス台も電気コンロもないのに

びっくりして，焦った。でも，ジュンさんは意識して，そんなものを持ち込まなかったんだ。自分の痴呆が進んでいくことが分かっていて，痴呆が進んだら火の不始末で火事を出す危険があることを分かっていて，そして，それが理由で無理やり施設に入れられることを予想して，そうならないよう，火の元になるものを初めからここに持ち込まなかったんだ。ジュンさんなら，それくらいのことは前もって考えつく。わたしはジュンさんに語りかけた。

「ジュンさん，ほんとうに頭いいんだね」

XI

　夏休みの最後の日。夕焼けが始まりかけた窓の外の空を見ながら，

「秋来ぬと　目にはさやかに　見えねども

風の音にぞ　驚かれぬる」

とつぶやいてみる。すっかり，夏休みの終わりの定番になった。

　ジュンさんは，ベッドに横になっている。最近はほとんどベッドで寝ている。今では，紅茶を淹れに起き上がることもない。8月の中頃だったかな，2つの紅茶カップを持ってキッチンから歩いていて，足がもつれて転びそうになった。わたしがあわてて駆け寄って体を支えたから，転びはしなかったけど，紅茶がこぼれて，わたしのシャツを汚してしまった。それ以来，もう紅茶を淹れなくなった。

わたしが,
「ジュンさん, たまには体を起こす方がいいよ。寝てばかりい
ると, ほんとうに筋肉が萎縮してしまうよ」
と言うと, ベッドで上体を起こしている。椅子に移動するのも
めんどうになったみたい。そして, 眠くなったら, そのまま横
になる。

　この机はすっかりわたしの勉強机になってしまった。パソコ
ンに入っている音楽を適当に選んでBGMにする。ジュンさん
も, 目を覚ましている時は聴いてるみたい。以前は, ジュンさ
んが選んだ音楽をわたしが聴いたんだけど, 今では逆になった。

　たまに,
「勉強してるの？　えらいね」
と声をかけてくれる。

　具合の良い時には, 子供の頃の話をしてくれる。今では, 理
科の話や, 昔読んだ小説や詩の話は, もう出てこない。子供の
頃の思い出話だけ。繰り返し何度も聞いたから, 覚えちゃった
よ。ジュンさんの子供時代。ボタ山があって, 田んぼや畑が
あって, そこをいつも一人で歩き回っていて, 夕焼けや, 池の
水面に砕ける陽の光や, 月や星を眺めていて, いろんな本を読
んでいたんだね。夏になると海にも行ったんだね。ポンポン菓
子を作るおじさんや, クリスマスプレゼントを送ってくれるハ
ワイのおばさん……。

　こんなことをわたしに話しているうちに, じきに眠くなって,
眠ってしまう。こうやって, だんだん衰えていって, いつか死

ぬんだね。でもね，ジュンさん，もうちょっと生きていて。今すぐは死なないで。

　分かっているよ。いつか死ぬことは。スプーンを落として説明してくれたね。自然なことだって。分かっているよ。でも，もうちょっとは生きていてよ。今すぐ死なれたら，チヒロ，寂しいよ。何も話してくれなくていい。具合のいい時に，昔の思い出話をしてくれればいいよ。ボタ山のこととか，ポンポン菓子作りのおじさんのこととか。

　また，ポンポン菓子，買ってきてあげるね。いや，こんどは，ほかのにしよう。メロンパンとかコロッケとか，ジュンさんの好きなもの。メロンパンやコロッケくらいなら，買ってあげられるよ。うちも貧乏だけど，それくらいのお小遣いはもらってるから。ジュンさんのカードを使わなくてもいい。チヒロのおごりなんだ。

　カニクリームコロッケを買ってきて，「これはコロッケじゃないよ」と言われたこともあったね。あの時，代金だと言って10円玉をくれて，わたしがびっくりした。150円だと言ったら，こんどはジュンさんがびっくりした，そんなこともあったね。

＊

　ジュンさん，もう目を覚ましても，昔の思い出話をすることもなくなってしまったね。目を覚ましても，ぼんやりしているだけ。わたしと目が合うと，ほほえんでくれる。頰がすっかり

こけてしまった。たまに小さな声で歌を歌うことはある。"Puff"
だね。ほかにも，いろんな歌。日本語の歌もある。英語の歌も
ある。知らない言葉の歌もある。ひょっとしてフランス語？
小さな声でつぶやくように歌いながら，また眠りに落ちる。

　そうやって眠っているジュンさんに，時々わたしが"Puff"
を歌ってあげる。眠りながら聞こえているのかな，たまに，わ
たしの歌に合わせてジュンさんの口が動く。声は出ないけど。

　　　　Puff, the magic dragon

　　　　Lived by the sea ……

　その口の動きを見ていると，theのところでちゃんと舌を前
歯の間に挟んでいる。すごいなあ……英語の発音がしっかり身
についているんだね。わたしはまだ，気をつけていないと，つ
い日本語の「ザ」のように発音してしまう。

　こんなわたしだけど，英語は学年で1番なんだよ。2年生の
3学期の期末試験で1番になって，3年生の1学期の中間試験で
も期末試験でも，先週終わったばかりの2学期の中間試験でも
1番だったよ。ジュンさんのおかげだよ。1年生の時に特訓し
てくれて，その後も勉強の仕方を教えてくれて。そうそう，
『シェイクスピア物語』，読み終えたよ。今は，インターネット
で英語のニュースを聴いたり，記事を読んだりしている。思い
ついたことを英語の文章にする練習もしている。自分で考えた
英文と同じような言い回しをインターネットの英語の記事で見
つけたりすると，「やったー」と思うね。こういう勉強法も，
ジュンさんが教えてくれたものだ。

恩返しをしないとね。と言っても「余計なことはしないでく
れ」というのがジュンさんの願いだから，こうやって見守って
いるだけ，あと，オムツを取り替えてあげるだけ，それだけな
んだけどね。

*

この頃は，ジュンさんはほとんど眠っている。たまに目が覚
めても，言葉も歌も出なくなった。でも，目が合えば，ほほえ
んではくれる。

ジュンさん，もうお話ししてくれることはないんだね。いろ
んなことを話してくれたよね。ほんとうに，ジュンさんはなん
でも知ってて，それを楽しそうに話してくれた。その楽しそう
なジュンさんの表情を見ているだけで，チヒロも楽しくなった。
でも，チヒロに話してくれたことの何百倍も何千倍も何万倍も
たくさんのことが，頭に入っているんだよね。この小さな頭に，
ぎっしり詰まっているんだね。

それは，ジュンさんと一緒に消えてしまうの？　もっといっ
ぱい話してほしかったよ。全部話してほしかったよ。星のこと
も，地球のことも，生き物のことも，原子のことも，詩や小説
のことも，音楽のことも，歴史のことも，もっといっぱい聞き
たかったよ。楽しいんだもん。でも，もう無理なんだね。

……うん，いいんだ。これからは，チヒロが自分で本を読ん
で勉強する。図書館からいっぱい本を借りてきて，毎日読むん

だ。そうすれば，いつかはチヒロもジュンさんみたいな物知り
になれるよね。チヒロ，がんばるよ。

　初めて，チヒロを図書館に連れて行ってくれた日，植物図鑑
を見せてくれた。それから，植物図鑑を買って，わたしに好き
なように使わせてくれた。それから，ジュンさんが図書館から
の帰り道に迷って，わたしが付いていってあげた。そこで『さ
かな陸に上る』って本を見つけてくれた。おもしろかったよ。
それからは週に1回くらい一緒に図書館に行ったね。初めのう
ちは，ジュンさんに本を選んでもらって，そのうち自分で選ぶ
ようになって，今ではチヒロが一人で出かけて借りてきている。

　西行という歌人は，桜の花が好きで，桜の花の盛りに死にた
いと願を掛ける歌を詠んで，そのとおり花の盛りに死んでいっ
たという話をしてくれたね。ジュンさんは，秋の終わり頃の，
ちょっと寒い澄んだ空と，夕焼けと，銀杏の黄葉が好きなんだ
よね。もう隣のお屋敷の銀杏の葉が色づいてるよ。あと1週間
くらいしたら散り始めるよ。枝の周りに蝶々のようにヒラヒラ
と，夕日を浴びて。あと1週間くらい，がんばろう。そうすれ
ば願いどおりに，落ち葉の季節に死ねるよ。だから，目が覚め
た時，チヒロがあげるパンのかけらをちゃんと飲み込んでね。
スキムミルクも飲んでね。やれる範囲でいいから。

　チヒロは，もう心の準備はできているよ。2年半の楽しかっ
た付き合いがもうじき終わるんだ。今年の夏頃は，まだ覚悟が
できなくて，「もうしばらく生きていて」って願っていたけど，

この何ヶ月かで，チヒロも成長したんだ。

　ジュンさんが死んだ時，「ジュンさんは幸せな人生を終えたんだ」と祝福してあげられるかどうか，それは自信がない，やっぱり悲しむかもしれない。でも，大丈夫だよ。わたしのことは，心配しなくていいよ。

終　章

I

　もう1年たったんだね。今日も，あの日と同じように，隣の
お屋敷の銀杏の葉っぱが風に揺られてヒラヒラ舞っているよ。

　わたしは，勉強が済んで，いつものように紅茶を淹れる。2
杯。ジュンさんの分とわたしの分。ジュンさんのカップは机の
上に置き，わたしのカップはベッドのわきに置いて，わたしは
いつものようにベッドに背をもたせて床に座る。だって，この
おうちはジュンさんのおうちで，わたしは客なんだもの。この
椅子と机はジュンさんが本を読むためのものなんだから，ジュ
ンさんを座らせてあげないとね。

　わたし一人しか飲まないのに，2杯淹れるのはもったいない
かもしれないけど，それくらいは許してもらおう。それくらい
の無駄遣いをするバイト代は稼いでいるんだ。

　こうやって紅茶を飲みながら，見えないジュンさんとお話し
するんだ。わたしが最近読んだ本のこと，バイト先でのこと，

スクーリングの授業でのこと，家でのこと，いろんなこと。たまにジュンさんに相談を持ちかけることもある。すると，ジュンさんは答えてくれる。もちろん，わたしが，心の中のもう一人のわたしが，答えてるんだ。ほんとうはね。でも，ジュンさんはきっとこう答えるだろうと思うような答えがちゃんと返ってくるんだよ。ジュンさんは今でも生きてるんだ。わたしの心の中では。

　紅茶を飲み終えたら，わたしも本を読む。ジュンさんが本を読むのを邪魔しないように，静かに。でも，たまに話しかけることもある。そうやって本を読んでいて，ジュンさんが疲れてベッドに横になったら，わたしが椅子に座って本を読む。もちろん，パソコンで音楽を流してあげるよ。

　あの日，ジュンさんのおうちに来て，いつものように勉強を始めて，しばらくして気がついたんだ。ジュンさんが息をしていないこと。悲しまなかったよ。泣かなかったよ。わたしは，救急車に電話した。状況を話したら「もう確実にお亡くなりになっているのなら，こちらではなくて警察に連絡してください」と言われたから，警察に連絡した。

　それから，警察官が何人か来て，現場の状況を調べて，念のためジュンさんの死体を解剖するために監察医務院というところに運んでいった。ジュンさんとわたしの関係について，いろいろ聞かれた。遺言状も見つかった。ジュンさんはこの家をわたしに遺贈するために遺言を準備していたんだね。遺言状の日

付は，最初の夏休みの終わりの日になっていた。ラダーシリーズの『手袋を買いに』を勉強し終えて，"Puff"を教えてくれた日。その時から，このおうちをわたしに譲るって決めてたんだね。何も知らなかったよ。

　わたしが自由に使っていい，自分で住んでもいいし，人に貸してもいいし，以前のように幽霊屋敷にしてもいいと書いてあったけど，人に貸したりしないよ。自分で住むのも，わたしは下のアパートにこれまでどおりお母さんと住んでいるから……。だから，ジュンさんが生きていた時と同じように，ここに勉強しに来るんだ。それと，ジュンさんとお話をしに来るんだ。ここは，ジュンさんのおうちで，この部屋にあるものはみなジュンさんのものだから，わたしは手をつけないことにしてるんだ。月1回くらい，掃除をする。それと，紅茶を淹れるのに電気ポットは使う。それだけ。ほかは何にも手をつけていない。クローゼットやベッドの下の引き出しも開けたりしない。ジュンさんが死んでいたお布団のシーツを洗濯しただけ。ジュンさんが生きていた時のままだよ。

　以前と違うのは，わたしが朝からここに来れること。中学を卒業して，単位制の通信制高校に進学したんだ。その方が自由な時間がたくさんあって，たくさん本を読めると思ったから。それにバイトの時間も自由になるから。それともう一つ，内申書を気にしなくてよかったから。
　バイトは，鳶職の助手をやってる。女子高校生のバイトとい

うと，マグドナルドとかコンビニとかが多いけど，わたしは，ああいう接客は苦手なんだ。鳶の仕事の方が気楽でいいよ。月に1週間くらい，現場で足場の組立てとかの仕事が入るんだ。女の子も働いているよ。足場の組立てや解体でネジを締めたり外したりするのに，馬鹿力は要らないからね。鉄パイプだって，重量挙げのバーベルみたいに重いものではないし，コツが分かればひょいと持ち上がる。むしろ，身が軽いのを重宝がられることもある。力の要る仕事は男の鳶さんにお願いして，わたしは身が軽い方がやりやすい仕事を頼まれる。

「ねーさん，頼むよ」なんて言われる。「お嬢ちゃん，頼むよ」と言われる時もある。まあ，どっちでもいいけど。

　月に1週間くらい仕事すれば，わたしの学費とお小遣いくらいは稼げるから，お母さんも喜んでくれている。ここで淹れる紅茶を買うお金も，わたしが稼いだものなんだよ。えらいでしょう。だから，一人で2杯淹れたって，誰にも文句を言われる筋合いはないんだ。

　バイトのない日は，朝からここで勉強して，本を読んでる。近くの図書館の人たちとは，顔なじみになったよ。あと，月に2〜3日くらいスクーリングの授業に出席する。通信制だから，いろんな人がいるんだ。30歳を過ぎて高校に入り直した人もいるし，体のあちこちにピアスあけている人もいる。この学校だと，わたしも「変な子」扱いされないよ。それとね，わたしは今の学校では「物知り」ってことになってるんだ。いろんな本を読んで，いろんなことを知ってるから。英語もできるし。

でも，笑っちゃうよね。わたしが物知りだなんて。ジュンさんのことを話して，「ほんとうの物知りとは，こんな人のことをいうんだ」って言ってあげたいけど，話さないんだ。ジュンさんのことは誰にも話さない。秘密の花園のあるじだから。秘密なんだ。

II

6年目だね。日本の法事のしきたりでは，七回忌だね。死んだ年を1回目として数え始めるから。6年。ずいぶん長いような，あっという間のような……。

ジュンさんが書いてくれた推薦図書リストの本はだいたい全部読んだよ。難しすぎるのもあったけど，それも含めて，「ジュンさんがわたしくらいの年頃には，こんな本を読んで感動してたんだ」と思うと，特別な思いがあるものだね。

堀辰雄の作品は，机に作品集が並んでいるから，何度か読み返した。立原道造の作品も，机に詩集と散文集があるから，何度も読んでいる。

初めて会った日の次の日にジュンさんが読んでくれた「夢はいつも帰っていった……」で始まる『のちのおもいに』の後半に
「なにもかも　忘れ果てようとおもい
忘れつくしたことさえ　忘れてしまったときには」
という言葉があるね。ジュンさんが死んだ後に，この詩を読んだ時，この言葉が心に刺さるようだったよ。この詩をわたしに

読んでくれた時，ジュンさんは，これから自分があらゆること
を忘れてしまうこと，忘れたことさえ忘れてしまうようになる
ことを知っていたんだよね。

『風に寄せて：その4』の最後の3行。

「風よ　おまえだ　そのようなときに

僕に　徒労の名を告げるのは

しかし　告げるな！　草や木がほろびたとは……」

　ジュンさんが，自分が医者になった理由を説明して，人類の
一番美しい夢を語って，大泣きした後，詩集を開いて，この部
分をゆっくり読み上げた。今でも覚えているよ。

　ジュンさん，でもこの詩の次には『風に寄せて：その5』が
ある。

「夕ぐれの　うすらあかりは　闇になり

いま　あたらしい生は　生れる……」

で始まって，

「おまえは　いまは　不安なあこがれで

明るい星の方へ　おもむこうとする

うたうような愛に　担われながら」

で終わるんだよ。

　堀辰雄の『風立ちぬ』は身につまされるよ。ジュンさんは，
節子のように若くして死んだわけじゃないけど。ジュンさんは，
中学生の頃，どんな思いでこの小説を読んだんだろう。そして
死んでいこうとする節子のせりふ；

「自然が本当に美しいと思えるのは死んでいこうとする者の眼にだけ」

もしそうなら，夕焼けはジュンさんにはわたしの何倍も美しく見えていたんだね。夕日を浴びながら風に舞う銀杏の葉も。

　……それに比べると『幼年時代』はほのぼのとしているね。ジュンさんの子供時代よりもっと昔の話だけど。きっとジュンさんも，この作品，好きだったんじゃないのかな。

　それと，最近読み返して，心に残っている文章があるんだ。『生者と死者』という作品の中で，主人公・語り手が，墓地を散策しながら，心の奥に記憶していたらしい詩句を思い浮かべるシーン；

「『われは死者をもてど，彼等をして去るがままにす……』
そうだとも，死者達は私達から静かに立ち去っていくにまかせよう……
……わたしたちの悲しみや苦しみに彼らを巻き込むのはやめよう。死別の悲しみはわたしが担えばよいのであって，死んでいった者にもその悲しみを負担してもらおうなどと考えるべきではない，死者は静かに安らかに休息させておくべきなのだ……」

　そうだね。ジュンさんだって，もう死んで6年にもなるんだから，静かに安らかに休息したいよね。わたしがしょっちゅう話しかけていては，疲れちゃうよね。わたしは，ジュンさんから自立しないとね。それは，決して忘れてしまうということじゃないんだ。ジュンさんは，わたしの記憶の中で生きている。

わたしの一番美しい思い出。だけど，その美しい思い出のジュンさんに頼っちゃいけないんだね。

　ただ，そうは言っても，たまにはお話の相手になってほしい。黙って聞いてるだけでいいから。もう，相談を持ちかけたりはしないから。

　チヒロは看護学部の3年生だよ。高校の時の成績では，私立の医学部か国立の看護学部なら入れる，国立の医学部は無理だった。それで国立の看護学部を選んだ。

　もちろん，お金が一番の理由。とても私立の医学部なんて，母子家庭には無理だよ。だけど，それだけが理由じゃないんだ。ジュンさんの推薦図書リストにあった『看護のための精神医学』という本の書き出しの部分；

「医者が治せる患者は少ない。しかし看護できない患者はいない。息を引き取るまで，看護だけはできるのだ」

という言葉に励まされたというのも理由なんだ。

　ちょっと格好つけてるけどね。いや，かなり格好つけてるね。でも，まったくのデタラメ，嘘八百ではないんだよ。

　ジュンさんと一緒にいた頃，特に最後の1年くらいのことを思い起こすと，ひょっとしてわたしは看護のまねごとをしてたのかも，と思うんだ。わたしがいたから，ジュンさんは死ぬまでこのおうちにいられた，わたしがいなかったら，最後は無理やりどこかの病院か老人ホームに入れられたかもしれない，なんてこと考えても，うぬぼれじゃないよね？

看護の勉強をしながら，あの頃のことをちょくちょく思い出すんだ。「ああしておけばよかったのに」と思うこともあるけど「あれでよかったんだ」と思うこともあるよ。ジュンさんとの体験はチヒロの中で生きてるんだ。ジュンさんが語ってくれた，3000兆の1兆倍の原子の物質循環とは別の意味で，ジュンさんはわたしの中で生きているんだよ。

　そうそう，それともう一つ，聞いてほしいことがある。"Puff"の歌詞の意味，最近やっと分かったよ。

　わたしは，この歌の後半でジャッキー・ペイパーが去っていくパフをかわいそうと思っていたけど，そしてその思いは今も変わらないけど，もう一つの見方ができるんだってことに，気付いたんだ。

　パフは無敵の竜だね。その声を聞けば海賊船も旗を巻いて逃げていく。王様だってお辞儀する。でもこんな強いパフも，幼い友が遊びに来なくなったら，力を失ってしまう。強いもの，大きなものも，実は弱い小さなものに支えられて力をもらい，強く大きな存在であり得る。そんなメッセージが込められているんだ。それが分かって，この歌がほんとうに好きになったよ。これまでも，初めて覚えた英語の歌だから愛着はあったけど，どこか抵抗もあったんだ。今は，ほんとうに好きで，何のわだかまりもなく，ふとした時に口ずさんでいる。

　ジュンさんは，どうしてこの意味を教えてくれなかったの？まだ中学生には分からないだろうと思っていたの？　それとも，

いつかチヒロが自分で分かる時が来るだろうと思っていたの？
……きっとそうだよね。チヒロが自分で理解できるようになる
と信じてくれていたんだね。

　看護師は，医師ほどじゃないけど，患者さんにとっては強い
怖い存在だと思う。チヒロはあと1年半でそんな人になる。だ
から，この歌の意味を忘れないようにするよ。

Ⅲ

　去年の秋が，ジュンさんが死んで12年目の秋，十三回忌
だった。法事はこれで終わる。12年たって，死者は決定的に
死者になる。生者にとって，死者は完全に思い出の人になる。
それが日本の習慣だけど，確かに12年という歳月は，生き
残った者が親しい人の死を静かに平穏に受け入れ，未練や執着
を解消して，死者を死者の世界に送り届けるのに必要で十分な
時間なのかもしれない。

　わたしにとっては，わたしが生まれてジュンさんに出会うま
での歳月と同じ長さの歳月が，ジュンさんが死んでから過ぎ
去ったことになる。

　そして今，十三回忌から半年が過ぎた。ジュンさんの死から
14回目の春。看護師になって5年。この4月から勤務している
のは仏教系の老人ホーム。そこは，無意味な延命治療はせず，
入居者本人の意志を尊重して，自然な死を迎えさせる，安らか
に看取ることを基本方針にしている。最初は施設の中で働くけ

ど，やがて訪問看護部に配属させてもらうよう希望している。
死にゆく人が，住み慣れた場所で，それまで生きてきたように
生き続けて死んでゆくのを助ける仕事。

　もちろん，かつてジュンさんにしてあげたような密度の濃い
手助けはできないし，友達どうしではない看護師と患者の間で
は，そんな親密な関係を作らない方が良いのだけど，適度な距
離を取りながらできる範囲のことをしたい。それが今のわたし
の希望。

　そんなプロの視点でこの部屋を見ると，改めてジュンさんの
用意周到さに感心するよ。

　火を使う調理具を持ち込まなかったことの意味は，以前から
分かっていたけど，1部屋だけの小さな家だというのも，意味
がある。広い家だと，自宅の中で迷子になることがあるし，物
をどこかに置き忘れて大騒ぎになることもある。2階建てなら
階段で転んで怪我や骨折をする危険もある。ベッドとトイレが
近いから，歩行がおぼつかなくなってもトイレの手前で失禁と
いうことは減る。

　この部屋はジュンさんが設計したものではないけど，この部
屋を見て，そのメリットを見抜いたんだね。

　わたしにとっても，このコンパクトな家は，便利だよ。部屋
が無意味に広いと，掃除も大変だし，冷暖房の費用もかさむか
らね。

　そう，わたしはこれからこの家に住むんだよ。

看護学校を卒業してしばらくは，遠くの病院に勤めたりして，その時は寮に住むこともあったけど，この4月から働き始めた老人ホームは，ここから電車で郊外に向かって3駅のところ。だから，これからはこの家に住むことにした。

　この家に住んで通えるところだから今の職場を選んだということもある。行きは下り電車，帰りは上り電車だから通勤が楽ということもある。でも，それだけじゃない。「無意味な延命治療はせず，自然な死を迎えさせる，安らかに看取る」という基本方針に共鳴したんだ。

　そんなわけで，わたしはこれからこの家に住む。そして今日，これまでずっと手つかずに残されていたジュンさんの荷物，持ち物を整理している。十三回忌も済んで，もう完全に死者の世界の人になったから，というだけではない。わたしが住むとなると，自分の持ち物を持ち込まないといけない。そのためにはどうしても，ジュンさんの持ち物を片付けないといけないんだ。

　ジュンさん，もういいでしょう。もう，ジュンさんの遺品を整理してもいいよね？

　もちろん，整理すると言っても，使えるものを捨てることはない。キッチンのトースターと電気ポットは，かなりの時代物だけど，今も使える。紅茶カップも，もちろん使える。2個は要らないかもしれないけど。でも，たまに昔を思い出して，紅茶を2杯淹れてもいいかな。クリスマスにショートケーキを2個買ってきてもいい……。机も椅子もそのまま使える。本は，

堀辰雄と立原道造の本は，これからも読む。理科年表は今年の版に買い換えよう。植物図鑑……ああ，この本は，このまま置いておこう。15年前の古い版だけど，思い出がいっぱい詰まっているから。それに，花や葉の色や形が15年くらいで変わることはないから。

　ベッドも，布団も，ベッドの下の引き出しに入っている夏布団も使わせてもらおう。そうすると，ほんとうに捨てるのはクローゼットの中の衣類だけ。

　そう思ってクローゼットを開けると，懐かしいものを見つけた。あのシックなコート。ほかは，いかにも普段着という感じのセーターやシャツやズボンばかりなのに，これだけ場違いのようにおしゃれなコート。ハンガーから外して袖を通してみた。ちゃんと着れる。ちょっと細いかな。でもなんとか着れる。これは捨てないで，わたしが着てみたいけど，似合うかな？　こんなシックなコート……いや，似合う人になるんだ。チヒロは，このシックなコートが似合う人になる。ジュンさん，応援して。ほかの衣類は，申し訳ないけど，処分するよ。

　……衣類をゴミ袋に詰めながら，考えた。ジュンさんはこの家に越してくる時，いろんな持ち物を処分して，ほんとうに必要最低限のものだけ持ち込んだんだろう。CDも100枚くらい持っていたのをパソコンにコピーして処分したと言ってた。だとしたら，どうしてこのコート，たぶんもう着ることのないコート，実際，わたしはジュンさんがこれを着ているのを1回

しか見ていない，そんなコートを持ってきたんだろう……。

　わたしは想像した。若い日の思い出の品を1つだけ，持ってきたんだ。このおしゃれなコート。着るつもりはなかったんだ。たまたまあの日，「外は寒いから，何かもう1枚着る方がいいよ」と言われて，何も考えずに目に付いたこのコートを羽織ったんだろう。

　きっと，似合ったはず。若い頃のジュンさんには。それを，これからはわたしが着こなすんだ。十三回忌。死者を決定的に死者の世界に送り届ける節目の年。それから半年たって，死者の思い出がまた鮮やかによみがえってきたよ。でも，それはそれでいいんだ。思い出は鮮やかによみがえって，そして死者は死者の世界で静かに安らかに休息しているはずだから。

　衣類を整理し終えて，窓を開け放って外を見た。窓の下の草地にキュウリグサが小さな花を咲かせている。そして空には夕焼け。ジュンさん，見てごらん。ジュンさんの好きだったキュウリグサが咲いているよ。そして，ジュンさんの大好きだった夕焼けがきれいだよ。

　今日も，空がはにかんでいる……

（編集付記）
本作品で掲載した立原道造の詩は，読みやすさを考慮し，原文の歴史的仮名遣いを
現代仮名遣いに改めました。

著者プロフィール

松村 順 (まつむら じゅん)

1956年生まれ。福岡県出身
現在は東京都内に在住
北海道大学文学部，千葉大学医学部卒業
翻訳業に10年ほど従事した後，現在は医業に従事。
趣味はダンス，読書，文芸創作。
サイト "Café lisant"
http://cafelisant.cafe.coocan.jp/
に創作した作品を公開しています。

夕暮れ時

2023年1月15日　初版第1刷発行

著　者　　松村　順
発行者　　瓜谷　綱延
発行所　　株式会社文芸社
　　　　　〒160-0022　東京都新宿区新宿1－10－1
　　　　　　　　　電話　03-5369-3060（代表）
　　　　　　　　　　　　03-5369-2299（販売）

印刷所　　株式会社フクイン